Gitta Edelmann
CANTERBURY REQUIEM

Gitta Edelmann

CANTERBURY REQUIEM

Ein Krimi aus Kent

GOLDFINCH

Das für dieses Buch eingesetzte Papier ist ein Produkt aus nachhaltiger Forstwirtschaft.

„Wissenswertes“ (Seite 255-258) und eine Karte (Seite 259) von Canterbury findet der geneigte Leser im Anhang an Ende des Bandes!

1. Auflage 2014

Herausgeber: Goldfinch Verlag, Frankfurt am Main

Herstellung: Goldfinch Verlag, Frankfurt am Main
Lektorat: Kristina Frenzel, Berlin
Korrektorat: Birgit Rentz, Itzehoe
Umschlaggestaltung: © Guter Punkt, München (www.guter-punkt.de), Kim Hoang, unter Verwendung von Motiven von Shutterstock
Graphiken: © Shutterstock
Satz: Goldfinch Verlag, Frankfurt am Main
Gesetzt aus der Palatino Linotype
Druck: CPI books GmbH, Ulm

Bibliografische Information der Deutschen Bibliothek:
Die Deutsche Bibliothek verzeichnet diese Publikation in der Deutschen Nationalbibliografie, detaillierte bibliografische Daten sind im Internet über http://dnb.ddb.de abrufbar

ISBN 978-3-940258-40-3
www.goldfinchverlag.de

Für Regine, Lynda und Ulrike – Danke!

Kapitel 1

Der Wind schlug Ella den kalten Regen ins Gesicht. Sie hielt unwillkürlich die Luft an, trat einen Schritt zurück ins Warme und Trockene und schloss die Tür.

„Hast du was vergessen?“, rief Aileen ihr durch die offene Tür der Teeküche zu, wo sie gerade die letzten gespülten Tassen in den Schrank räumte.

„Nein, nein, ich hatte nur nicht gedacht, dass es so stark regnet“, erklärte Ella.

Aileen lachte, schloss den Geschirrschrank und kam in den Vorraum. Sie nahm ihre Jacke vom Haken und zog sie an. Etwas neidisch sah Ella ihr zu, wie sie den Reißverschluss der gewachsten Barbour-Jacke zuzog und die Kapuze aufsetzte.

„Es gibt kein schlechtes Wetter, nur schlechte Kleidung“, sagte Aileen und grinste.

„Na ja, einen Schirm habe ich mit, aber ...“

„Den Schirm kannst du in Canterbury meistens vergessen. Zu viel Wind.“ Aileen schob die Tür auf. „Come on. Geh nach Hause und mach dir einen schönen, heißen Tee. Ich nehm auch gleich den Bus.“

Ella nickte gehorsam und fragte sich zum wohl hundertsten Mal, wie ihre Verlegerin auf die Idee gekommen war, sie, die Erfolgsautorin der Portugal-Romanzen, für eine neue Romantik-Serie ausgerechnet nach England zu schicken. Und vor allem, wie sie selbst auf die Idee gekommen war, dieses Angebot anzunehmen! Immerhin war es nur für sechs Monate und sie würde vor dem Winter wieder zu Hause sein. Vielleicht würde sich der Sommer ja schön gestalten.

Aileen hielt ihr die Tür auf. Nach einem winzigen Zögern trat Ella hinaus in den Regen. Aileen folgte ihr und drehte sich um, um die Tür abzuschließen. Ihr Schlüssel verfehlte das Schlüsselloch und sie fluchte leise.

Hm, zu leise. Schade, dachte Ella. Es wäre für sie höchst interessant gewesen zu wissen, welche Schimpfworte eine Frau um die vierzig so benutzte, die nach allem, was sie inzwischen erfahren hatte, der oberen Mittelschicht angehörte.

Aileen gähnte hinter vorgehaltener Hand, rieb sich kurz die Augen und fand endlich das Schlüsselloch. „Ich hätte vielleicht besser eine Kanne Kaffee trinken sollen statt einer Tasse Tee." Sie schüttelte den Kopf. „Oder gleich nach der Chorprobe gehen. Diese Plauderei und Diskutiererei hinterher finde ich doch immer anstrengend. Ich hoffe, du bist nicht abgeschreckt von uns."

„Aber nein! Ich fand den Abend sehr nett. Mir gefällt es, wenn wir nach der Probe noch ein bisschen zusammensitzen und ich alle kennenlerne."

Aileen nickte zufrieden. „Gut. Dann sehen wir uns nächste Woche. Ich muss los, bin sowieso schon spät dran wegen der Spülerei. Danke fürs Abtrocknen. See you!" Sie eilte die Gasse entlang Richtung Busbahnhof.

„See you!", rief Ella und stemmte sich gegen den nassen Wind, der ihr entgegenschlug. Aileen hatte recht. Sie brauchte unbedingt bessere Kleidung: eine wind- und wasserdichte Jacke und – verflixt noch mal, das war eine tiefe Pfütze! – ein Paar Gummistiefel.

Die Mauer um das Gelände der St Augustine's Abbey schwächte den Wind ein kleines bisschen ab. Ein Taxi fuhr an Ella vorbei. Sie hätte es am liebsten herbeigewunken, allerdings hatte der Taxifahrer bereits Passagiere, also hätte er sowieso nicht für sie gehalten.

Aus der Richtung des Kreisels an der Lower Bridge Street ertönte plötzlich das hysterische Gejaule eines Rettungswagens. Oder war das die Polizei? Gab es da eigentlich einen Unterschied? Oder kam sowohl das langsame, auf- und absteigende Sirenengeheul als auch das hektische Wiuwiuwiu, das sich mit ihm abwechselte, von beiden? Es schien etwas Größeres passiert zu sein; als Ella an der Christ Church University vorüberging, konnte sie mehrere Sirenen unterscheiden.

Bei dem Regen und der schlechten Sicht hatte es wahrscheinlich wieder einen Radfahrer erwischt, der sich auf die Straße gewagt hatte – so wie letzte Woche. Nein, solange es hier keine Radwege gab, würde sie schön brav zu Fuß gehen! Ella zog ihre Jacke enger zu und machte sich an den Aufstieg von St Martin's Hill.

Kapitel 2

Ella warf einen Beutel English Breakfast Tea in einen Becher, goss kochendes Wasser darauf und ließ den Tee ziehen, während ihr Laptop hochfuhr. Ein Blick aus dem Fenster verriet noch nicht allzu viel über das Wetter, da der winzige Rasenfleck hinter dem Haus von einer hohen Hecke umgeben war. So hatte man aus dem Küchenfenster leider keine Sicht auf den Himmel. Immerhin – es regnete nicht und ein graues Eichhörnchen sprang anmutig über das Gras.

Ella fischte den runden Teebeutel aus der Tasse und gab etwas Milch hinein. Dann ging sie ins Wohnzimmer, setzte sich an den kleinen Esstisch und öffnete ihren Facebook-Account. Na ja, die üblichen Meldungen, nichts, worauf sie reagieren musste. Sie wechselte zur KentOnline-Seite, um die Lokalnachrichten zu lesen: Ein Verkäufer hatte mit Hilfe eines Freundes aus dem Laden, in dem er angestellt war, Elektrogeräte im Wert von rund zehntausend Pfund gestohlen. Eine Fußgängerin war von einem Auto erfasst worden – der Fahrer hatte Fahrerflucht begangen und wurde nun gesucht. Eine Vierundachtzigjährige war von einem Handtaschenräuber geschubst worden und so unglücklich gestürzt, dass sie nun verletzt im Krankenhaus lag. Schönes schien auf den ersten Blick nicht passiert zu sein.

Vorsichtig trank Ella einen Schluck Tee, schloss den

Browser und öffnete eine neue Datei in Papyrus Autor. „Canterbury Rose", schrieb sie und: „Roman von Ella Martin". Seitenwechsel. Sie nahm einen weiteren Schluck und starrte auf den Bildschirm. Dann begann sie zu schreiben: „Als Rose in Canterbury eintraf, lachte die Sonne vom Himmel und das perlende Geläute der Kathedrale schwebte über der Stadt."

Hm, so ganz klar war der Plot noch nicht. Aber irgendwie musste die Hauptfigur ja erst einmal an den Handlungsort kommen, und dann würde sich hoffentlich beim Schreiben ergeben, wie es nach dreihundert Seiten auf ein Happy End zulaufen konnte. Allzu genaue Planung lag Ella nicht, aber mit dem Wetter anzufangen war sicher passend. Tatsächlich schien es hier ohne eine Bemerkung über das Wetter keine Unterhaltung zu geben, wobei sie jetzt, nach den ersten vierzehn Tagen, das Gefühl hatte, dass es dabei nicht wirklich ums Wetter ging. War es nicht eher ein höfliches Anzeigen, dass man freundlich und gesprächsbereit war?

Der Tee wärmte und ein bisschen wacher war sie nun auch. Dafür knurrte ihr Magen. Wie ärgerlich, dass sie gestern nicht mehr daran gedacht hatte, wenigstens noch Toastbrot zu kaufen. Sicher gab es das in dem kleinen Shop oben auf dem Hügel. Aber wenn sie sowieso schon einkaufen musste, konnte sie ebenso gut gleich in die Innenstadt hinunterspazieren, dort irgendwo gemütlich frühstücken gehen und nach einem geeigneten Ort für Roses fiktiven Tea Room schauen. Danach würde sie bei Agatha im Heart of Gold vorbeischauen und sich für die Einladung zum Chor bedanken. Nicht nur das Singen hatte ihr viel Spaß gemacht, die Chorproben waren natürlich auch eine tolle Gelegenheit, Kontakte zu knüpfen.

Entschlossen klappte Ella den Laptop zu, trank ihren Tee aus und ging ins Bad.

„Bist du die Schriftstellerin?", fragte eine helle Jungenstimme hinter ihr, als sie die Haustür abschloss.

Ella drehte sich um. „Ja, die bin ich. Mein Name ist Ella."

„Ella?" Der Junge in der dunkelblauen Schuluniform hatte den Kopf schief gelegt. Eine Strähne seiner braunen Haare stand vom Kopf ab und seine grünen Augen blickten Ella neugierig an.

Die nickte und lächelte. „Und wer bist du?"

„Ich bin George. George McDonald. Aber die Restaurants gehören nicht uns."

„Dann bist du wohl mein Nachbar? Ich hab schon gehört, dass hier eine Familie McDonald wohnt. Ich freue mich sehr, dich kennenzulernen."

„Und warum sprichst du wie Onkel Bob? Mummy hat doch gesagt, du kommst aus Deutschland."

Aha – ein schlaues Kerlchen mit gutem Gehör, dachte Ella. „Und Onkel Bob kommt aus Australien?", fragte sie.

Der Junge nickte eifrig, er schien diesen Onkel Bob zu mögen.

„Ich habe drei Jahre lang in Australien gelebt", erklärte Ella.

George strahlte. „Dann kann man ja richtig mit dir reden!", platzte er heraus.

Ella lachte. „Ja, George, das kann man. Ich war zwar noch nie vorher in England, aber Englisch zu sprechen krieg ich hin."

George nickte zufrieden. „Gehst du jetzt spazieren?“, fragte er.

„Nicht wirklich. Ich muss einkaufen.“ Ella deutete auf den Rucksack in ihrer Hand, der zum Einkaufen viel praktischer war als ein Handtäschchen. „Außerdem will ich mich noch ein bisschen in der Stadt umsehen.“

„Dann musst du in die Canterbury Tales gehen – das ist cool. Und es passt zu dir, wo du doch Geschichten schreibst, so wie dieser Mann im Mittelalter. Da kann man sich sogar verkleiden und es gibt auch extra Hörführungen für Kinder. Aber das brauchst du ja nicht.“ Er winkte großzügig ab. „Was für Geschichten schreibst du denn?“

„Liebesgeschichten“, gab Ella etwas verlegen Auskunft.

„Keine Abenteuer?“ George verzog enttäuscht den Mund.

Ella zuckte die Achseln. „Vielleicht kann ich noch ein paar Abenteuer dazu erfinden“, sagte sie.

„Mach das! Man braucht immer Abenteuer oder ein Verbrechen oder so, damit es richtig spannend wird.“

„Danke für den Tipp.“

„Dann geh jetzt besser los, damit du gute Ideen bekommst.“

Ella nickte und lächelte. „Bis bald, George!“

„Bye, Ella!“

Bevor Ella vorsichtig aus dem Windmill Close trat, um die vielbefahrene Straße von St Martin's Hill zu überqueren, weil es auf ihrer Seite keinen Gehweg gab, schaute sie sich noch einmal um. George stand auf der schmalen Straße und sah ihr mit schief gelegtem Kopf nach. Erst als sie die Hand hob, um ihm zu winken, lief er davon.

Bergab erschien ihr St Martin's Hill längst nicht so steil wie bergauf. Überhaupt – ohne Regen war der Weg in die Stadt viel kürzer. Als Ella am Heart of Gold vorbeikam, war der Charity Shop zwar noch geschlossen, doch Agatha war bereits dabei, das Schaufenster in frühlingshaftem Pink neu zu dekorieren. Sie hielt einen ausladenden Hut in der Hand, der sich mit seinem Schwarz-Pink-Kontrast hervorragend für königliche Hochzeiten oder das Pferderennen in Ascot eignete. Als Ella ihr winkte, sah Agatha auf. Oh, wie blass sie war! Und wie seltsam – statt fröhlich zurückzuwinken wie sonst, wenn sie Ella in der Burgate entdeckte, deutete sie auf die Tür und kletterte aus dem Schaufenster, um aufzuschließen.

„Good morning!", grüßte Ella, als Agatha ihr die Tür öffnete und die altmodischen Glöckchen im Laden läuteten.

„Morning, love", antwortete Agatha ernst.

Ella erschrak. „Was ist passiert? Bist du krank?", fragte sie und betrat zögernd das Heart of Gold.

Agatha antwortete nicht, sondern führte sie in den hinteren Teil des Geschäfts, wo hinter einer Regalwand zwei gepolsterte Hocker vor einer Umkleidekabine standen. Sie setzte sich und deutete auf den zweiten Hocker.

„Setz dich!"

Ellas Herz klopfte plötzlich in Hals und Schläfen. Diesen Blick kannte sie. So hatte Sylvias Mutter ausgesehen, als sie ihr von Mamis Unfall erzählt hatte. „Deine Mami ist jetzt im Himmel", hatte sie gesagt.

„Aileen ist tot", sagte Agatha leise.

Ella schüttelte den Kopf. „Das kann nicht sein – ich hab ihr doch gestern Abend noch beim Spülen geholfen und ..."

Agatha legte ihre Hand auf Ellas Unterarm. „Es gab einen Unfall. Sie wurde überfahren."

„Wie – wer ...?"

„Wer, das weiß man noch nicht. Der Fahrer hat Fahrerflucht begangen. Aber die Polizei wird ihn sicher finden." Agathas Lippen wirkten schmaler als sonst.

„Sie war so nett ..." Übelkeit stieg in Ella auf, Angst und Verzweiflung. Nur mit Mühe gelang es ihr, die Gefühlswelle zu beherrschen, die sie zu überrollen drohte – wie jedes Mal, wenn sie davon hörte, dass eine Frau überfahren worden war. Sie fragte sich dann immer, ob irgendwo ein Kind auf seine Mutter wartete.

„Es war am Odeon-Kino, sie ging über die Straße und ...", erklärte Agatha.

„Aber warum sollte sie?" Ella schüttelte den Kopf. „Ich dachte, sie wollte zum Busbahnhof und nach Hause."

Agatha zuckte die Achseln.

„Und wieso lief sie über die Straße? Dort sind doch überall Fußgängerunterführungen!", rief Ella.

„Ich weiß es nicht, Kindchen. Vielleicht hatte sie es eilig und St George's Place sah gerade leer aus ..."

Ella fühlte einen Stich in der Magengrube. „Ich hab es gehört. Ich hab die Sirenen gehört. Viele."

Agatha kniff die Lippen zusammen und nickte. Keine der beiden Frauen sprach. Plötzlich ließ das fröhliche Klingeln der Ladenglöckchen sie zusammenzucken.

„Bleib!", sagte Agatha und stand auf. Sie nahm die

Schultern zurück, setzte ein höfliches Lächeln auf und ging in den vorderen Teil des Ladens. „Hello James! Wir haben leider noch nicht geöffnet, sorry!"

„Oh, Entschuldigung! Ich hatte nur gerade dieses Buch durchs Fenster gesehen und ..."

Die Stimme klang tief und sehr gebildet. So langsam gelang es Ella, verschiedene Akzente einzuordnen. Dieser war einwandfrei „posh".

„Ach, machen wir das einfach ganz schnell", sagte Agatha.

Die altmodische Kasse ratterte.

„Du hast von Aileen gehört?", fragte der Mann.

„Ja, was für eine Tragödie!", antwortete Agatha.

Einen Moment lang schwiegen beide, dann verabschiedete sich der Kunde. Die Glöckchen klingelten erneut, als er das Heart of Gold verließ. Danach schloss Agatha die Tür ab.

„Das war James", sagte sie, als sie zu Ella zurückkam. „James Appleton, der Professor. Ist ein Nachbar von Aileen und Steve."

„Der Professor, der gestern nicht bei der Chorprobe war?"

Agatha nickte. „Er singt im Bass."

Ella stand auf und nahm ihren Rucksack. Zögernd blieb sie stehen.

„Ich muss einkaufen", sagte sie schließlich.

„Ich bin bis um eins hier", erklärte Agatha. „Wenn du nicht allein sein möchtest, komm einfach vorbei."

„Danke!" Ella lächelte. „Aber ich bin es gewohnt, allein zu sein. Das macht mir nichts aus. Ist gut fürs Schreiben."

„Und kommst du mit deinem Roman voran?"

„Ja, ich hab heute Morgen angefangen, nachdem ich jetzt einen ersten Überblick über die Stadt habe. Eigentlich wollte ich in Tiny Tim's Tearoom frühstücken, weil ich so einen Ort für den Roman brauche, aber ehrlich gesagt hab ich jetzt keinen Appetit mehr."

„Oh, ich würde sagen: Geh trotzdem hin. Es lohnt sich, selbst wenn du nur einen Tee trinkst. Die Atmosphäre wird dir gefallen." Agatha war um einen leichten Ton bemüht.

Ablenkung – ja, das war es, da hatte sie recht.

Ella nickte, verabschiedete sich und machte sich auf den Weg durch die Stadt. Am Christ Church Gate warf sie unwillkürlich einen kurzen Blick nach rechts durch das Tor auf die grauen Mauern der Kathedrale. Und da war es wieder, das seltsame Gefühl der Vertrautheit. Als wäre sie in einem früheren Leben genau diese Straße entlanggegangen. Als gehörte sie hierher.

Wie konnte das sein? Reinkarnation? Eine Art Seelenverwandtschaft zwischen ihr und diesem Land? Was es auch war, schon ihr allererster Blick von der Fähre auf England hatte dieses Gefühl ausgelöst. Sie fröstelte unwillkürlich, als sie daran dachte ...

Kapitel 3

Es war eisig. Die Sonne am blauen Himmel schien keinerlei wärmenden Effekt auf die Luft zu haben, die Ella in Form einer steifen Brise ins Gesicht schlug. Einen Moment lang war sie versucht, wieder hinunter in das warme, stickige Innere der Fähre zu steigen. Doch sie merkte, dass die leichte Übelkeit, die sie in der letzten halben Stunde geplagt hatte, fast augenblicklich verschwunden war, als sie über die erhöhte Schwelle an Deck getreten war.

Ella wickelte ihren Schal fester um den Kopf und machte sich auf den Weg nach vorn. Hoffentlich hatte Inga recht und man sah wirklich schon die weißen Klippen von Dover; sie hatte keine Lust, allzu lange in der Kälte zu stehen. Aber diesen berühmten ersten Blick auf England wollte sie auf keinen Fall verpassen. Sicher war er romantisch genug, um ihn in einem ihrer neuen Romane zu verwenden.

Mit diesem Argument hatte sie auch Inga und Stefan um eine Mitfahrgelegenheit gebeten, als sie von deren Urlaubsreise Richtung Cornwall gehört hatte: „Ihr fahrt doch sowieso mit dem Auto, da könnt ihr mich unterwegs abladen. Mit dem Zug durch den Tunnel oder mit dem Flieger ist es einfach nicht dasselbe, da fehlt die Atmosphäre."

Inga hatte gelacht und ihr zugezwinkert, aber zugestimmt. Sie kannte Ellas Angst vorm Fliegen.

Zwei kleine Jungen rannten an Ella vorbei, dicht gefolgt von einem dritten und einem Mann, dessen „Stop! Come here!“ ungehört im Wind verhallte. Möwen kreisten über der Fähre und kreischten, die Luft schmeckte salzig und da – da waren sie: the White Cliffs of Dover!

Und Ella war es, als käme sie nach Hause.

Kapitel 4

In den Tagen nach Aileens Unfall war es zwar windig und kühl, aber immerhin trocken. Ella kaufte sich dennoch eine wind- und wasserdichte Jacke mit Kapuze, dazu eine rote Mütze und einen langen Schal in derselben Farbe und streifte durch die Stadt. Dabei interessierten sie weniger die großen Touristen-Attraktionen als vielmehr die Orte, die für die Einwohner von Canterbury für ihr tägliches Leben von Bedeutung waren – ganz normale Wohngebiete und deren Entfernung zu Einkaufsmöglichkeiten, Schulen, zum Bahnhof oder Krankenhaus und die Lage der Parkplätze. Sie nahm sich vor, bei nächster Gelegenheit auch mit George zu reden und ihn zu fragen, wie er die Stadt aus dem Blickwinkel eines Kindes sah.

Kurz schweiften ihre Gedanken nach Lissabon, zu ihrer Freundin Maria-José und dem kleinen Nando. Die beiden hatten ihr vor fünf Jahren geholfen, die portugiesische Hauptstadt zu entdecken und sie zum Hintergrund von sechs Romanen zu machen. Ein kleiner Stich der Sehnsucht durchzuckte Ella und gleich darauf fühlte sie wieder die alte Wut auf João. Hätte er nicht diese dämliche Affäre hinter ihrem Rücken angefangen und dazu auch noch gelogen, als sie alles entdeckt hatte, säße sie wahrscheinlich nach wie vor in Portugal. Inzwischen war es dort schon wieder richtig warm, während hier ...

Auf der Suche nach einer Zuflucht vor dem kalten Wind landete Ella auf ihrem Rückweg durch die High Street im Beaney House of Art and Knowledge. Das prunkvolle Haus aus Sandstein und Fachwerk beherbergte neben dem Tourist Office, das sie aus ihren allerersten Tagen in Canterbury bereits kannte, und einem Kunstmuseum auch die öffentliche Bücherei. Und wo konnte man Wissensdurst und Wärmebedürfnis besser stillen als in einer Bücherei? Schnell entdeckte Ella die Ecke mit der Aufschrift „Local History" und machte es sich bequem, um in Canterburys Vergangenheit zu stöbern.

Als sie auf die Uhr sah, war es bereits fünf. Das reichte für heute. Sie packte ihre Notizen ein und hüllte sich wieder in Jacke, Mütze und Schal. Draußen dämmerte es – oder waren das nur die dunklen Wolken, die von neuem Regen kündeten? Sie seufzte.

Die Hauptstraße war voller Menschen, die noch schnell in die Läden strömten oder mit dicken Tüten in der Hand aus Geschäften herausquollen. Auch erste Touristengruppen waren jetzt so kurz vor Ostern schon unterwegs. Ella schnappte ein paar Brocken Französisch auf und bahnte sich ihren Weg durch eine Gruppe asiatischer Männer, die den St George's Tower anstarrten und andächtig einem Tourist Guide zuhörten.

Die Fußgängerzone mündete in einen großen Kreisverkehr, in dem sich die Fahrzeuge nur im Schneckentempo bewegten – der Kreisverkehr, wo sich das Odeon Cinema befand und Aileens Unfall geschehen war. Ella schluckte und versuchte, an etwas anderes zu denken.

Mit energischen Schritten betrat sie die Unterführung und hoffte, dass sie an der richtigen Stelle wieder nach oben gelangen würde. Hinweisschilder gab es hier keine und bei ihrem ersten Versuch war sie an einer ganz anderen Straßenecke herausgekommen als geplant. Wie schade, dass Agatha um diese Zeit nicht mehr im Heart of Gold war! Jetzt hätte Ella gern jemanden zum Reden gehabt. Es wurde Zeit, dass sie ein paar Freunde fand.

Als sie gerade den White Swan in der Ivy Lane passieren wollte, kamen zwei Männer mittleren Alters direkt vor ihr aus dem Pub. Ella blieb kurz stehen, um nicht mit ihnen zusammenzustoßen. Die Männer grüßten freundlich und hielten die Tür für sie auf. Warum eigentlich nicht? Hier ein Glas Weißwein zu trinken, war gar keine schlechte Idee. Auf jeden Fall besser, als allein zu Hause zu sitzen und zu grübeln. Sie ging hinein.

Die Luft war zum Schneiden. Ella konnte sich gar nicht vorstellen, wie man hier vor dem Rauchverbot geatmet haben mochte. Nun roch es zumindest nur nach vielen Menschen, Bier und Frittiertem und dem etwas zu üppigen Parfüm der jungen Frau, die sich gerade an ihr vorbei in den White Swan gedrängt hatte. Ella zögerte einen Moment, dann trat sie an die Bar. Sie hatte schon den Mund geöffnet, um ein Glas Weißwein zu bestellen, als der bärtige Mann hinter dem Tresen sich ihrem Nachbarn zuwandte.

„Hiya! Two bitters, Brian?“, fragte er.

Brian wies auf einen kleinen Zweiertisch in der Ecke, an dem eine blasse Frau saß und in ihrer Handtasche wühlte. „Yeah, Canny. Die Missis ist wieder zu Hause“, erklärte er.

Canny nickte anerkennend und schob zwei Pintgläser zu Brian hin. Der grinste, legte ein paar Pfundstücke auf den Tresen, nahm das Bier und ging damit hinüber zu seiner Frau.

Ella holte erneut Luft, um nach ihrem Weißwein zu fragen, doch Canny schien sie nicht zu sehen. Er zapfte eine Runde Bier für eine Gruppe von Leuten unterschiedlichen Alters, die in ihren Anzügen und Kostümen sehr nach Bankmenschen aussahen. Dann schenkte er einem alten Herrn in kariertem Jackett einen Whisky ein. „Laphroaig", entzifferte Ella auf dem Etikett der hängenden Flasche und wunderte sich, wie diese Ansammlung von Buchstaben wohl auszusprechen war.

„Und jetzt bist du dran, love", erklärte Canny, als Ella gerade aufgeben und gehen wollte.

Sie war so überrascht, dass sie einen Moment lang ratlos in seine zwinkernden Augen sah, bevor sie verstand: die queue – die Schlange, in der man wartete! Und die manchmal gar nicht wie eine Schlange aussah. Hier zum Beispiel. Aber Canny hatte genau gewusst, in welcher Reihenfolge seine Gäste gekommen waren.

Ella errötete. Nach der nicht ganz glücklich verlaufenen Bestellung hätte sie sich mit ihrem Wein gerne in ein ruhiges Eckchen verzogen, doch der Pub war inzwischen so voll geworden, dass sie froh sein konnte, einen Hocker an der Seite der Bar zu ergattern. Aber eigentlich war das ein guter Platz mit Blick auf den gesamten Raum. Während sie von da aus eine Weile die Menschen beobachtete, würde sie sicher einige Romanfiguren basteln können. Dort zum Beispiel, die junge Frau im grauen Kostüm aus der Bankerclique. Wenn sie der statt des exakt geschnittenen Bobs lange, weich fallende Locken gab, könnte sie für Rose Modell stehen: rotblondes Haar, helle Haut, möglicherweise ein paar Sommersprossen, grüne Augen. Die tatsächliche Augenfarbe konnte Ella zwar aus dieser Entfernung nicht erkennen, aber wozu war Kreativität da, wenn nicht dazu, die Realität zu ergänzen? Rose, oder wie auch immer sie in Wirklichkeit heißen mochte, wirkte etwas verloren zwischen ihren laut lachenden Kollegen – vielleicht arbeitete sie noch nicht lange mit ihnen? Ella wühlte in ihrer Handtasche nach ihrem Notizbuch und einem Bleistift.

In der Ecke stand nun das Paar auf, das sie bereits zuvor gesehen hatte: Brian und seine Frau. Er hatte eine Stirnglatze und war vermutlich Lehrer, sie wirkte ein wenig unsicher auf den Beinen, als sei sie gerade von einer langen Krankheit genesen – oder so ähnlich. Manchmal lag Ella mit ihrer Einschätzung genau richtig, andere Male auch völlig daneben. Aber das war eigentlich noch besser, denn dann waren es wirklich ihre eigenen Figuren und sie konnte mit ihnen machen, was sie wollte.

Brian half seiner Frau in den Mantel und die beiden verließen den White Swan mit einem freundlichen Gruß in Richtung Bar. Die drei jungen Mädchen in viel zu kurzen Röcken und mit blaugefrorenen Beinen, die nun in den Pub stöckelten, streifte Ella nur mit einem Blick. Zum einen passten sie nicht in ihren Roman, zum anderen löste sich gerade ein Mann aus der Anzugträgerclique, um eine neue Runde zu holen.

Er schien direkt auf sie zuzukommen und ihre Blicke trafen sich. Einen Moment lang lächelte er und wandte sich dann an Canny, um seine Bestellung aufzugeben. Schnell sah Ella auf ihr Notizbuch und begann eifrig zu schreiben, um ihre Fassung wiederzufinden. Das war ihr schon lange nicht mehr passiert, dieser Stich in der Magengrube beim ersten Blick. Unter ihren Ponyfransen versuchte sie, ihn unbemerkt zu beobachten. Er war vielleicht zwei bis drei Jahre älter als sie, Mitte dreißig, hatte kurze, dunkle Haare und war glattrasiert. Außerdem war er ziemlich groß, eins fünfundachtzig mindestens, schätzte sie. Unter dem grauen Anzugjackett konnte sie breite Schultern erkennen. Seine kobaltblaue Krawatte hatte er gelockert. Hm, ja, den konnte sie gebrauchen. Als Lord Irgendwas für ihre Canterbury Rose natürlich. Obwohl ...

Als sie es wagte aufzublicken, stand ihr neuer Held bereits wieder in seiner Gruppe und wandte ihr den Rücken zu. Schade!

Eine knappe Stunde, mehrere Seiten Notizen und ein weiteres Glas Wein später kam er an die Bar und ließ sich mit einem interessierten Seitenblick auf dem Hocker neben ihr nieder. Sie hoffte, er würde sie ansprechen, doch sie wurde enttäuscht. Seine Kollegen waren zwar inzwischen gegangen, aber ihm folgte ein anderer Mann, den er zuvor mit freundschaftlichem Schulterklopfen begrüßt hatte und dem er sich nun zuwandte. Wieder hatte sie nur seinen Rücken im Blick. Na ja, es war derzeit sowieso besser für sie, über Romantik nur zu schreiben und sie nicht zu erleben.

Der zweite Mann bildete einen interessanten Gegensatz zu Lord Irgendwas. Er war eher der Typ „blonder Seemann" und trug einen hellen Strickpullover mit Aran-Muster und einen dunkelgrauen Schal. Vielleicht war er ein wenig zu gut genährt, aber er sah nicht schlecht aus. Sicher hatte er blaue Augen und Lachfalten. Das Licht im Pub erlaubte es Ella allerdings nicht, das herauszufinden, ohne offensichtlich zu starren. Zudem lachte er nicht, sondern schien zwischen kräftigen Schlucken sein Pintglas von allen Seiten ernsthaft zu studieren. Konnte sie ihn als Nebenfigur gebrauchen? Dennis, so hatte Canny ihn begrüßt. Dennis the menace, ein Frauenheld?

Plötzlich sah Dennis auf und zwinkerte ihr zu. Mist, nun hatte sie doch gestarrt. Sie leerte ihr Glas und packte ihr Notizbuch in die Handtasche. Lord Irgendwas drehte sich um und lächelte sie an.

„Sie sehen aber noch durstig aus. Können wir Ihnen einen Drink spendieren?“, fragte er.

Ella zögerte.

„Einen Weißwein für die Lady!“ Dennis hob die Hand und Canny griff nach einem Weinglas, bevor sie ablehnen konnte.

„Sie sind neu hier“, stellte Lord Irgendwas fest. „Urlaub?“

„Nicht ganz“, antwortete Ella. „Ich werde ein halbes Jahr in Canterbury arbeiten.“

Die beiden Männer nickten, fragten aber nicht weiter nach Details. Die englische Zurückhaltung kam Ella gut zupass. Ihr australischer Akzent, das Wetter und Canterburys Sehenswürdigkeiten waren wesentlich einfachere Themen als romantische Liebesromane. Vielleicht sollte sie lieber mal das Genre wechseln und es mit einem Krimi versuchen. Darüber im Beisein von attraktiven Männern zu sprechen, wäre sicher weniger peinlich.

„Wo bleibt eigentlich der Bill?", fragte Dennis schließlich mit einem Blick auf seine Armbanduhr.

„Keine Ahnung. Wahrscheinlich wieder mal Überstunden." Der Mann im Anzug zuckte mit den Schultern.

Er hieß Tom, wie Ella mittlerweile erfahren hatte. Die Wahrheit war, wie zu erwarten, etwas enttäuschend. Tom war natürlich kein Lord. Und nach dem längeren Gespräch war bei Ella auch das Kribbeln verschwunden, das seine ersten Blicke ausgelöst hatten, obwohl er ausgesprochen sympathisch war und auf angenehm zurückhaltende Art flirtete.

„Da war doch vor ein paar Tagen dieser Unfall mit Fahrerflucht", erklärte er gerade Dennis.

Ella horchte auf. Ging es um Aileen? Was war mit dem Unfall? Am Morgen erst hatte sie in der Online-Zeitung gelesen, dass die Polizei den Fahrer gefasst hatte.

„Ja, und?" Dennis starrte Tom an und runzelte die Stirn. „Was hat er denn damit zu tun?"

„Weiß nicht genau. Aber es war vielleicht eben doch kein Unfall, sondern Mord."

Dennis zuckte zusammen und starrte erneut in sein Bier.

Ella war plötzlich übel. Sie schob ihr halbvolles Glas von sich, rutschte von ihrem Hocker, verabschiedete sich mit mechanischem Lächeln und höflichem Dank für den Wein und eilte hinaus.

Wieder empfing sie draußen kalter Regen. Dieses Mal jedoch kam er ihr gelegen und es kümmerte sie nicht, dass ihre Haare schon nach wenigen Metern am Kopf klebten. Der Regen wusch den leichten Wein-Nebel weg und auf dem Heimweg hatte sie Gelegenheit nachzudenken.

Kein Unfall? Aileen war ermordet worden? Aber wie hatte der Autofahrer wissen können, dass sie so unvorsichtig sein würde, die Straße zu überqueren, statt die Unterführung zu nehmen? Kannte er sie? Hatte er gewusst, wann sie unterwegs sein würde? Hatte er irgendwo gewartet, um sie zu erwischen?

Ella schüttelte den Kopf. Das konnte nicht sein. Der Plot war völlig undicht. Halt! Sie erschrak vor ihren eigenen Gedanken. Dies war kein Plot für irgendeine ihrer Geschichten! Der Unfall war wirklich passiert. Und Aileen, die nette, hilfsbereite Aileen, die ihre Freundin hätte werden können, war tot.

Kapitel 5

Das Wochenende verbrachte Ella mit Sightseeing und ihr Notizbuch füllte sich mit möglichen Schauplätzen und Ideen für ihren Roman. Sie ließ sich, da sie innerhalb des Vier-Meilen-Radius des Bell Harry Tower der Kathedrale wohnte, einen Pass ausstellen, der ihr den kostenlosen Zutritt zum Cathedral Precinct ermöglichte. Die Kathedrale faszinierte sie nicht nur wegen ihrer langen Geschichte und ihrer Architektur, sondern auch wegen des charakteristischen Wechselläutens, das so anders klang als die Kirchenglocken in Deutschland. Das ständige Auf- und Absteigen der verschiedenen Tonfolgen löste ein willkommenes Gefühl von Vertrautheit, Geborgenheit und Frieden in ihr aus und half ihr, nicht allzu oft an Aileen zu denken.

Per E-Mail informierte der Chorleiter am Sonntagabend, dass die Probe am folgenden Dienstag ausfallen würde. Das gab Ella ein bisschen Luft, um sich noch einmal zu überlegen, ob sie überhaupt weiter zu den Chorproben gehen wollte. Ja, es waren alle sehr nett zu ihr gewesen, und natürlich hatte es Spaß gemacht zu singen, aber den Trauerfall wollten die Chormitglieder vielleicht lieber ohne sie als Neue verarbeiten?

Eigentlich, so hatte sie auf ihren Streifzügen durch die Stadt überlegt, ging sie das Ganze ja auch gar nichts an. Es war purer Zufall gewesen, dass sie Aileen an jenem Abend kennengelernt hatte. Andererseits begann sie, sich ein winziges bisschen allein zu fühlen, und sie konnte nicht täglich im Pub rumhängen und irgendwelche Männer kennenlernen. Vielleicht konnte sie ihre Canterbury Rose einfach ein bisschen schneller schreiben und früher aus England abreisen?

Mit dieser nicht unbedingt unangenehmen Idee ging Ella erneut an die Arbeit. Sie musste endlich ihre männliche Hauptfigur entwickeln, Lord Irgendwas. Lord A – Abercrombie? Nein. B – Blackadder? Quatsch! C – Constable? Nee. Aber C war gut. Das konnte man sich elegant auf einem Büttenpapier-Briefkopf vorstellen. Vielleicht ein Städtename? Canterbury fiel natürlich aus, aber wie wäre es mit – Carlisle? Ja, das klang schick: Lord Robert Carlisle.

Ella öffnete eine Datei auf ihrem Laptop und begann mit der Personenbeschreibung: groß, dunkelhaarig, breite Schultern, dunkle Augen mit geraden Brauen ... Für das untergründige Unglücklichsein, das er, anders als sein reales Vorbild Tom, ausstrahlen sollte und mit dem er Roses Herz gewinnen würde, konnte sie sicher noch einen tragischen Grund finden. Und morgen früh würde sie richtig loslegen!

Kapitel 6

Ella nahm einen großen Schluck Tee und starrte auf den Bildschirm ihres Laptops. Nur ein einziger neuer Satz stand da, obwohl sie gehofft hatte, ihre fünf täglichen Seiten bis zum Mittag geschrieben zu haben. Doch die Szene, in der Rose erstmals ihrem Lord begegnen sollte, war kniffliger, als sie gedacht hatte.

Warum musste es auch ausgerechnet ein Lord sein?! Aber da war die Programmleiterin ihres Verlags ganz entschieden gewesen – zumindest im ersten Buch der neuen Reihe mit English Romances musste ein attraktiver Adliger vorkommen. Dass Ella in Canterbury nicht unbedingt unter Adligen verkehren würde, war für die Programmleiterin kein Argument gewesen. Die Leserinnen wollten das so, hatte sie behauptet, Klischee hin oder her.

„Und Sie haben ja genug Erfahrung mit Liebesgeschichten!“

Ja, die hatte sie. Sieben erfolgreiche in Buchform und eine Reihe alles andere als erfolgreiche im echten Leben. Immerhin gab es ein paar nette Überbleibsel. So hatte sie von ihrer zweijährigen Ehe mit Lucas seinen schlichten, aber klangvollen Nachnamen zurückbehalten. Martin gefiel ihr immer noch ausgesprochen gut. Na ja, eigentlich gefiel ihr fast alles besser als ihr Mädchenname Schmitz. Das war ein Allerweltsname, zu dem es üblerweise in

Bonn, wo sie aufgewachsen war, auch noch einen passenden Karnevalsschlager gab, den ihre Klassenkameraden nur zu gerne gesungen hatten: „Jetz hät dat Schmitze Billa en Poppelsdorf en Villa ..." Natürlich war in ihrem Fall „dat Schmitze Ella" daraus geworden.

Mist, jetzt hatte sie den uralten Ohrwurm im Kopf! Und an Lucas dachte sie auch wieder. Wenn sie nicht aufpasste, würde gleich noch João dazukommen, und dann wäre es völlig vorbei mit der Konzentration auf Roses erste Begegnung mit dem Lord.

Ella atmete tief ein und aus, fuhr sich zum wiederholten Mal mit den Fingern durchs Haar und trank einen weiteren Schluck Tee. Warum die Figur des Lords ihr solche Schwierigkeiten bereitete, konnte sie sich nicht erklären. Sie hatte mit Tom aus dem Pub zumindest fürs Äußerliche ein ganz passendes Modell und ...

Es klopfte dreimal kräftig an der Haustür. Ella zuckte zusammen. Dass dieser kleine Türklopfer einen derartigen Lärm machte! Hatten die Leute hier extra Schallverstärker in den Türen?

Mit gespreizten Fingern strich Ella ihr zerrauftes Haar glatt und knöpfte die Strickjacke über ihrem Schlabber-Shirt zu. Die Leggings waren ganz okay. Na, wahrscheinlich war es sowieso nur der Postmann. Vielleicht kam das angekündigte Päckchen vom Verlag?

Ella entriegelte und öffnete die Tür. Die beiden Herren, die vor ihr standen, sahen nicht aus wie Briefträger. Sie trugen unauffällige Anzüge und machten ernste Gesichter. Oje, hoffentlich keine Zeugen Jehovas!

„Ms Martin?", fragte der Dunkelhaarige mit dem Bart.

„Ja?"

„Ich bin Detective Inspector Drake von der Kent Police und dies ist mein Kollege Detective Sergeant Patil. Können wir reinkommen?“

Überrascht trat Ella zur Seite und ließ die beiden ins Haus. Polizei? Sie ging voraus ins Wohnzimmer und deutete auf zwei Sessel. Moment, wie war das immer in den englischen Kriminalfilmen?

„Kann ich Ihnen einen Tee anbieten?“, fragte sie höflich und versuchte noch einmal unauffällig, ihre Haare zu glätten.

„Nein, danke“, antwortete der Detective Inspector.

Wie ein stummes Echo schüttelte der Sergeant den Kopf. Er hatte wunderschöne dunkle Augen – vielleicht sollte sie das nächste Mal einen indischstämmigen Helden wählen? Im Moment schaute er sich im Raum um und schien alles und jedes zu registrieren. Sein Blick blieb kurz am Laptop auf dem kleinen Esstisch hängen, auf dessen Monitor inzwischen die bunten Linien des Bildschirmschoners tanzten.

Ella drehte ihren Stuhl und setzte sich ihren Besuchern gegenüber. Sie bemühte sich, die überraschten Blicke auf ihre rot-schwarz-blau geringelten, dicken Wollsocken zu ignorieren.

„Wie kann ich Ihnen helfen?“, fragte sie höflich.

„Ihr Name ist Ella Martin und Sie sind Deutsche?“, vergewisserte sich der Inspector.

Ella nickte.

„Und Sie sind hier, um für ein Buch zu recherchieren?“ Das klang eher skeptisch und nicht besonders freundlich.

Ella nickte erneut.

„Sie kannten Aileen Crayford?", fragte der Inspector weiter.

Ella nickte ein drittes Mal und ergänzte: „Nur flüchtig. Ich hab sie erst am Dienstag bei der Chorprobe kennengelernt. Und an dem Abend ist sie ja ..."

Sergeant Patil zog einen Notizblock und einen Kugelschreiber aus der Innentasche seines Jacketts. Er wollte wohl ihre Aussage notieren.

„Andere Chormitglieder haben ausgesagt, dass Sie und Mrs Crayford noch länger geblieben sind", stellte der Inspector fest.

„Ja, Aileen war dran, die Tassen zu spülen, und ich hab ihr angeboten zu helfen und abzutrocknen. Sie war so nett und ich dachte, ich finde so leichter Kontakt ..."

„Sie wollten Kontakt zu Aileen Crayford? Warum?", unterbrach sie der Inspector.

Sergeant Patil hauchte den Stift an. Sein Notizblock war leer, obwohl er eben noch heftig darauf herumgekritzelt hatte.

„Moment, ich hab da was für Sie", sagte Ella, stand auf und ging zur Fensterbank. Dort lag eine längliche, bunte Schachtel, aus der sie einen Kugelschreiber mit dem Aufdruck www.ella-martin.de herausnahm. Sie reichte ihn Sergeant Patil, der sie überrascht ansah, aber sofort zugriff. „Ist kein Bestechungsversuch", sagte Ella und lächelte. „Und er ist gebraucht." Sie setzte sich wieder.

Der Inspector räusperte sich. Er hatte seine Brauen zusammengezogen und eine steile Falte zeigte sich auf seiner Stirn.

„Also, noch einmal: Sie wollten Kontakt zu Aileen Crayford? Warum?"

„Warum nicht? Sie war sehr sympathisch. Ich bin noch keine drei Wochen in Canterbury und kenne nicht so viele Leute hier. Außerdem bin ich nun mal ein hilfsbereiter Mensch."

„Und worüber haben Sie gesprochen?"

„Na, worüber wohl? Über das Wetter! Es hat ja fürchterlich gegossen."

„Nur über das Wetter?" Der Inspector wirkte skeptisch.

„Nein, natürlich nicht. Als wir beide allein waren, hat sie nach meinen Büchern gefragt. Ich bin nämlich Autorin."

„Das wissen wir. Uns interessiert mehr, ob Mrs Crayford über private Dinge mit Ihnen gesprochen hat. Private Dinge, die sie betreffen. Hat sie Ärger erwähnt oder Feinde?"

Ella schüttelte den Kopf. „Nein, da war sie sehr ... englisch."

Die Falte zwischen den Brauen des Inspectors wurde tiefer. „Und wie sah es mit ihren Plänen aus? Hatte sie an dem Abend noch etwas vor?"

„Mir hat sie nur gesagt, sie sei müde und wolle zum Busbahnhof." Ella schob ihr Kinn vor. „Was soll eigentlich die Fragerei, was wollen Sie von mir?"

„Sie haben vielleicht schon gehört, dass Mrs Crayfords Tod kein Unfall war." Der Inspector stand auf und kam auf sie zu.

Unwillkürlich erhob sich auch Ella. Wenn er dachte, er könne von so weit oben auf sie herabblicken, hatte er sich getäuscht. Zwar war er immer noch ein Stück größer als sie, doch mit zehn, zwölf Zentimetern kam sie zurecht.

„Ja, ich hab gehört, dass sie ermordet worden sein soll. Aber ich kann mir nicht vorstellen, wie der Autofahrer das abgepasst haben soll. Normalerweise nehmen doch alle Fußgänger dort an dem Kreisel die Unterführung, oder?"

Der Inspector nickte langsam. „Genau." Er sah sie forschend an.

„Dann verstehe ich nicht ... Und was hab ich überhaupt damit zu tun? Ich besitze nicht einmal ein Auto. Außerdem – in der Zeitung stand, Sie hätten den Fahrer des Unfallwagens gefunden. Dann haben Sie doch den Mörder!"

„Tja, sehen Sie, Ms Martin: Den Fahrer haben wir tatsächlich rasch gefunden. Nur was er anschließend zu Protokoll gegeben hat, war sehr seltsam. Er sagte, dass die Frau am Straßenrand entlangging, plötzlich schwankte und direkt vor seinem Auto auf die Straße stürzte. Er konnte nicht mehr ausweichen."

„Aber er hätte anhalten können – und Hilfe holen!"

Der Inspector nickte langsam. Ella warf einen Blick auf Sergeant Patil, der immer noch im Sessel saß. Er notierte jetzt nichts mehr, sondern starrte in ihr Gesicht, als warte er auf eine bestimmte Reaktion.

Sie sah wieder den Inspector an. „Was ist hier los?", fragte sie. „Was wollen Sie von mir?"

„Heute Morgen kam der Obduktionsbericht. Es war kein Zufall, dass Mrs Crayford auf die Straße stürzte; sie stand unter dem Einfluss von Diazepam. Es muss eine hohe Dosis gewesen sein."

„Was?" Ella riss die Augen auf. Diazepam kannte man in Deutschland unter anderem als Valium, das hatte sie für „Insel der Liebe" recherchiert. Aileen ein Junkie?

„Ja. Und leider besteht nun aufgrund verschiedener Aussagen die Vermutung, dass sie das Medikament nicht freiwillig genommen hat. Jemand könnte es ihr etwa eine bis eine halbe Stunde vor ihrem Unfall verabreicht haben."

Ella ließ sich auf ihren Stuhl fallen. „Im Chor", flüsterte sie. „Beim Tee nach der Probe."

Die Polizisten schwiegen.

„Aber wer sollte ...? Ich habe nicht bemerkt, dass ... Sie glauben doch nicht etwa, ich ...?" Sie schaute zu dem Inspector hoch. Aus diesem Blickwinkel sah er noch grimmiger aus.

„Sie waren die Letzte, die Aileen Crayford lebend gesehen hat."

Ella schüttelte den Kopf und starrte ins Leere.

„Wir hätten gerne eine DNA-Probe von Ihnen zum Abgleich von Spuren", sagte der Inspector und zog ein Plastikröhrchen aus seiner Jackentasche. Es war bereits mit ihrem Namen beschriftet.

„Das verstehe ich nicht. Eben haben Sie erklärt, Aileen sei vergiftet worden. Dabei hinterlässt doch niemand seine DNA, oder?"

„Das ist reine Routine. Werden Sie uns freiwillig eine Speichelprobe geben oder nicht?"

Ella schnaubte. „Natürlich, ich hab ja niemanden vergiftet, erstochen oder erwürgt. Bitte schön!" Sie stand auf und öffnete den Mund.

Der Inspector strich mit einem Wattestäbchen über ihre Mundschleimhaut und steckte es dann in das Röhrchen.

„Denken Sie, jemand hat Aileen vor das Auto geschubst?

Oder sie gezwungen, das Zeug zu nehmen, und dabei Spuren hinterlassen? Sie schien mir aber ganz normal bei der Chorprobe. Vermutlich hätte sie doch Hilfe gesucht, wenn jemand sie gezwungen hätte, oder?"

„Ich fürchte, wir können über laufende Ermittlungen keine Auskünfte geben", erwiderte der Inspector routiniert.

Ella schüttelte den Kopf und ging zur Wohnzimmertür. Dort drehte sie sich zu den Polizisten um.

„Würden Sie jetzt bitte gehen? Ich ..."

Sergeant Patil sprang auf und legte den Kugelschreiber zurück auf den Tisch.

„Behalten Sie ihn", sagte Ella mechanisch und sah zu, wie er seinen Block und ihren Stift in sein Jackett steckte.

Dann nickte er freundlich.

Ella führte die Männer zur Haustür und öffnete sie.

„Wenn Ihnen noch etwas einfällt, melden Sie sich bitte", sagte der Inspector. „Und Sie sollten jetzt nicht unbedingt die Stadt verlassen."

Ella zuckte zusammen. Sie kam sich vor wie in einem nicht allzu genialen Kriminalfilm. Doch es gelang ihr, höflich zu nicken.

„Es tut mir leid, ich habe Ihren Namen vergessen", erklärte sie. „Nur Sergeant Patil habe ich behalten."

„Detective Sergeant Jay Patil", sagte dieser zur Bestätigung und lächelte leicht, als er ihr seine Karte überreichte.

„Detective Inspector Alex Drake", antwortete der Inspector und gab ihr ebenfalls eine Karte. „Good bye, Ms Martin."

„Bye." Ella schloss die Tür und schob den Riegel vor.

Die Visitenkarten legte sie auf das Tischchen in der kleinen Diele.

DI Alex Drake – irgendwie schien ihr das vertraut, obwohl ihr der Mann völlig unbekannt gewesen war. Na, egal. Sie musste unter die Dusche und sich anziehen. Mit dem Schreiben würde es erst mal nichts mehr werden, dazu war sie zu aufgewühlt. Sie würde hinunter in die Stadt spazieren und im Heart of Gold stöbern. Dort konnte sie auch mit Agatha sprechen. Vielleicht wusste die mehr.

Unter der Dusche kam ihr die Erleuchtung: DI Alex Drake war eine Figur aus einer britischen Fernsehserie, die ihr Sylvia zur Einstimmung auf ihren Englandaufenthalt auf DVD geschenkt hatte. Und es war kein Wunder, dass sie den Zusammenhang nicht gleich erkannt hatte: DI Drake war dort eine Frau.

Ella grinste und begann den alten Bowie-Song zu singen, der den Titel der Serie inspiriert hatte: „Ashes to ashes, funk to funky – We know Major Tom's a junkie ..." *

Erschrocken brach sie ab. Ein Bild stand ihr vor Augen: Aileen hatte Schwierigkeiten gehabt, die Tür abzuschließen. Sie hatte über ihre Müdigkeit gescherzt. Das Diazepam hatte da bereits angefangen zu wirken. Und wenn Ella sie zum Busbahnhof begleitet hätte, wäre Aileen heute noch am Leben.

---

* David Bowie: „Ashes to Ashes" aus dem Album „Scary Monsters (and Super Creeps)

Kapitel 7

Eigentlich hatte Ella geplant, auf dem Weg hinunter ins Stadtzentrum noch einen Abstecher zu machen und endlich St Martin's zu besichtigen. Die Pfarrkirche galt als die älteste Englands und lag nur ein Gässchen abseits der viel befahrenen Straße, die Ella in die Stadt führte. Vielleicht konnte ein wenig Recherche sie von ihren kreisenden Gedanken ablenken. Doch wie bereits mehrere Male zuvor war sie am Abzweig zur Kirche vorbeigegangen und schon ein ganzes Stück entfernt, als ihr ihr Vorhaben wieder einfiel.

Sollte sie zurückgehen? Nein, so wichtig war das nicht. Wichtiger war, dass sie mit jemandem redete. Sie hatte zwar, nachdem der Inspector und sein Sergeant gegangen waren und sie geduscht hatte, spontan ihrer Adoptivschwester Sylvia eine Mail geschrieben, aber bis Sylvia die las und beantwortete, konnte einige Zeit vergehen. Seit die Zwillinge da waren, kam sie fast gar nicht mehr an den Computer. Andererseits waren die Ereignisse nicht gerade das, was Ella mit Facebook-Freunden besprechen wollte.

Im Heart of Gold herrschte Betrieb. Eine Frau stöberte die Kleiderstange mit den Secondhand-Blusen durch, zwei junge Mädchen probierten Hüte auf. Ein älterer Mann stand vor dem Bücherregal, den Kopf schief gelegt, und las die Titel auf den Buchrücken.

Ella hielt Ausschau nach Agatha, aber an der Kasse tat eine andere Frau Dienst. Sie nahm gerade Geld von einer jungen Mutter mit Kleinkind entgegen und wechselte ein paar herzliche Worte mit ihr. Ella stellte sich zu ihnen und lächelte das Kind an, das daraufhin verlegen hinter seiner Mutter Schutz suchte, bis sie fertig war und es an die Hand nahm.

„Und was kann ich für Sie tun, love?", fragte die Frau an der Kasse schließlich an Ella gewandt. Auf ihrem Namensschild an der altrosa Bluse stand: „Helen, Volunteer". Auch sie gehörte also zu denen, die hier freiwillig Dienst taten und die Projekte von Heart of Gold unterstützten.

„Ich suche Agatha Summerfield. Ist sie heute nicht hier?", fragte Ella.

„Agatha? Doch, aber sicher. Sie ist irgendwo hinten. Möchte heute nicht so viele Menschen treffen, sagte sie. Jemand, den sie kannte ... Ach, gehen Sie doch einfach durch."

Sie deutete in Richtung Umkleidekabine. Und tatsächlich saß Agatha dort häkelnd auf einem Stuhl mit hoher Lehne, der einen der niedrigen Hocker ersetzt hatte. Als Ella auf sie zuging, sah sie von ihrem Häkelzeug auf.

„Ella! Wie schön, dich zu sehen!"

„Hello Agatha!" Ella bemerkte erschrocken, wie blass und müde Agatha aussah. „Ist alles in Ordnung mit dir?"

„Jaja, ich hab einfach nur schlecht geschlafen", erklärte Agatha und bot Ella einen Platz auf dem freien Hocker an.

Ella setzte sich und überlegte, wie sie am besten auf den Unfall zu sprechen kommen konnte. Agatha begann wieder zu häkeln, irgendetwas Weißes, Duftiges. Sehr weit war sie noch nicht gekommen, aber Ella tippte auf einen Schal.

„Das Häkeln beruhigt mich“, sagte Agatha und sah Ella aufmerksam an. „Könntest du auch mal versuchen.“

Ella nickte.

„Ich kann es dir gerne zeigen“, bot Agatha an.

„Als Kind habe ich sogar Häkeln gelernt“, erklärte Ella. „Meine Adoptivmutter hat immer gehäkelt oder gestrickt, und Sylvia und ich wollten das natürlich auch können.“ Sie zuckte mit den Schultern. „Aber das ist lange her.“

„Dann solltest du vielleicht wieder anfangen“, schlug Agatha vor und drehte ihre Handarbeit für die nächste Reihe um.

„Hm.“ Ella überlegte. Wie konnte sie das Thema anschneiden, ohne allzu sehr mit der Tür ins Haus zu fallen oder Agatha zu schockieren?

„Wie geht es mit deinem Roman vorwärts?“, fragte Agatha nach einer Weile.

Ella zuckte zusammen. „Ähm, ja, es geht. Heute Morgen lief es nicht so gut, weil ...“ Sie räusperte sich.

„Ach, dann war sicher die Polizei schon bei dir“, stellte Agatha fest und sah sie an. „Nachdem sie ja von Dorothy wussten, dass Aileen vor ihrem ... Unfall bei der Chorprobe war, haben sie uns heute Morgen wohl allen einen Besuch abgestattet.“

Erleichtert nickte Ella. „Ja, vorhin waren ein Inspector und sein Kollege bei mir. Sie haben gesagt ... Aileen soll Diazepam genommen haben? Oder jemand hat es ihr gegeben. Das sagte jedenfalls der Inspector – weil es Aussagen gibt, die darauf hindeuten.“

„Damit meinte er wohl mich“, erklärte Agatha. „Aileen

war nie und nimmer abhängig. Ich kannte sie ihr ganzes Leben lang. Und ich bin vielen Menschen begegnet, die abhängig von Beruhigungsmitteln oder anderen Medikamenten waren. Schließlich war ich lange genug Krankenschwester."

„Ich kann mir das auch nicht vorstellen", erwiderte Ella. „Sie wirkte so stark, so voller Power und Pläne! Nicht wie jemand, der sich zudröhnt. Aber vielleicht hatte sie Schlafschwierigkeiten und hat das Zeug ganz frisch genommen? Vielleicht in der falschen Dosis? Der Inspector hat was von hoher Dosierung gesagt. Und mir ist eingefallen, dass sie extrem müde war, als wir uns verabschiedet haben. Da muss sie also das Mittel schon ..."

„Müdigkeit, Mattheit, Schwindel und Muskelschwäche – ja, das erklärt, warum sie auf die Straße gestürzt ist. Der arme Mann, der sie überfahren hat!"

Ella stand auf. „So arm finde ich ihn nicht", stellte sie fest. „Er hätte ja anhalten und Hilfe rufen können. Vielleicht hätte man sie noch gerettet."

„Wohl nicht. Die Verletzungen durch das Auto waren tödlich, hat die Polizei gesagt. Aber trotzdem wäre es für alle natürlich besser gewesen, wenn der arme junge Mann zumindest versucht hätte zu helfen."

„Hm. Mein Mitleid hält sich in Grenzen."

„Das sagt Dorothy auch. Es ist ein Riesenschock für die Familie. Aileens Mann Steve hat die Kinder aus dem Internat geholt. In solchen Zeiten gehört die Familie einfach zusammen. Mehr Sorgen mach ich mir allerdings um Dorothy. Ihr geht es wirklich schlecht. Ich werde nachher noch einmal zu ihr gehen und schauen, ob sie etwas braucht. Inzwischen ist aber auch ihr Sohn aus Manchester da, so dass sie nicht allein ist."

„Dorothy?"

„Ja, weißt du es denn nicht? Hab ich das nicht erwähnt, als ich euch vorgestellt habe? Meine Freundin Dorothy ist Aileens Mutter."

Ella sah sie überrascht an. Dorothy, die weißhaarige alte Dame, die sie so sehr an die Queen erinnerte, war Aileens Mutter? Bei der Chorprobe war ihr nicht aufgefallen, dass sich die beiden besonders nahe gestanden hatten. Aber das mochte täuschen, tiefere Gefühle wurden in diesem Land ja nicht gerade offen gezeigt.

„Auf jeden Fall verstehe ich das alles nicht." Ella schüttelte den Kopf. „Warum hat Aileen nicht die Unterführung benutzt? Was wollte sie auf der anderen Seite der Straße? Warum ist sie nicht zum Busbahnhof gegangen, wie sie gesagt hatte?"

„Vielleicht war sie desorientiert durch das Medikament. Das wäre möglich."

„Aber genau das verstehe ich auch nicht. Wenn sie es nicht selbst genommen hat, wer sollte ihr das Mittel denn gegeben haben? Der Inspector meinte, sie muss es etwa eine halbe bis eine Stunde bevor sie ... vor dem Unfall zu sich genommen haben. Das heißt doch, dass sie es bei uns nach der Probe, beim Tee ..."

Agathas Lippen wurden schmal und sie legte ihr Häkelzeug sorgfältig zusammen. Dann sah sie auf.

„Medikamente wirken nicht bei jedem gleich", sagte sie. „So sicher kann die Polizei da nicht sein. Vielleicht war auch alles ganz anders. Mach dir nicht zu viele Gedanken! Es wird sich klären."

„Hoffentlich!“ Ella atmete tief durch. „Ich habe nämlich keine Lust, die Verdächtige Nummer eins zu sein, die böse Deutsche, die in Canterbury ihre Opfer sucht!“

Agatha lachte kurz auf. „Was bringt dich denn auf diese absurde Idee? Wieso solltest du verdächtig sein? Du kanntest Aileen doch vor Dienstagabend gar nicht.“

Ella holte noch einmal tief Luft. „Dann erzähl das mal dem Inspector. Der hat laut und deutlich festgestellt, dass ich die Letzte war, die Aileen lebend gesehen hat, und sein Blick sprach Bände.“

Kapitel 8

Glücklicherweise hörte Ella in den folgenden Tagen nichts mehr von DI Drake. Möglicherweise war ihm selbst aufgegangen, wie absurd sein Verdacht war. Allerdings konnte sie nicht wirklich wissen, wie so ein Polizistengehirn arbeitete.

Von einer Verhaftung hatte nichts in der Zeitung gestanden, also brauchte sie nicht darauf zu hoffen, dass sie auf diese Weise entlastet würde. Aber waren nicht sowieso die anderen Chormitglieder viel verdächtiger, die, die Aileen schon lange gekannt hatten, sie vielleicht nicht gemocht hatten und somit ein Motiv hatten? Was war dagegen ihre Hilfe beim Geschirrspülen an jenem Abend? Wenn es stimmte, was der Inspector gesagt hatte, hatte Aileen das Diazepam zu diesem Zeitpunkt bereits im Körper gehabt.

Also, warum machte sie sich Sorgen, was dieser Inspector dachte? Sie sollte lieber den Abend genießen. Entschlossen betrat Ella den White Swan und sah sich suchend um.

„Kommen Sie heut' Abend wieder in den Pub?", hatte Tom gefragt, als sie ihm in seiner Mittagspause unversehens in die Arme gelaufen war.

Sie hatte erfreut genickt, und nun war sie hier. Ah, da hinten. Tom, Dennis und die junge Frau, die sie als Vorbild für ihre Heldin Rose genommen hatte, saßen an einem runden Tisch in der rechten hinteren Ecke. Als Tom Ella entdeckte, stand er auf, winkte und kam auf sie zu. Sie ging ihm entgegen, doch er schwenkte ab zur Bar, wo er ein paar Worte mit Canny wechselte. Zögernd blieb sie stehen.

„Come on, wir beißen nicht", rief Tom ihr zu und trat neben sie. Er berührte kurz ihre Schulter und begleitete sie zum Tisch. „Dennis kennen Sie ja bereits, und das ist Tamlin, eine neue Kollegin von mir. Sie wollte unbedingt mit, als sie gehört hat, dass Sie Deutsche sind. Sie war nämlich mal zum Austausch in Deutschland."

„Tatsächlich?", fragte Ella und setzte sich auf den angebotenen Stuhl. „Wo denn?"

„In Freiburg", antwortete Tamlin. „Kennen Sie das?"

„Ich weiß, wo Freiburg liegt, aber ich war noch nie dort. Ich habe viel im Ausland gelebt, in Australien und Portugal. Dann sprechen Sie also Deutsch? Wie lange waren Sie denn da?"

Tamlin nickte und lächelte schüchtern. „Ich habe ein Jahr in Deutschland gelebt und bin dort zur Schule gegangen. Es war eine sehr schöne Zeit", erklärte sie auf Deutsch. Ihr Akzent war überraschend schwach.

Ella lächelte anerkennend.

„Mein Freund", sagte Dennis grinsend und klopfte Tom auf die Schulter, „ich glaube, du hast einen Fehler gemacht. Jetzt werden die Mädels all ihre Geheimnisse in dieser seltsamen Sprache austauschen und wir verstehen gar nichts mehr."

Tamlin errötete. In dem Moment hob Canny an der Bar mit Blick zu Tom den Arm und ließ seinen Zeigefinger kreisen.

„Ah, unsere Runde ist fertig." Tom stand auf und ging hinüber, um die Getränke zu holen und zu bezahlen, die Canny bereits auf ein Tablett gestellt hatte.

„Aber ich kann doch ...", setzte Ella an, als Tom zurückkam.

„Die nächste Runde ist dann Ihre", bestimmte er und stellte ein Glas Weißwein vor sie hin. Dann verteilte er die drei Pintgläser Bier und warf vier Minipackungen Crisps in die Mitte des Tischs. „Auf den Job, der Sie nach Canterbury und uns zusammengeführt hat! Cheers!", sagte er.

„Darf ich fragen, was das für ein Job ist?", wollte Tamlin wissen. „Etwas im Tourismus-Bereich? Jetzt zum Saisonanfang werden ja viele Leute mit Fremdsprachenkenntnissen gesucht. Ich habe während meines Studiums im Sommer auch immer Stadtführungen gemacht."

Ella schüttelte den Kopf. „Ich schreibe", sagte sie.

„Für eine Zeitung?"

„Nein, ich schreibe einen Roman. Ich bin Autorin."

„Und dafür müssen Sie nach Canterbury kommen? Dafür gibt es doch sicher ein schöneres Plätzchen, zum Beispiel in der Karibik", mischte sich Dennis ein.

Ella grinste. „Nicht, wenn der Roman in Canterbury spielen soll und ich noch nie zuvor in England war."

Dennis nickte. In der nächsten Viertelstunde drehte sich das Gespräch um Ellas erste Erfahrungen in der Stadt, danach um Hintergrundrecherchen und andere Länder im Allgemeinen. Tom steuerte ein paar Anekdoten aus seinem Schüleraustausch in Südfrankreich bei, die sicher höchstens zur Hälfte wahr waren, und Tamlin lauschte aufmerksam. Schließlich stand Dennis auf und holte eine neue Runde Getränke.

„Hey, ich dachte, ich sollte ...", widersprach Ella, als er zurückkam, aber Dennis wischte ihre Bedenken beiseite.

„Du hast gerade so schön erzählt. Bist du eben beim nächsten Mal dran. Also, weiter – Australien, du warst dann auf dieser Insel ..."

Ella sah von einem zum anderen. „Interessiert euch das überhaupt?", fragte sie mit etwas schlechtem Gewissen. „Ich rede hier die ganze Zeit und ..." Sie zuckte mit den Schultern.

„Also ich finde das wirklich faszinierend", sagte Tom und schaute ihr tief in die Augen. „Ich würde jetzt bloß zu gerne noch wissen, ob wir auch in deinem Roman vorkommen."

Ellas Gesicht wurde heiß. Tom machte sich als Lord Carlisle wirklich gut in der Szene, in der er und Tamlin, äh, Rose, sich erstmals begegneten. Eigentlich benutzte Ella nie Menschen, die sie kannte, als Vorbilder für ihre Figuren, aber vergangene Woche hatte sie die Leute, mit denen sie jetzt am Tisch saß, ja auch noch nicht gekannt.

„Äh, nein", stammelte sie.

„Wird es ein Kriminalroman?", erkundigte sich Tom.

„Dann müsste sie sich mal mit dem Bill treffen", schlug Dennis vor und Tom lachte.

Bill, den Namen hatte Ella schon mal gehört. Das war doch der Freund der beiden, der beim letzten Mal nicht gekommen war, weil er Überstunden hatte machen müssen wegen Aileens Unfall ... Rasch schob Ella den Gedanken beiseite.

„Guck mal, wie lange sie nachdenkt. Sie scheint nicht sicher zu sein, was sie schreibt", stellte Tom fest und rückte ein wenig näher an sie heran. „Verrat's mir, lovey, ich kann Geheimnisse bewahren. Manchmal." Er lachte.

Drei Augenpaare sahen sie aufmerksam an. Nun denn – sie mussten ja nur googeln, dann würden sie es sowieso wissen.

„Liebesromane mit schönem landschaftlichen Hintergrund, Love and Landscape sozusagen."

Tamlin riss die Augen auf. Aha, da war Ella wohl auf eine potenzielle Leserin getroffen. Dennis und Tom grinsten dagegen nur.

„Du bist Spezialistin für Liebesgeschichten?", fragte Tom und lehnte sich noch näher zu ihr.

Seine Stimme war tief und leise und etwas in Ellas Bauch machte einen kleinen Hüpfer. Der Mann hatte was, definitiv.

„Dann kannst du unserem Dennis hier vielleicht einen Tipp geben", fuhr Tom fort. „Denn ... Autsch!"

Dennis hatte ihn offenbar kräftig gegen das Schienbein getreten und sah nun gar nicht mehr amüsiert aus. „Halt dich da raus!", zischte er.

Plötzlich war die Luft dick. Die Männer starrten sich an.

Tamlin rutschte auf ihrem Stuhl hin und her, dann stand sie auf. „Bin gleich zurück!", erklärte sie und nahm ihre Handtasche.

„Ich komme mit", sagte Ella schnell und folgte Tamlin zu den Toiletten.

Statt der Aufschrift „Ladies" war auf der Tür eine Frau in mittelalterlichem Gewand zu sehen, wieder mal eine Hommage an Chaucer und seine „Canterbury Tales".

Denen begegnete Ella hier überall. Die alten Geschichten waren eine harte Konkurrenz. Sie grinste.

Es gab zwei Kabinen, aber nur ein Waschbecken, das Tamlin und Ella sich teilten.

„Ich glaube, ich gehe jetzt gleich", sagte Tamlin und trocknete ihre Hände ab. „Ich passe nicht so richtig dazu. Aber ich wollte dich wirklich gerne kennenlernen. Und mein neuer Boss wollte mich schon lange mal einladen. Allerdings finde ich immer ... so in derselben Firma, wenn dann nicht alle dabei sind ..." Sie zuckte die Schultern.

„Dein Boss?"

„Tom. Er ist der Leiter der Marketing-Abteilung von Bendora Pharmaceuticals."

„Ein Pharma-Unternehmen? Ich dachte, er wäre Banker."

Tamlin schüttelte den Kopf und öffnete die Tür zum Gang. „Also, ich geh dann hinten raus, mein Auto steht um die Ecke. Wenn du noch Fragen zur Stadt hast, kannst du mich gerne anrufen. Wie gesagt, ich hab hier früher Führungen gemacht." Sie zog eine Visitenkarte aus ihrer Tasche und schrieb eine Nummer auf die Rückseite. „Meine Privatnummer", erklärte sie. „Und ich werde nun mein Deutsch auffrischen, damit ich deinen Roman dann auch lesen kann, wenn er erscheint. Es war nett, dich kennenzulernen."

„Gleichfalls", sagte Ella. Sie sah Tamlin hinterher, die durch den Hinterausgang verschwand.

Die Männer hatten sich in der Zwischenzeit wieder beruhigt und sahen Ella friedlich entgegen.

„Tamlin musste gehen, sie hat einen Anruf bekommen",

log Ella. „Und ich hole uns jetzt noch eine Runde, bevor ich nach Hause gehe."

An der Bar war es inzwischen voll geworden und Ella musste eine Weile warten, bis sie an der Reihe war. Das gab ihr die Gelegenheit, sich in Ruhe zu überlegen, was sie tun sollte. Sie hatte keine Lust, in irgendwelche Streitereien hineingezogen zu werden; andererseits schien Dennis' plötzliche aggressive Aufwallung vorbei zu sein.

Schließlich nickte Canny ihr auffordernd zu und sie bestellte zwei Pints für die Männer. Ihr Weinglas war noch nicht leer und sie setzte diese Runde lieber aus. Während Canny das Bier zapfte, sah Ella hinüber zu Dennis und Tom. Mist, an ihrem Tisch saß inzwischen ein weiterer Mann in einem dunkelblauen Pullover. Er drehte ihr den Rücken zu und sie konnte nicht erkennen, ob er schon etwas zu trinken hatte. Sollte sie ihm nun auch etwas mitbringen? Aber als sie an die Bar gegangen war, war er ja noch nicht da gewesen. Sollte sie trotzdem ...? Mist, Mist, Mist, wie viel unkomplizierter war es doch in Deutschland, wo jeder einfach seinen eigenen Kram bestellte und bezahlte!

Als sie schließlich mit zwei Gläsern in den Händen zurück zum Tisch marschierte, sah sie mit Erleichterung, dass vor dem Fremden ein Pint Guinness stand.

„Bitteschön!", sagte sie und stellte das Bier vor Tom und Dennis ab.

„Thanks!", erwiderte Tom.

Der Fremde blickte auf, als sie sich setzte und ihn von der Seite ansah. Hm, das Gesicht hatte sie schon einmal gesehen.

„Meet the Bill!", verkündete Dennis mit großer Geste

und warf dabei beinahe sein Glas um. Seine Augen wirkten ein bisschen glasig.

Der Neue starrte sie ungläubig an. Er zog die Brauen zusammen und eine steile Falte bildete sich auf seiner Stirn. In diesem Moment erkannte sie ihn: Alex Drake, der verflixte Inspector von der Kent Police!

„Wir kennen uns", bemerkte er trocken und nahm einen großen Schluck von seinem Guinness.

„Du hattest schon Kontakt mit der Polizei, Ella-Bella?", neckte Tom sie.

Ella schwieg und überlegte krampfhaft, wie sie sich aus dieser Situation retten konnte. Sollte sie wieder zur Toilette verschwinden und Tamlins Beispiel folgen?

„Warum nennt ihr ihn eigentlich Bill?", fragte sie schließlich. „So heißt er doch gar nicht. Zumindest hat er sich mir mit einem anderen Namen vorgestellt."

„Nicht einfach Bill – the Bill. The Bill ist die Polizei, weißt du, so wie der Titel der Fernsehserie", erklärte Tom geduldig. „Obwohl, die kennst du vielleicht nicht. Aber die hat Alex schon als Kind immer sehen müssen. Kein Wunder, dass er irgendwann bei dem Verein gelandet ist." Er fing sich einen strengen Blick von Alex Drake ein.

Ella nickte. „Verstehe." Sie leerte ihr Glas und stand auf. „Es tut mir sehr leid, aber ich muss jetzt los. Ich habe heute Abend noch ein paar Seiten zu schreiben, meine Verlegerin will morgen eine Leseprobe."

„Oh nein, bleib doch noch ein bisschen länger und erzähl uns von ... deinen Liebesgeschichten." Tom zwinkerte ihr zu.

Ella zögerte. War es nicht dumm, sich von diesem Inspector einfach so vertreiben zu lassen?

„Lass sie gehen, Tom!", sagte Alex Drake leise.

„Wenn du das sagst." Tom zuckte mit den Schultern und wandte sich erneut an Ella. „Dann eben ein anderes Mal. Du weißt ja, wo du uns freitagabends findest."

„Oder mittwochs oder samstags oder sonst wann", warf Dennis ein. Sein Glas war leer.

Ella nickte und griff nach ihrer Jacke. „Bye", rief sie und marschierte zur Ausgangstür. Frische, kalte Luft schlug ihr entgegen, aber immerhin regnete es nicht. Sie atmete tief ein und aus und machte sich auf den Heimweg.

Mist, sie hätte besser doch bleiben sollen. Vielleicht hätte sie dem Inspector in diesem Rahmen eher klarmachen können, dass sein Verdacht völlig hirnrissig war. Aber nun konnte sie schlecht zurückgehen. Zum einen war sie schon am Gefängnis vorbei – das passte ja gerade! – und damit fast zu Hause. Zum anderen musste sie sich erst überlegen, wie sie ihn überzeugen konnte.

Am besten wäre es natürlich, sich diskret umzuhören, wer ein Motiv und die Gelegenheit gehabt hatte, Aileen die Tabletten zu geben, und das dann der Polizei zu melden. Da der Zeitpunkt der Vergiftung sehr wahrscheinlich während der Chorprobe gewesen war, würde sie am nächsten Dienstagabend damit anfangen. Sie konnte schließlich hervorragend Handlungsbrüche und Ungereimtheiten in Büchern finden – also würde sie sicher merken, wenn jemand log. Und weil die Leute von ihr als Nicht-Engländerin sowieso weniger Zurückhaltung bei persönlichen Fragen erwarteten, würden sie ihre außergewöhnliche Neugier wahrscheinlich als Marotte abtun. Ja, so musste es gehen.

Entschlossen stapfte Ella St Martin's Hill hinauf.

Kapitel 9

„Gehst du aus?", fragte George, als sie am frühen Dienstagabend aus der Haustür trat. Er fing geschickt die bunten Bälle auf, mit denen er jongliert hatte.

Ella sah an sich herunter.

„Ich mag Mädchen in kurzen Röcken", verkündete der Junge mit einem anerkennenden Blick auf ihre schwarz bestrumpften Beine.

Ella grinste. George war höchstens acht oder neun, aber sein Charme war bereits jetzt umwerfend.

„Ich gehe zur Probe. Ich singe nämlich in einem Chor", erklärte sie.

„Oh, nice! Ich singe auch gern. Aber Andy fängt dann immer an zu weinen." Er zuckte die Schultern. „Babys sind, glaube ich, nicht sehr musikalisch."

„Vielleicht kommt das noch", tröstete Ella ihn. „Oder dein Brüderchen hat andere Begabungen."

„Er mag Bälle! Das ist aber doof, weil er am allerliebsten die hier mag." George zeigte Ella die drei Jonglierbälle in seinen Händen. „Da hat er sogar mal reingebissen!" Er streckte eine Hand nach vorn.

Tatsächlich, in einem der Bälle war ein kleiner Schlitz zu sehen, der von Kinderzähnchen stammen konnte.

„Deshalb üb ich jetzt immer draußen. Und weil Mum gesagt hat, sie will nicht, dass noch eine Vase runterfällt. Dabei war die Vase total hässlich."

Ella lachte. Bei den McDonalds schien immer etwas los zu sein, aber bei vier oder fünf Kindern – Ella war sich da nicht ganz sicher – war das wohl kein Wunder. Manchmal traf sie die Mutter, wenn sie eines oder zwei der kleineren Kinder ins Auto packte, um einkaufen zu fahren. Für ein längeres Gespräch reichte es zwar nie, aber in den letzten Wochen war doch ein Gefühl von guter Nachbarschaft entstanden. George war der Älteste der McDonald-Kinder, und Ella hatte beobachtet, dass er gerne den Kiesweg am Ende des Windmill Close nutzte, wenn er ungestört von seinen Geschwistern spielen wollte.

„Schau mal!" Jetzt warf er die Bälle kurz nacheinander in die Luft und begann zu jonglieren.

Ella nickte anerkennend. Dann wünschte sie ihm viel Spaß und machte sich auf den Weg.

Das Heart of Gold hatte inzwischen natürlich geschlossen, aber das Schaufenster leuchtete ihr immer noch sehr pink entgegen. Vor rund drei Wochen war sie erstmals hier vorbeigegangen. Seltsam, eigentlich waren drei Wochen eine typische Urlaubslänge, doch ihr kam die Zeit erstaunlich kurz vor. Andererseits kannte sie die Straßen im Zentrum inzwischen so genau, dass sie nicht erst überlegen musste, wo sie ein bestimmtes Geschäft fand oder wie sie einen verloren wirkenden Touristen zur nächsten Sehenswürdigkeit leiten konnte.

Einen Moment lang blieb Ella stehen und starrte den ausladenden Hut an, der immer noch keine neue Besitzerin gefunden hatte. Was wäre gewesen, wenn sie damals nicht hier hineingegangen wäre? In diesem Shop hatte die ganze Geschichte angefangen, mit Agatha ...

Kapitel 10

Auf dem Weg zum Eingang in den Cathedral Precinct waren Ella vor allem die Charity Shops in der Burgate aufgefallen, die mit ihrem Durcheinander von Secondhand-Kleidung, einzelnen Geschirrteilen, Büchern und allerlei anderem Krimskrams einen ganz eigenen Charme versprühten. Na ja, zumindest wenn man wie Ella eine Schwäche dafür hatte.

Im Laden des Roten Kreuzes stand ein Karton mit alten Schallplatten an der Tür. Ella war versucht, darin nach Schätzen zu stöbern, riss sich dann aber zusammen. Ihre möblierte Wohnung hatte keinen Plattenspieler und sie würde sich für die paar Monate hier auch keinen anschaffen.

Bei Cancer Research gab es hübsche indische Räucherstäbchenhalter aus Speckstein. Die müssten Sylvia gefallen. Allerdings war es noch ein bisschen zu früh, um an Mitbringsel für die Daheimgebliebenen zu denken.

Der dritte Charity Shop hieß Heart of Gold und gehörte laut der Plakette neben der Tür zu einer Hilfsorganisation gleichen Namens. Die kümmerte sich um Familien, die unverschuldet in Not geraten waren. Geschmackvoll dekoriert hingen zwei cremefarbene Blusen und ein hellgrünes Kleid mit passendem Schmuck im Schaufenster – auf Bügeln, die mit Goldgarn umhäkelt waren. Im Verkaufsraum entdeckte Ella dagegen die üblichen

Regale mit Büchern, Geschirr, Wäsche und Spielzeug. Mittendrin stand ein etwas schäbiger weinroter Ohrensessel, in dem eine rundliche ältere Dame saß und häkelte.

Wie gemütlich! Ella hätte am liebsten ihr Handy gezückt und diesen Anblick fotografiert, doch die Glasscheibe spiegelte und wahrscheinlich würde man hinterher auf dem Foto nicht wirklich etwas erkennen. Besser war es, ein Gedankenfoto zu machen und sich das Bild genau einzuprägen. Entschlossen betrat Ella das Heart of Gold.

„Morning!“, rief ihr die häkelnde Frau entgegen. „Schauen Sie sich nur um, und wenn Sie mich brauchen, rufen Sie!“

Ella grüßte ebenfalls und nickte. Das Angebot war das übliche. Aber während sie sich umsah, hatte sie immer wieder die Gelegenheit, zum Ohrensessel zu gucken und den Anblick abzuspeichern.

Was auf den ersten Blick wie das Klischee einer handarbeitenden Oma ausgesehen hatte, erwies sich auf den zweiten als eher ungewöhnlich. Im praktischen Kurzhaarschnitt der grauhaarigen Dame entdeckte Ella eine rote Strähne, von den Ohrläppchen der Frau baumelten große Ohrringe aus bunten Perlen und statt einer silbernen Omabrille trug sie ein großes rotes Kunststoffgestell. Erstaunlicherweise wirkte das alles durch ihr schlichtes schwarzes Kleid keineswegs übertrieben.

„Haben Sie was gefunden?“, fragte die Frau und sah auf. Offenbar hatte sie Ellas Blick bemerkt.

„Äh, nein, ich wollte mich einfach nur mal umschauen. Ich bin neu in Canterbury“, erklärte Ella schnell.

„Oh, wie nett“, sagte die Frau, legte ihr Häkelzeug zur Seite und erhob sich. „Von Down Under?“

Ella schüttelte den Kopf. „Nein, ich bin Deutsche. Aber ich habe ein paar Jahre in Australien verbracht."

„Oh, wie nett", sagte die Frau wieder. „Ich war ein paar Jahre in Amerika, aber den Akzent habe ich nie angenommen."

„Agatha, Volunteer", stand auf dem Namensschild, das oberhalb der runden Brust an ihrem Kleid steckte.

„Und jetzt machen Sie Urlaub in Canterbury", fügte sie hinzu und lächelte.

„Nicht ganz", antwortete Ella. Sie zögerte einen Moment lang, dann erklärte sie: „Ich werde bis zum Herbst hier wohnen, um zu recherchieren. Ich bin Autorin und soll eine neue Reihe von Romanen schreiben, die in England spielen. Da ich aber noch nie zuvor hier war, schau ich mir nun alles genau an."

„Oh, wie nett! Ich hoffe, es geht dabei auch um Liebe", sagte Agatha und zwinkerte Ella zu.

Die musste unwillkürlich lächeln. „Ja, natürlich. England gilt ja als sehr romantisch."

Agatha nickte zufrieden. „Wenn ich irgendwie helfen kann, melden Sie sich. Ich bin praktisch jeden Tag hier, vor allem vormittags. Mach noch ein wenig Freiwilligendienst, bevor ich mich zum alten Eisen lege." Sie zwinkerte wieder.

„Danke!", antwortete Ella überrascht.

„Ich kenne Stadt und Leute – und natürlich die Geister." Agatha grinste und um ihre Augen vertieften sich Dutzende von Lachfalten. „Wir haben nämlich eine ganze Schar von Geistern in Canterbury. Sie müssen unbedingt mal die Ghost Tour mitmachen."

„Das klingt interessant."

„Aber nun will ich Sie nicht länger aufhalten. Sie haben sicher noch eine Menge vor. Ach, und wenn ich nicht zu sehen bin, fragen Sie eine meiner Kolleginnen nach mir – Agatha Summerfield. Manchmal bin ich hinten und sortiere die Spenden." Sie deutete auf eine schmale Tür.

„Ella Martin", stellte sich Ella vor. „Es freut mich sehr, dass wir uns kennengelernt haben."

Agatha nickte freundlich. „Gleichfalls. Ach, übrigens: Sie singen nicht zufällig Alt?"

Ella runzelte die Stirn. „Wieso? Sieht man das?"

Agatha lachte. „Nein, aber wir suchen für unseren Chor noch dringend Sängerinnen im Alt. Und vielleicht singen Sie ja gerne und haben Interesse, ein paar Leute kennenzulernen?"

„Ich ... ich habe tatsächlich früher im Schulchor gesungen", gab Ella zu, „im zweiten Sopran oder im Alt."

Agatha schlug begeistert die Hände zusammen. „Schade dass, wir uns nicht schon gestern getroffen haben, da hatten wir Probe. Aber dann kommen Sie doch einfach am nächsten Dienstag, unser Chorleiter wird sich freuen. Wir sind rund dreißig Sänger und singen alles Mögliche – von Händel bis Rutter. Moment!" Sie ging zum Verkaufstresen, zog einen Zettel aus einer Schublade und schrieb eine Adresse darauf. Dann reichte sie Ella den Zettel und lächelte. „Dienstag um acht. Ich warte auf Sie!"

Kapitel 11

Wie anders die Atmosphäre im Probenraum heute war! Bei ihrem ersten Besuch hätte Ella die Stimmung als heitere Vorfreude bezeichnet, dieses Mal waren es eher Trauer und Unbehaglichkeit. Sie musterte die Sängerinnen und Sänger, die zum Teil leise miteinander sprachen. War hier jemand deutlich weniger betroffen als die anderen? Nein, es sah nicht so aus.

Agatha war immer noch sehr blass und still. Besonders ernst waren auch Phil, der Chorleiter, der am Klavier seine Noten sortierte, und Jen, eine junge Frau Mitte zwanzig, die Ella beim letzten Mal durch ihren klaren, hellen Sopran aufgefallen war. Dorothy fehlte. Dafür war dieses Mal James Appleton anwesend, der Professor, der Aileens Nachbar gewesen war. Agatha war gerade dabei, ihm Ella vorzustellen, als Phil in die Hände klatschte.

„Heute steht das Fecit potentiam auf dem Plan", verkündete er. „Lasst uns anfangen, reden können wir nachher beim Tee. Doch vorher bitte ich um eine Schweigeminute für unsere Aileen, die viel zu früh von uns gegangen ist."

Alle standen auf und schwiegen, die Mienen ernst und verschlossen. Ella stellte sich neben Agatha. Der Platz zu ihrer Linken blieb frei – Aileens Platz.

Schließlich schlug Phil einen Akkord an, um mit dem Einsingen zu beginnen. Obwohl Ella das Magnificat von

Rutter erst bei der vorherigen Chorprobe kennengelernt hatte, kam sie schnell in das Stück hinein. Von den Tönen her war es nicht schwer, doch die Rhythmik sauber zu singen und nach Phils Vorstellungen den Klang zu den Textstellen passend und ausdrucksvoll zu gestalten, hatte seine Tücken.

Endlich nickte der Chorleiter zufrieden. „Gut, dann singen wir zum Abschluss noch einmal die Nummer eins", sagte er und begann am Klavier mit dem schwungvollen Vorspiel.

„Und wie gefällt dir Canterbury inzwischen? Hast du dich schon eingewöhnt?", erkundigte sich Jen und reichte Ella eine Tasse Kaffee.

„Nein danke", lehnte Ella ab. „Ich meine, ich trinke keinen Kaffee, sondern lieber Tee."

Jen lachte. „Dann bist du englischer als ich – ich kann Tee nicht ausstehen. Moment!" Sie ging zu dem Tisch am Eingang des Probenraums, auf dem eine Teekanne stand, und goss Tee in einen Becher. „Milch und Zucker?", fragte sie Ella über ihre Schulter.

„Etwas Milch bitte, aber keinen Zucker", antwortete Ella und lächelte, als Jen ihr die Tasse reichte. Dann räusperte sie sich. Wenn sie nicht bald auf Aileen zu sprechen kam, würde sie unverrichteter Dinge wieder nach Hause gehen. Von allein schien niemand mit ihr darüber sprechen zu wollen, auch wenn sich viele der leisen Gespräche sicher um Aileens Tod drehten. Vermutlich lag es daran, dass sie neu im Chor und noch dazu keine Engländerin war. „Es ist so seltsam", begann sie schließlich, „ich muss heute immer an Aileen denken. Vielleicht, weil sie letztes Mal doch neben mir saß und wir uns beim Geschirrspülen so nett unterhalten haben."

Jens Lächeln verschwand. „Ja, das ist tragisch. Mir tut auch dieser junge Autofahrer leid. Wenn er nur eine Minute früher gefahren wäre ..."

Ella nickte, obwohl sie für den Fahrerflüchtigen kein Mitleid empfinden konnte. „Oder wenn Aileen eine Minute früher auf den Gehweg und nicht auf die Straße gestürzt wäre ...", gab sie zurück.

Jetzt nickte Jen.

„Kanntest du sie gut?", fragte Ella.

„Nicht so sehr, eigentlich nur von den Chorproben. Sie war eine nette Frau, aber eben doch um einiges älter als ich, verheiratet und Mutter und so. Da hatten wir nicht so viel gemeinsam."

„Ich hab gehört, James Appleton war ihr Nachbar?"

Jen nickte und warf einen Blick hinüber zu dem bärtigen Mann mit den tiefen Stirnfalten. „Hm. Aber sie waren nicht wirklich befreundet."

Wie interessant – wenn Ella richtig zwischen den Zeilen las, hieß das also, dass das Verhältnis kühl gewesen war. Hatte es etwa Nachbarschaftsstreitigkeiten gegeben? Diesen Professor musste sie sich genauer anschauen.

Nach ein paar unverfänglichen Worten ging Ella weiter. Sie sprach kurz mit Annie, von der sie erfuhr, dass Aileen eine wunderbare Köchin gewesen war und sich rührend um eine krebskranke Freundin gekümmert hatte. Zielgerichtet, aber unauffällig, wie sie hoffte, erreichte Ella schließlich James Appleton.

„Wir wurden vorhin unterbrochen", versuchte sie an

Agathas Vorstellung anzuknüpfen. „Also, ich bin Ella. Ich bin neu in Canterbury."

„Ich freue mich, Sie kennenzulernen", sagte James Appleton und schüttelte ihr die Hand. Er musterte sie kurz und runzelte die Stirn, als müsse er nachdenken. Dann fragte er höflich: „Und wie gefällt Ihnen Canterbury? Das Wetter war ja heute nicht allzu schlecht."

Tatsächlich war der Tag ausgesprochen sonnig gewesen.

Ella verkniff sich ein Grinsen. „Die Stadt ist wirklich sehr interessant", sagte sie, „und hat natürlich eine beeindruckende Geschichte."

„Waren Sie schon in der Kathedrale?", fragte James Appleton.

„Oh ja. Mehrmals. Es ist ein so schöner Ort."

James Appleton nickte langsam. Er mochte Mitte sechzig sein, doch sein Haar war voll und noch recht dunkel, während sein Bart fast völlig weiß war. Seine grau-blauen Augen hinter den Brillengläsern verengten sich eine Spur und seine Stirnfalten vertieften sich. Ella überlegte fieberhaft, wie sie das Gespräch auf Aileen lenken konnte.

„Sie sind aus Deutschland?", fragte James Appleton, und es klang nicht begeistert.

„Ja, wieso? Kennen Sie Deutschland?"

„Nicht wirklich. Und es ist schon sehr lange her", sagte er. „Sie entschuldigen? Ich fürchte, ich muss jetzt gehen." Er nickte zum Abschied und ging mit seiner Kaffeetasse Richtung Küche.

Hm, das war nicht besonders gut gelaufen, fand Ella. Hatte er etwas gegen Deutsche? Ausgesprochen sympathisch war er selbst auch nicht gerade. Sie musste unbedingt mehr über ihn erfahren. Wo war eigentlich Agatha?

Ella fand Agatha in der Küche. Sie stand an der Spüle und ließ heißes Wasser ins Becken laufen.

„Kann ich dir helfen?", fragte Ella und fühlte sich unangenehm daran erinnert, dass sie zwei Wochen zuvor genau an dieser Stelle genau dasselbe Aileen gefragt hatte.

„Gerne! Ich wollte schon mal anfangen", erklärte Agatha, „auch wenn noch nicht alle fertig sind. Phil ist gegangen, also besprechen wir heute nichts mehr."

„Ich habe mich gerade mit James Appleton unterhalten", sagte Ella und griff nach einem blau-weißen Geschirrtuch. „Er ist ein bisschen seltsam."

„Findest du? Na ja, er ist eben ein richtiger Professor. Wissenschaftler, um genau zu sein."

„Welches Fach?"

„Chemie. Aber jetzt frag mich nicht, was er da forscht! Eigentlich ist er auch schon im Ruhestand, glaube ich. Aber es soll Menschen geben, die den Ruhestand eher unruhig verbringen und gerne weiterarbeiten oder sich gar einen neuen Job suchen."

Ella lächelte. „Hm, da kenne ich tatsächlich eine Frau ..."

Agatha lächelte zurück.

„Und er war Aileens Nachbar? Kannte er sie gut?", fragte Ella.

Agatha zuckte mit den Achseln. „Ich weiß nicht. Sie hatten, glaube ich, nicht sehr viel Kontakt. Er lebt ja doch eher zurückgezogen. Ich weiß nicht, ob er außer seinem Labor und diesem Chor noch etwas anderes hat."

„Er ist nicht verheiratet?"

„Ich denke nicht. Obwohl Dorothy mir erzählt hat, dass er mal eine Frau und ein Kind hatte. Aber das muss dreißig Jahre her sein und ist wohl irgendwie tragisch ausgegangen."

„Ist er deswegen so mürrisch?"

„Mürrisch? Findest du?" Agatha schaute auf. „So habe ich das noch nie gesehen. Er ist oft mit seinen Gedanken woanders, aber mürrisch?"

Ella rief sich seinen Blick ins Gedächtnis. „Nun ja, vielleicht nicht mürrisch, aber sein Stirnrunzeln ist schon beeindruckend", sagte sie schließlich.

In diesem Moment brachten Jen und Rory, ein junger Mann, der Tenor sang, ein paar Tassen in die Küche und verabschiedeten sich dann.

„Wir sind die Letzten", erklärte Jen.

„Fein, dann bis nächste Woche!", rief Agatha und ließ die Tassen ins Abwaschwasser gleiten.

„See you!", erwiderte Jen und Rory hob kurz die Hand.

Schweigend trocknete Ella das Geschirr ab. Also, über den Professor musste sie unbedingt mehr erfahren. Ein Chemiker kannte sich unter Umständen auch mit Medikamenten aus, und möglicherweise hatte er mit Aileen ein Hühnchen zu rupfen gehabt, falls es tatsächlich Nachbarschaftsstreitigkeiten gegeben hatte. Er hatte zwar vor zwei Wochen bei der Chorprobe gefehlt, aber war es denn wirklich so sicher, wann Aileen das Diazepam geschluckt hatte? Vielleicht hatte er ihr schon vor der Probe einen tödlichen Cocktail gegeben. Von wem konnte sie wohl mehr über das Verhältnis von Aileen und James Appleton erfahren?

„Wie geht es deiner Freundin Dorothy?", fragte sie, als sie ihre Jacken anzogen.

„Nicht sehr gut, aber sie hält sich tapfer", antwortete Agatha und seufzte. „Sie versucht, Steve zu unterstützen und sich um die Kinder zu kümmern ..."

„Kann ich irgendetwas tun?", fragte Ella und bemühte sich, ihr Gewissen zu beruhigen, das ihr selbstsüchtiges Handeln unter dem Deckmäntelchen der Hilfsbereitschaft vorwarf. Nein, natürlich war ihr Angebot nicht nur Mittel zum Zweck. Sie würde die alte Dame wirklich gerne wiedersehen und ihr helfen.

Agatha nahm ihre Hand. „Das ist nett von dir. Weißt du was? Ich frag sie einfach und melde mich dann bei dir. Danke."

Kapitel 12

Die nächsten Tage verbrachte Ella überwiegend an ihrem Laptop. Sie arbeitete noch einmal gründlich am Plot, um Rose und ihrem Lord ein paar weitere schreckliche Hindernisse in den Weg zu legen. Außerdem schrieb sie drei kurze Szenen, in denen Roses Charakter deutlich wurde, und versuchte sich erneut an der ersten Begegnung ihrer Protagonisten. Dabei stieß sie allerdings an ihre Grenzen. Irgendetwas stimmte mit dem Lord immer noch nicht, obwohl sie nach dem ersten Entwurf recht zufrieden gewesen war. Er war so – wenig kantig. Ob ein dunkles Geheimnis half? Oder eine Narbe?

Am Samstagvormittag hatte sie einen Punkt erreicht, an dem sie nicht mehr weiterkam. Sie musste unbedingt auf andere Gedanken kommen und neue Eindrücke sammeln. Also klappte sie ihren Laptop zu und zog sich Jeans, einen Pulli und Sneakers an. Dann packte sie Geld, Taschentücher und ihr Notizbuch ein, schlüpfte in ihre Jacke, wickelte sich einen Schal um den Hals, der notfalls auch um den Kopf nicht allzu schlecht aussah, und machte sich auf den Weg zum Busbahnhof. Die Sonne schien und das Meer rief.

Der Triangle Bus, der von Canterbury zuerst nach Whitstable, dann nach Herne Bay und schließlich wieder zurück nach Canterbury fuhr, war mit dem Explorer-Ticket erstaunlich günstig. Vor allem aber war er ein

Doppeldecker-Bus und bot von der oberen Etage bestimmt eine schöne Aussicht. Leider waren die vorderen Plätze dort bereits besetzt, obwohl der Bus erst zehn Minuten später losfahren würde. Rechts saß ein italienisches Touristenpärchen, links eine Frau mit einem kleinen Mädchen, das seiner Barbie mit lautem „Look!“ sämtliche Dinge zeigte, die es für interessant hielt. Das waren vor allem rote Autos und Hunde. Ella lächelte und setzte sich hinter die Kleine, über die sie locker aus dem Frontfenster schauen konnte.

Der Bus füllte sich rasch. Viele Touristen stiegen ein, ebenso eine Menge Familien mit Kindern. Klar, es war Samstag, Ostersamstag sogar, wie Ella plötzlich einfiel. Ein prima Tag für einen Trip ans Meer. Hoffentlich war Whitstable nicht allzu überlaufen. Obwohl ihr ein bisschen Trubel nach den ruhigen Schreibtagen guttun würde.

Endlich setzte sich der Bus in Bewegung. Er passierte den Bahnhof Canterbury East, ein riesiges Shopping Centre, dann das Westgate und schob sich schließlich den Berg hinauf zur Universität. Dort stiegen Frau, Kind und Barbie aus und Ella eroberte schnell die vordere Sitzbank. Später fuhren sie an Feldern und kleinen Orten vorbei und an romantischen einsamen Häusern, die sich als Roman-Setting eigneten. Allerdings hatte Ella nicht das geringste Bedürfnis auszuprobieren, wie es sich dort lebte. Dann folgten ein riesiges Roundabout und eine Brücke über eine Autobahn – nach all dem Bergauffahren ging es nun wieder bergab – und schließlich waren sie in Whitstable angelangt.

An einer Haltestelle, in deren Nähe mehrere Geschäfte

zu sehen waren, stiegen viele Leute aus. Ella schloss sich ihnen an. Die Gegend sah schon gut nach Zentrum aus. Ein Straßenschild mit der Aufschrift „High Street" bestätigte Ellas Vermutung. Da gab es kleine Geschäfte mit blau- oder grün-weißen Markisen, einen Pub, einen Charity Shop, eine Bank. Die Straße gabelte sich und Ella wählte die rechts abgehende Harbour Street. Schließlich war sie nicht wegen der Geschäfte hier, sondern wegen des Meeres, das ihr von den kreischenden Möwen bereits angekündigt wurde.

Überall gab es kleine Imbissstuben und Pubs, Fish & Chips, Tapas, Käse ... Ellas Magen begann zu knurren. Aber nein, zuerst musste sie ans Wasser, ihre Füße ins salzige Nass strecken, in die Ferne schauen. Na ja, das mit den Füßen war verhandelbar; die frühlingskalte Nordsee an ihren Zehen war vielleicht nicht unbedingt nötig.

Tatsächlich führte die Harbour Street direkt zum Hafen. Ein großes Schild pries Oysters and Winkles – Austern und Strandschnecken – an. Hm, nicht ganz, wonach Ellas Magen verlangte. Über einen nicht besonders malerischen Parkplatz und vorbei an einem Café erreichte Ella endlich ein Stück Kiesstrand, das von zwei Holzanlegern begrenzt wurde. Sie setzte sich seitlich auf den näheren Anleger und ließ die Beine baumeln. Schön war es hier. Zwei Kinder sammelten am Strand Kiesel in ihre Eimer, liefen damit direkt ans Wasser und warfen die Steine einen nach dem anderen zurück ins Meer. Die Sonne schien Ella ins Gesicht und sie schloss einen Moment lang die Augen. Dann sog sie die salzige Luft tief in ihre Lungen und ließ sie langsam wieder ausströmen. Ein leichter Wind zauste ihr Haar, die Möwen kreischten und Ella kam es vor, als wäre sie völlig allein auf der Welt. Frieden. Diesen Augenblick musste sie auch Rose schenken, bevor sie ...

Plötzlich knurrte Ellas Magen laut und unmissverständlich nach Nahrung. Sie öffnete die Augen und blinzelte. Aus dem Augenwinkel glaubte sie, Lord Carlisle zu sehen, aber das war natürlich Quatsch. Zu viel der ungewohnten Sonne oder zu wenig Kalorien. Oder beides.

Sie schwang die Beine auf den Steg und ging zurück zum Hafenbecken, in dem Fischerboote mit dicken Netzen an Deck vor sich hin dümpelten, Segelboote auf ihren Wochenendausflug warteten und ein Lotsenschiff über sie alle zu wachen schien. Rechts neben dem kurzen Uferweg erstreckte sich ein langes Gebäude, in dem sich der Fischmarkt befand. Das klang gut.

Zu Ellas großer Freude gab es auf dem Markt nicht nur rohen Fisch zu kaufen, sondern auch einen Stand, an dem Fish & Chips frisch zubereitet wurden. Das Wasser lief ihr im Mund zusammen und sie war froh, dass die Schlange nur kurz war. Noch bevor sie sich zu einem der Tische vor der Halle bewegte, biss sie herzhaft in den krustigen Fisch. Hmmm! Sie bemerkte den Blick eines alten Herrn, der sie anlächelte und nickte. Er schien sich an ihrem Appetit zu freuen. Sie lächelte zurück.

Einer der kleinen Tische wurde gerade frei. Ella setzte sich und sah kurz hinüber zum Hafenbecken. Dann jedoch hatte sie keinen Blick mehr für ihre Umgebung, bis Fisch und Pommes fast aufgegessen waren. Sie trank einen kräftigen Schluck aus der kleinen Colaflasche und stellte fest, dass sie sich hier in England ausgesprochen wohlzufühlen begann. Noch einmal biss sie vom Fisch ab und hob das drittletzte Kartoffelstäbchen aus der Pappschale.

Es war mittlerweile ziemlich voll geworden, der Hafen schien ein beliebter Ort zu sein. Ella ließ ihre Blicke schweifen und amüsierte sich über ein kleines Mädchen, das wohl gerade seine ersten Schritte tat und darüber so erfreut war, dass es laut jauchzte. Ein Pärchen stand eng umschlungen mitten auf dem Weg und hatte weder Augen für den Hafen noch für die Menschen um sich. Gerade wichen ein hochgewachsener, dunkelhaariger Mann und seine Begleiterin dem Liebespaar aus, dann sah der Mann zur Markthalle herüber. Ella erkannte sein bärtiges Gesicht und hatte plötzliche ein flaues Gefühl im Magen. Inspector Drake! Verfolgte er sie etwa? Ach was, warum sollte er nicht auch mit seiner Frau einen Ausflug hierher machen? Immerhin war es Ostersamstag. Er hatte sie ebenfalls erkannt, nickte förmlich und wandte sich dann wieder der Frau an seiner Seite zu.

Ella schob sich den letzten Bissen Fisch in den Mund und stand auf. Sollte sie gleich weiter nach Herne Bay fahren? Nein. Sie würde jetzt zum eigentlichen Strand auf der Ostseite des Hafens gehen, wo die Strandhütten standen und sie richtig spazieren konnte, und noch einmal gründlich über ihr Problem nachdenken.

Wie konnte sie herausfinden, wer alles für den Mord an Aileen ein Motiv und die Gelegenheit gehabt hatte? Wie mehr über diesen mürrischen Professor erfahren? Die Polizei schien ja kein bisschen weitergekommen zu sein. Zumindest war nichts nach außen gedrungen. Am besten lud sie Agatha einmal zum Tee ein. Vielleicht sollte sie tatsächlich anfangen zu häkeln? Damit hätte sie bei der nächsten Gelegenheit auch ein unverfängliches Thema für Dorothy, die als Aileens Mutter sicher gerne von ihrer Tochter sprach und natürlich über sie und eventuelle Feindschaften Bescheid wissen sollte. Ja, so musste es gehen.

Und ihren Roman musste sie auch weiterschreiben. Immerhin hatte sich das Problem, das sie mit Lord Carlisle in den letzten Tagen gehabt hatte, soeben von selbst gelöst: Sie konnte ihn ganz einfach düsterer gestalten, indem sie ihm einen Vollbart gab.

Kapitel 13

Bei der Chorprobe drei Tage später war auch Dorothy wieder dabei. Sie war still und wirkte irgendwie verhalten, aber immerhin schien sie bereit, wieder am Alltagsleben teilzunehmen. Wie die meisten Anwesenden, die Dorothy seit Aileens Tod nicht mehr gesehen hatten, nutzte auch Ella die Gelegenheit, um ihr ihr Beileid auszusprechen und ihre Hilfe anzubieten.

„Vielen Dank!“ Dorothy nickte höflich und atmete tief durch. „Vielleicht könnten Sie tatsächlich helfen, Ella. Es wäre aber etwas außergewöhnlich. Sie sind doch Deutsche ...“

Ella nickte.

Dorothy räusperte sich; es schien ihr nicht leicht zu fallen, ihre Bitte zu nennen. „Also, meine Enkelin muss für die Schule ein Deutschreferat schreiben. Aber durch ... also, dadurch, dass sie jetzt nicht in der Schule war, weil ...“ Ihre Stimme versagte.

Ella griff nach ihrer Hand. „Soll ich ihr dabei helfen? Das tue ich gerne.“

„Ja, sehen Sie, ich spreche kein Deutsch und ich kenne auch niemanden, der ...“

„Schon gut, ich helfe ihr wirklich gerne.“ Ella lächelte und drückte Dorothys Hand.

„Könnten Sie ...? Also, es ist mir ziemlich peinlich ... aber könnten Sie gleich morgen kommen? Am Sonntag fahren die Kinder zurück ins Internat. Und Lynn kommt so gar nicht zurecht mit dieser Sprache."

„Ja, kein Problem."

„Ich möchte Sie allerdings nicht von Ihrer Arbeit ..."

„Wirklich, kein Problem. Soll ich zu Ihnen kommen?"

„Zu mir? Oh nein, natürlich zu Aileens, äh, Steves Haus. Moment, ich schreibe Ihnen die Adresse auf. So gegen drei?"

Ella nickte und nahm den Zettel mit der Anschrift entgegen. Und obwohl sie tiefes Mitgefühl für Dorothy empfand, spürte sie auch einen winzigen Hauch Triumph – sie würde Aileens Haus betreten, ihre Familie kennenlernen und vielleicht auf diese Weise etwas Entscheidendes über sie erfahren.

Leider erwiesen sich die übrigen Gespräche bei Tee und Ingwer-Keksen als eher banal. Die Anwesenden schienen – jetzt, wo Dorothy da war – das Thema Aileen bewusst auszusparen, und auch sonst verhielten sich alle völlig normal. Der Professor sah ebenso griesgrämig aus wie beim letzten Mal. Und Phil, der Chorleiter, ging, bevor Ella mit ihm sprechen konnte. So kam sie kein bisschen weiter.

Aber irgendeiner von ihnen musste Aileen das Diazepam gegeben haben. Oder hatte sie es doch selbst genommen und die Dosis unterschätzt? Gedacht, es würde erst wirken, wenn sie zu Hause war? Agatha war allerdings überzeugt davon, dass das nicht sein konnte.

Konnte sie da so sicher sein? Als ehemalige Krankenschwester kannte sie sich gut mit Medikamenten aus. Zu gut? Wenn Ella ehrlich war, musste sie Agatha auf ihrer Liste der Verdächtigen ganz oben eintragen – gleich neben dem Professor. Meine Güte, in was war sie da nur hineingeraten! Immerhin war niemand von der Kent Police mehr bei ihr gewesen, also war sie selbst vielleicht aus dem Schneider. Dann sollte sie die ganze Sache am besten einfach vergessen und sich wieder Rose und ihrem Lord zuwenden.

Aber es war wie bei einem ihrer Romane: Solange nicht alle Fäden sauber gesponnen und verknüpft waren, würde sie keine Ruhe finden. Und sie musste zugeben, dass das Rätsel um Aileen „Canterbury Rose" an Spannung um Längen schlug.

Kapitel 14

Das Haus von Aileen und ihrer Familie war das letzte einer sogenannten Terrace, der englischen Form des Reihenhauses. Als Endhaus war es besonders groß und der Vorgarten wirkte sehr gepflegt; an Geld konnte es den Crayfords nicht fehlen. Na ja, was Ella über das Schulgeld an Privatschulen gehört hatte, durfte es das auch nicht.

Neben einem schmiedeeisernen Türklopfer mit einem Löwenkopf gab es auch eine Klingel. Ella drückte auf den Knopf und kurz darauf öffnete Dorothy die Tür.

„Oh, hello, Sie sind schon da", sagte sie und trat zur Seite, um Ella einzulassen. „Lynn! Lynny!", rief sie dann mit einem Blick nach oben.

„Nenn mich nicht Lynny! Du weißt, dass ich das hasse!" Ein etwa fünfzehnjähriges Mädchen kam mit einem Collegeblock und einem Mäppchen unter dem Arm die Treppe herunter. Es legte den Kopf schief und sah Ella abschätzend an. „Sie sind die Deutsche?"

Ella nickte amüsiert. „Und du bist die Engländerin?", fragte sie zurück.

Lynn zuckte zusammen.

„Warum führst du Miss Martin nicht ins Esszimmer? Dort am Tisch könnt ihr in Ruhe arbeiten", schlug Dorothy vor.

Schweigend ging Lynn voraus und ließ sich am Edelholz-Esstisch nieder. Ja, definitiv – die Crayfords waren nicht arm.

Aus der Nähe konnte Ella sehen, dass Lynns Augen gerötet und ihre Lider leicht geschwollen waren. Offenbar hatte sie geweint. Doch der Gesichtsausdruck des Teenagers war unbewegt und abweisend. Nach bester englischer Manier bewahrte sie ebenso Haltung wie ihre Großmutter. Es gab sogar einen Ausdruck dafür: to keep a stiff upper lip. Eine Welle des Mitgefühls erfasste Ella und es fehlte nicht viel, dass ihr selbst die Tränen gekommen wären. Sie atmete tief durch.

„Am besten erklärst du mir, was du insgesamt machen musst, und zeigst mir dann, was du schon fertig hast", sagte sie und setzte sich zu Lynn.

Während diese ihre Sachen ausbreitete, sah sich Ella schnell im Zimmer um. Eine Wand hing voller Fotos: alte Schwarz-Weiß-Aufnahmen in silbernen Rahmen, bunte Kinderfotos, Hochzeitsbilder, Fotos von Familienausflügen. Zu gerne hätte Ella sie genauer angeschaut, doch das ging jetzt schlecht. Also widmete sie sich Lynn und ihrem Referat über die Sehenswürdigkeiten von Berlin.

Ganz so dramatisch, wie ihre Großmutter getan hatte, waren Lynns Probleme mit der deutschen Sprache nicht, aber natürlich gab es genug Sätze in ihrem Entwurf, die Ella für verbesserungswürdig hielt. Auch ein paar deftige Grammatikfehler fand sie, die sie Stück für Stück berichtigte. Während sie Lynn die entsprechenden Regeln erklärte, betete sie, dass die auch tatsächlich so waren, wie sie sie gerade angab. Die eigene Muttersprache zu unterrichten war schwerer, als sie gedacht hatte. Das Problem war nicht zu erklären, wie etwas heißen musste, sondern warum das so war.

„Mir reicht's", sagte Lynn schließlich. „Danke! Das hat mir jetzt echt geholfen. Mein Deutschlehrer ist bei so was nämlich furchtbar streng."

Ella lächelte. „Du hast das gut gemacht. Wenn du das mit den Fotos noch so hinkriegst, wie du es mir erklärt hast, wird das richtig toll."

Lynn strahlte. „Könnten Sie zum Schluss noch mal alles durchlesen? Ich versuche, morgen fertig zu werden. Würden Sie vielleicht übermorgen noch mal herkommen?"

Einen Moment lang war Ella versucht, Lynn einfach ihre E-Mail-Adresse zu geben und sie zu bitten, ihr die Datei zu schicken. Gerade noch rechtzeitig fiel ihr aber ein, dass sie in diesem Fall keinen Grund mehr haben würde, in das Haus der Crayfords zu kommen. Und das wäre entschieden eine Möglichkeit weniger, etwas herauszufinden.

„Gerne", sagte sie daher. „Wieder so gegen drei?"

Lynn nickte, packte ihre Sachen zusammen und führte Ella hinaus in die Diele. „Gran, wir sind fertig", rief sie.

Dorothy kam aus einem der anderen Zimmer geeilt. „Kann ich Ihnen noch einen Tee anbieten, Ella?", fragte sie. „Und vielleicht ein wenig Toast?"

„Seien Sie vorsichtig mit dem, was Gran als ‚ein wenig' bezeichnet!" Lynn grinste, hob die Hand zum Gruß und stieg die Treppe hinauf.

Tatsächlich entpuppte sich das, was Dorothy „ein wenig Toast" genannt und auf dem niedrigen Tisch neben einem der Sofas im Wohnzimmer angerichtet hatte, als ein Teller voller getoasteter Käse-und-Tomaten-Sandwiches. Daneben stand eine kleine Etagere mit Scones, ein Schälchen mit Clotted Cream und eines mit Erdbeermarmelade. Und natürlich wurde der Tee dazu nicht einfach in Steingut-Becher gefüllt, sondern in Tassen aus feinstem Porzellan.

Die Gelegenheit schien ideal, doch fiel es Ella schwer, auf Aileen zu sprechen zu kommen.

Dorothy plauderte derweil über das Wetter und fragte Ella, wie sie sich in Canterbury eingelebt habe. „Und wie schön, dass Sie unserem Chor beigetreten sind", sagte sie und schenkte Ella Tee nach. „Da können Sie auch ein paar junge Leute kennenlernen, nicht nur solch alte Vögel wie Agatha und mich."

Ella schluckte schnell einen Bissen Toast herunter und antwortete: „Aber das ist ja das Wunderbare an diesem Chor: Es sind Leute verschiedenen Alters da. Das hilft mir sehr, denn ich weiß nicht, ob ich sonst zum Beispiel jemanden wie Professor Appleton kennengelernt hätte."

„Oh, James. Nein, wahrscheinlich nicht. Er lebt sehr zurückgezogen. Und er vernachlässigt seinen Garten ganz fürchterlich. Andererseits ist das für einen Wissenschaftler vielleicht normal", sagte Dorothy. „Wissen Sie, dass er gleich nebenan wohnt?"

„Ach, tatsächlich?" Ella tat überrascht. „Dann kennen Sie ihn gut?"

„Aber natürlich! Als mein Gatte noch lebte, wohnten wir hier in diesem Haus. Erst später kauften wir unseren kleinen Bungalow, und Aileen und Steve ..." Sie schluckte. „Aileen und Steve zogen hier ein, als Steve die Stelle in Canterbury bekam."

Ella nickte und sah sich aufmerksam um, so dass Dorothy automatisch fortfuhr.

„Ja, James kenne ich bestimmt schon seit fünfunddreißig Jahren. Er zog nebenan ein, als er anfing, an der hiesigen Universität zu forschen. Vorher war er in Amerika gewesen. Es war immer sehr lustig mit ihm zu der Zeit."

„Lustig?"

„Ja, Sie dürfen den heutigen James nicht mit dem von damals vergleichen. Er war ein sehr fröhlicher junger Mann und ließ ... Wie sagt man doch? Er ließ nichts anbrennen. Damenbesuche – Sie verstehen?" Dorothy verdrehte die Augen. „Bis die eine kam, so eine ausländische Studentin. Die zog bei ihm ein, verließ ihn, kam wieder. Und dann war da später sogar ein Kind. Aber verheiratet waren sie nicht, sagte man."

Verblüfft lauschte Ella Dorothys altem Tratsch. James Appleton als Frauenheld? Als junger Vater?

„Ich dachte, er lebt allein", sagte sie.

„Ja, ja, das mit der jungen Frau und dem Kind ging nicht lange gut. Sie ist nach zwei, drei Jahren oder so plötzlich wieder verschwunden – mit dem kleinen Mädchen. Das hat James das Herz gebrochen, er war danach nie mehr derselbe." Dorothy schüttelte den Kopf und hing offenbar ihren Gedanken an vergangene Zeiten nach.

Währenddessen brodelte es in Ellas Kopf. War die junge Frau mit ihrem Kind wirklich freiwillig gegangen? Oder hatte der Professor bei zwei mysteriösen Todesfällen seine Hand im Spiel gehabt?

„Verschwunden? Einfach so, von einem Tag auf den anderen?", fragte sie leise.

Dorothy zuckte zusammen. „Aber nein!“, sagte sie und sah Ella überrascht an. „Verschwunden ist eigentlich nicht das richtige Wort. Ausgezogen ist sie, mit Sack und Pack und dem blauen Teddybären der Kleinen. War nach dem lauten Streit am Vortag auch nicht anders zu erwarten.“

Ah, also kein mysteriöser Todesfall. Irgendwie war Ella erleichtert. Doch natürlich bedeutete das nicht, dass James Appleton Aileen nicht das Diazepam gegeben haben konnte. Gerade wollte Ella das Gespräch auf Aileen lenken, als die Tür zum Wohnzimmer geöffnet wurde und ein energischer, nicht allzu groß gewachsener Mann hereinkam, der Selbstbewusstsein, Kompetenz und Macht ausstrahlte.

„Hello, ich bin Steve“, begrüßte er Ella. „Nice to meet you! Und vielen Dank, dass Sie meiner Tochter geholfen haben. Ich sehe, meine Schwiegermutter hat sich um alles gekümmert. Hello Mum!“ Er legte seine Hand kurz auf Dorothys Schulter und setzte sich dann neben sie.

Dorothy nahm eine dritte Tasse von einem kleinen Beistelltisch und goss Steve Tee ein. „Darf ich Ihnen auch nachschenken?“, fragte sie Ella.

„Ja, gerne“, erwiderte diese. Schließlich war das eine gute Gelegenheit, um mehr über Aileens Ehemann zu erfahren.

„Und wie gefällt Ihnen unsere Stadt?“, fragte Steve. „Ich habe gehört, Sie wollen hier einen Roman schreiben, ist das richtig?“

Ella nickte und nahm das Milchkännchen, das Dorothy ihr zuschob, um sich etwas Milch in den Tee zu gießen.

„Allerdings bin ich erst noch dabei, die Stadt und ihre Menschen kennenzulernen. Ich bin zum ersten Mal in England."

„Wirklich? Aber Ihr Englisch ist hervorragend."

„Oh, danke! Ich habe ein paar Jahre in Australien gelebt", erklärte Ella.

„Ja, das hört man."

Steves hochgezogene Augenbrauen gaben ihm einen arroganten Ausdruck. War das koloniale Überheblichkeit? Ella stellte fest, dass er ihr von Minute zu Minute unsympathischer wurde. Ihm war im Gegensatz zu seiner Tochter und seiner Schwiegermutter kein bisschen anzumerken, dass er erst vor Kurzem seine Frau verloren hatte. Was konnte Aileen nur an ihm gefunden haben?

„Thanks, Mum, das war wunderbar", sagte er schließlich und stand auf. „Ich bin im Arbeitszimmer. Sag Bescheid, wenn ich dich nachher nach Hause fahren soll!"

Dorothy nickte und wandte sich an Ella. „Noch eine Tasse Tee für Sie?"

„Oh, danke nein", antwortete Ella. „Ich muss jetzt leider gehen. Aber wenn es recht ist, komme ich übermorgen noch einmal, um mit Lynn die Endfassung des Referats zu besprechen."

„Wunderbar", sagte Steve. „Warten Sie, ich begleite Sie nach draußen."

Ella verabschiedete sich herzlich von Dorothy und ließ sich in der Diele von Steve in ihre Jacke helfen. Sie reichte ihm zum Abschied die Hand.

„Auf Wiedersehen. Es hat mich gefreut, Sie kennenzulernen", sagte sie. Nun ja, ganz gelogen war es nicht, obwohl sie ihn nicht mochte. Aber natürlich war es äußerst interessant zu sehen, mit was für einem Mann Aileen verheiratet gewesen war.

Nachdenklich spazierte Ella durch den Vorgarten zur Straße, wo mehrere Autos parkten. Auf dem Gehweg angekommen, schaute sie noch einmal zurück und dann zum Nachbarhaus der Crayfords, wo James Appleton wohnte. Tatsächlich sah der Vorgarten im Vergleich wild und vernachlässigt aus, doch die rote Holztür des Hauses mit dem bunten Glas-Mosaik als Oberlicht hatte etwas unglaublich Einladendes.

Armer Professor! Wenn die Geschichte stimmte, die Dorothy erzählt hatte, war es nicht unbedingt ein Wunder, dass er so abweisend wirkte. Oder romantisierte sie wieder zu viel? Gehörte der Professor mit dem gebrochenen Herzen nicht eher in die Handlung von „Canterbury Rose"?

Kapitel 15

Lynn hatte ihr Referat fertig und präsentierte Ella stolz das ausgedruckte Ergebnis. Inzwischen sah man ihr den Kummer kaum noch an. Vielleicht hatte es ihr gutgetan, an etwas Konkretem arbeiten zu müssen.

„Möchten Sie die PowerPoint-Präsentation auch noch sehen, Miss Martin?“, fragte sie.

„Gerne. Aber sag doch einfach Ella zu mir. Ich komme mir sonst so uralt vor.“

Lynn nickte erfreut. „Dann müssen wir in mein Zimmer gehen. Aber leise, damit Gran das nicht merkt. Ich hab nämlich für ihre Vorstellungen nicht genug aufgeräumt.“ Sie zog eine Grimasse.

Ella lächelte. „Das kenne ich“, sagte sie. „Das war bei mir zu Hause auch immer ein Thema.“

Lynn spähte zur Esszimmertür hinaus, legte dann den Zeigefinger auf die Lippen und winkte Ella verschwörerisch zu. Die beiden eilten die Treppe hinauf. Oben lotste Lynn Ella schnell in ihr Zimmer. Während Lynn ihren Computer hochfuhr, sah Ella sich um. Das Mädchen hatte sich bemüht, das Zimmer wirkte ordentlich. Unten aus der Schranktür ragte allerdings ein heller Stoffzipfel heraus. Ella vermutete, dass Lynn die Dinge, die wahrscheinlich vor gar nicht so langer Zeit noch auf dem Boden und dem Sessel in der Ecke gelegen hatten, einfach in den Schrank gestopft hatte – so wie sie früher.

„Ist doch okay“, sagte sie.

Lynn lächelte. „Gran ist furchtbar ordentlich. Mum war da immerhin ein bisschen lockerer. Wie war deine Mutter denn so? Und ist sie inzwischen zufrieden mit dir?“

In Lynns Augen erkannte Ella ihren eigenen Schmerz. „Meine Mutter starb, als ich sieben Jahre alt war“, sagte sie leise. „Sie ging über die Straße und wurde von einem Lkw erfasst.“

Lynn sah sie entsetzt an.

„Ja.“ Ella versuchte zu lächeln. „Du siehst, wir haben etwas gemeinsam. Ich weiß genau, wie du dich fühlst.“

„Aber ... Hat dein Vater dich allein groß gezogen?“

Ella schüttelte den Kopf. „Ich habe keinen Vater. Auf jeden Fall keinen, den ich kenne. Ich bin dann adoptiert worden – von den Eltern meiner Freundin Sylvia. So wurde aus meiner besten Freundin meine Schwester.“

„Wie gut für dich!“

„Ja, ich hatte Glück. Allerdings“, Ella lächelte kurz, „hatte meine zweite Mutter, was Ordnung betraf, nicht viel Glück mit mir. Sylvia war da ganz anders, sehr ordentlich. Ich dagegen steckte immer mit der Nase in irgendeinem Buch oder schrieb allerlei verrückte Ideen und Geschichten auf. Dabei war mir egal, wie es um mich herum aussah.“

Lynn nickte. „Verstehe.“

„Heutzutage ist es ein bisschen besser“, erklärte Ella. „Außer wenn ich in der heißen Phase eines Romans bin. Dann kann ich immer noch niemanden in meine Wohnung lassen. Zumindest niemanden, dem so was wichtig ist.“

Lynn grinste und öffnete die PowerPoint-Präsentation

auf ihrem Computer. Bilder und kurze, übersichtliche Texte mit Fakten und Daten wechselten sich auf dem Monitor ab.

„Sehr schön", lobte Ella schließlich. „Da bekommt man doch richtig Lust, nach Berlin zu fahren, oder?"

„Wir werden im Sommer eine Klassenfahrt dorthin machen."

„Gut! Dann wünsche ich dir jetzt schon viel Spaß. Und wenn du noch mal eine Frage hast, melde dich einfach." Ella zog eine Visitenkarte aus ihrer Gesäßtasche und reichte sie Lynn. „Per E-Mail bin ich eigentlich ganz gut erreichbar."

„Oh, danke!" Lynn strahlte. „Wie gut, dass Gran dich kennengelernt hat! Dabei fand ich ihren Chor bisher immer ziemlich doof."

„Ich finde ihn ziemlich cool. Ich singe gerne, da sind nette Leute und ..." Einen Moment lang überlegte Ella, ob sie Lynn erzählen sollte, dass sie Aileen Stunden vor ihrem Tod kennengelernt hatte. Sie entschied sich dann jedoch dagegen. Das junge Mädchen war aufgewühlt genug.

„Und?"

„Na ja, es ist interessant, wie verschieden die Leute sind. Euer Nachbar hier zum Beispiel ..."

„Der alte Appleton? Der ist schrecklich."

„Schrecklich? Wieso das?"

„Der mag keine Kinder. Wenn Jonas und ich früher im Garten waren, hat er immer gemeckert. Oder ganz demonstrativ alle Fenster zugeknallt und sich später bei Mum beschwert."

„Dann hat sich deine Mutter nicht gut mit ihm verstanden?"

„Weiß nicht. Früher auf jeden Fall nicht. Aber seit Jonas und ich ins Internat gehen, ist es irgendwie anders geworden. Na ja, nun kann er ja auch nicht mehr über uns meckern." Sie zuckte mit den Achseln.

„Dann hat es in der letzten Zeit keinen Streit mit ihm gegeben?", fragte Ella.

Lynn zuckte erneut mit den Achseln. „Keine Ahnung."

Ella hätte gern mehr erfahren, doch Lynn schien nichts weiter zu wissen und hatte das Thema schon abgehakt. Gemeinsam gingen sie wieder nach unten, wo Dorothy ihre Enkelin mit einem missbilligenden Blick empfing. Ella bot sie eine Tasse Tee an. Doch dieses Mal lehnte Ella dankend ab.

„Es tut mir leid, ich habe noch einen Friseurtermin", erklärte sie und warf einen Blick auf die alte Standuhr in der Diele. „Ein anderes Mal gerne, aber jetzt muss ich los."

Als sie durch den Vorgarten zur Straße ging und sich wegen des kühlen Winds ihren Schal enger um den Hals zog, hätte sie sich am liebsten geohrfeigt. War es nicht grenzenlos dumm gewesen, den Friseurtermin einem vielleicht erkenntnisreichen Geplauder vorzuziehen? Na ja, nun war es zu spät. Sie bog links in die Straße ein, warf einen kurzen Blick auf Professor Appletons rote Tür mit dem Buntglasfenster und marschierte dann forsch in Richtung Innenstadt.

An der nächsten Straßenecke hielt ein schwarzer BMW. Eine rothaarige Frau saß am Steuer. War das etwa Tamlin? Ella zögerte und schaute genauer hin. Doch die Frau war um einiges älter als Tamlin. Sie verabschiedete den Mann auf dem Beifahrersitz mit einer Umarmung und einem kurzen Kuss. Gerade als Ella auf der Höhe des

Wagens war, stieg der Mann aus. Er zog eine kleine Aktentasche aus dem Fußraum und schlug die Beifahrertür zu. Steve Crayford! Er ging an Ella vorbei, ohne sie zu erkennen.

Ella blieb stehen und sah sich nach ihm um. Aileens Mann ging nach Hause, nachdem ihn eine Frau ein Stück von der Haustür entfernt abgesetzt hatte? Die Verabschiedung hatte sehr freundschaftlich ausgesehen. Mehr als freundschaftlich sogar. Sehr interessant!

Kapitel 16

Ella beschloss, ihren neuen, schulterlangen Haarschnitt und den ebenfalls neu erstandenen Lippenstift gleich noch ein bisschen auszuführen, und betrat den White Swan. Die übliche Mischung aus Pubgeruch und Stimmengewirr empfing sie, als sie auf die Bar zusteuerte. Canny, der gerade ein Bier zapfte, sah ihr entgegen und nickte kurz. Ah, war sie jetzt schon so was wie ein Stammgast?

Von Tom, Dennis oder Tamlin war nichts zu sehen. Ella beschloss, in dem überfüllten Pub nicht auf die Suche zu gehen, sondern einfach an der Bar stehen zu bleiben, ihren Weißwein zu trinken und abzuwarten. Wenn Tom und die anderen hier waren, würde einer von ihnen irgendwann eine Runde holen, und wenn nicht, dann eben nicht. Und wenn DI Drake auch dabei war, hatte sie sowieso keine Lust, sich zu ihnen zu gesellen, obwohl sie ihm vielleicht sagen sollte, dass Steve eine Affäre zu haben schien. Ob Aileen das Diazepam doch aus Verzweiflung geschluckt hatte?

Ella nahm gerade ihr Glas, um einen Schluck zu trinken, als jemand gegen ihren Arm prallte. Das Glas rutschte ihr aus der Hand, zerbrach auf dem dunkel gestrichenen Holz der Bar und der Wein floss auf ihr rechtes Hosenbein. Sie stieß einen kurzen Schrei aus und trat zurück, um nicht noch mehr Wein abzubekommen.

„Oh dear, das tut mir schrecklich leid", sagte ihr

Nachbar. „Ich wollte dem überschwänglichen Begrüßungsritual der beiden ausweichen." Er zeigte auf zwei erschrocken aussehende Jugendliche. „Aber das ist wohl gründlich schiefgegangen."

„Sieht so aus", sagte Ella kurz. Sie war nur froh, dass sie keine Rotweintrinkerin war; die Flecken auf der hellen Hose wären ein Desaster gewesen.

„Geben Sie der jungen Dame doch bitte ein neues Glas Wein", sagte der ungeschickte Nachbar zu Canny. „Oder möchten Sie lieber etwas anderes?", fragte er sie dann.

Ella schüttelte den Kopf und wartete, bis die Frau, die Canny hinter dem Tresen half, die Scherben entfernt und die Weinpfütze weggewischt hatte. Sie musterte den Mann neben sich, der sich erneut entschuldigte. Eigentlich sah er auf eine leicht geschniegelte Art ganz nett aus. Und sehr zerknirscht. Ella lächelte.

„Ist okay", sagte sie und nahm das frische Glas Wein entgegen. „Ist ja nicht viel passiert."

„Soll ich die Reinigung bezahlen? Hier, meine Karte, sagen Sie mir Bescheid."

Ella schüttelte den Kopf. „Nicht nötig. Die Hose kommt morgen einfach in die Waschmaschine."

„Dann bin ich froh." Er beugte sich näher zu ihr. „Dann bin ich sogar sehr froh. So haben wir uns wenigstens kennengelernt. Ich bin Pete."

„Angenehm, Ella." Sie lachte. Wenn das Ganze eine Anmache war, war sie zumindest originell. Und sie hatte sich ja ein bisschen amüsieren wollen, obwohl sie dabei ursprünglich eher an einen kleinen Flirt mit Tom und Dennis gedacht hatte.

Pete verbrachte derzeit nur seine Wochenenden in Canterbury, wo er ein Haus geerbt hatte. An vier Tagen in der Woche war er Anwalt in London, Scheidungsanwalt. Er bot ihr sofort seine Dienste an.

Ella lachte wieder. „Das kommt jetzt rund zehn Jahre zu spät."

„Ja, aber dann musst du ja furchtbar jung gewesen sein!", rief Pete in gespielter Verblüffung.

„Alt genug", sagte Ella und kicherte.

Irgendwo stimmten ein paar raue Stimmen „Happy Birthday" an und Ella sah sich unwillkürlich um. Am anderen Ende der Bar entdeckte sie Tom, der gerade drei Pintgläser entgegennahm. Sie hob die Hand zum Gruß und Tom gab ihr mit dem Kopf ein Zeichen, ihm in Richtung der Ecke zu folgen, in der sie beim letzten Mal gesessen hatten. Ella zögerte.

„Freunde von dir?", fragte Pete.

Ella nickte. Dann fiel ihr Blick auf den Mann neben Tom, der ihm mit drei weiteren Pintgläsern folgte. Mist, der Inspector!

Sie wandte sich wieder Pete zu. „Kein Problem, ich bin meine eigene Herrin", sagte sie. „Und nun erzähl mir mehr von London! Ich hatte noch keine Zeit hinzufahren, seit ich in England bin. Was muss man denn dort wirklich gesehen haben?"

Zwei Gläser Wein, unzählige Komplimente und viele, leider meist sehr trockene Informationen über die britische Hauptstadt später seufzte Ella tief.

„Ich kann nicht mehr", sagte sie und hängte sich ihre Tasche über die Schulter. „Ich muss nach Hause."

„Ich komme mit", erklärte Pete sofort.

Hm. Na ja, warum eigentlich nicht? Eine letzte Chance wollte sie ihm noch geben. Sie trat aus der alkoholgeschwängerten Luft des White Swan hinaus und atmete tief durch. Seltsam, an diesem Abend schien man erstmals richtig den Frühling zu riechen. Oder lag das an dem männlichen Arm, der sich fest um ihre Hüfte legte?

„Ich fahre dich nach Hause", säuselte Pete.

Ella zuckte zusammen. „Mit dem Auto?"

„Hm, ja, eine Kutsche hab ich nicht, obwohl das natürlich viel romantischer ..." Er drehte sie zu sich um und küsste sie.

Einen Augenblick lang genoss Ella die Wärme und Nähe ihres Gegenübers, dann aber stellte sie fest, dass sie eigentlich rein gar nichts empfand, wenn Pete sie küsste. Und seine Idee, sie angetrunken, wie er war, mit dem Auto nach Hause zu fahren, fand sie auch ganz schlecht. Sie machte sich los.

„Sorry! Da hast du wohl was missverstanden", erklärte sie und trat einen Schritt zurück.

Pete sah sie überrascht an. „Missverstanden?", murmelte er. „Aber ich dachte ..."

„Nehmen wir das als Abschiedskuss", erklärte Ella. „Und mit Abschied meine ich Abschied."

Pete sah sie so verblüfft an, dass sie beinahe zu kichern begann. Doch damit würde sie ihn vielleicht reizen und er würde die Abfuhr nicht so einfach hinnehmen.

„Bye, Pete. Und nimm dir besser auch ein Taxi!", sagte sie, drehte sich um und marschierte los.

Ein paar Meter weiter hielt gerade ein Taxi und die Passagiere stiegen aus. Wie praktisch! Das kam gerade richtig.

Kapitel 17

„Such dir einfach etwas Hübsches aus", sagte Agatha und schob Ella eine große, halbtransparente Plastiktonne hin. Sie nahm den Deckel ab und enthüllte große und kleine Wollknäuel in vielen Farben. Obenauf lag ein Bündel Häkelnadeln unterschiedlicher Stärken, das von einem Gummiband zusammengehalten wurde. „Na? Hab ich zu viel versprochen? Ich fürchte, das hier kann ich nicht mehr alles verbrauchen, bevor ich in die ewigen Häkelgründe eingehe."

Ella riss die Augen auf und befühlte vorsichtig ein Knäuel dicker dunkelblauer Wolle.

„Sind alles Reste, also für was Großes müsstest du Farben kombinieren", erklärte Agatha, die passend zum Anlass des Treffens eine lange Weste aus Häkelblumen in verschiedenen Rottönen trug.

Ella nickte. „Ich dachte an Socken. Wenn ich schreibe, hab ich die Hitze immer im Kopf und dafür kalte Füße. Ich hab schon im Internet geschaut und was Passendes gefunden." Sie zog ein ausgedrucktes Muster aus der Tasche.

„Hübsch mit dem Muschelrand", kommentierte Agatha. „Ein bisschen wie die, die Aileen gehäkelt hat. Ob Dorothy wohl jetzt all ihre Anleitungen hat?"

„Aileen hat auch gehäkelt?"

„Oh ja, und nicht nur das – sie hat auch Muster entworfen und sie über eine Internetseite verkauft."

„Echt? Weißt du den Namen der Seite? Das würde mich interessieren."

Agatha schüttelte den Kopf. „Leider nein, aber Dorothy kommt ja gleich, dann kannst du sie fragen."

Wie auf Kommando klingelte es und Agatha ließ Ella mit der Wolle allein, um die Tür zu öffnen. Ella hielt verschiedene Farben aneinander. Schwarz gab es genug. Dazu ein hübscher Kontrast – da, das leuchtende Blau.

„Ah, hast du was gefunden? Fein!" Agatha war zurück, dicht gefolgt von Dorothy. „Einen Moment, ich setz den Kessel auf", sagte sie und verschwand wieder.

Ella stand auf, um Dorothy zu begrüßen. Immer, wenn sie die alte Dame sah, hatte sie das starke Bedürfnis, ganz besonders höflich zu sein. Nicht nur vom Aussehen her erinnerte sie sie an die Queen, auch ihre Art, sich zu bewegen und zu sprechen, wirkte irgendwie königlich.

„Wie nett, dass Sie zu unserer Häkelrunde gekommen sind", sagte Dorothy und setzte sich Ella gegenüber in einen Sessel. „Die meisten jungen Leute beherrschen die alten Handarbeitstechniken ja nicht mehr."

„Oh, beherrschen würde ich es bei mir auch nicht nennen, aber mit festen Maschen und Stäbchen kann ich ganz gut umgehen", erklärte Ella und klopfte sich innerlich dafür auf die Schulter, dass sie die passenden Vokabeln am Vortag noch nachgeschlagen hatte.

„Und was werden Sie nun häkeln?

„Socken. Ich neige zu kalten Füßen." Ella schob das ausgedruckte Muster über den Tisch.

„Sehr hübsch", urteilte Dorothy und öffnete ihre große, schwarze Handtasche, um ein zartes Etwas aus dünnem weißem Baumwollgarn herauszuholen. „Ich arbeite gerade an einem Deckchen."

Ella bewunderte die feine Häkelarbeit, die Dorothy ihr stolz präsentierte, als Agatha mit dem Tee zurückkam.

„Ich habe Ella vorhin erzählt, dass Aileen Anleitungen entworfen hat. Vielleicht kann sie sich ja ein paar Muster kopieren?", schlug sie vor.

„Gerne", antwortete Dorothy, wechselte ihre Brille und begann zu häkeln. „Ich habe ihre Ordner alle zu mir geholt."

Agatha setzte sich neben Ella aufs Sofa, nahm ein kleines Knäuel grüner Wolle und machte sich an das nächste ihrer Häkelquadrate, von denen schon einige in einem Korb neben dem Sofa lagen.

Ella musste grinsen. Ein Häkelkränzchen mit zwei alten Damen am Sonntagnachmittag – in was war sie da nur hineingeraten? Doch es war genau der richtige Zugang zu Dorothy, die im Takt ihrer Maschen ins Erzählen geriet. Über James Appleton, auf den sie das Gespräch gelenkt hatte, erfuhr Ella leider nicht viel Neues. Dorothy erinnerte sich hauptsächlich an die alten Zeiten, als sie noch mit ihrem Mann neben dem Professor gewohnt hatte und „dieses Mädchen" bei ihm eingezogen war.

„Sie war seine Studentin, aber sie wechselte dann wohl rechtzeitig das Fach, also konnte man ihm nichts vorwerfen. Skandalös war es trotzdem. Letztlich war es aber gut, dass er sie nicht geheiratet hat. Sie war wirklich seltsam und etwas verrückt. Na, bei den Deutschen weiß man ja nie. Obwohl man sagt, sie wären so pünktlich und korrekt und ..." Dorothy zuckte zusammen und hielt sich schnell die Finger vor den Mund. Offenbar war sie vor ihren eigenen Worten erschrocken.

Ella blickte auf. „Sie war Deutsche?“

„Oh, entschuldigen Sie, das habe ich nicht persönlich gemeint.“

„Nein, nein, kein Problem“, versicherte ihr Ella. „Ich bin nur überrascht.“

War das die Erklärung dafür, dass James Appleton sie so missbilligend angesehen hatte? Weil sie Deutsche war? Wie die Frau, die ihn verlassen hatte?

Dorothy wechselte abrupt das Thema und begann mit Agatha über einen gemeinsamen Bekannten zu sprechen, den Ella nicht kannte. Damit war das Gespräch über James Appleton wohl beendet. Auch auf Aileen kam Dorothy erst zurück, als sie sich anschickte zu gehen, und selbst dann nur indirekt.

„Kommen Sie doch einfach mal bei mir vorbei, dann zeige ich Ihnen Aileens Häkelanleitungen“, sagte sie beim Verabschieden. „Und die fertigen Stücke können Sie auf ihrer Homepage sehen: Leeny's Crochet heißt sie. Ach je, ich weiß gar nicht, was ich damit jetzt machen soll. Von Computern habe ich nun wirklich keine Ahnung.“ Sie schüttelte den Kopf. „Ihr letzter Schal würde Ihnen gefallen, wo Sie doch immer so zu frieren scheinen“, fuhr sie fort. „Da hab ich allerdings tatsächlich nur die Häkelschrift. Wo sie wohl das fertige Stück hingetan hat? Na, Sie können ihn ja sicher auf der Homepage sehen. Er ist grau und hat eine Musterbordüre mit Büschelmaschen. Ist allerdings eher ein Herrenschal ...“

„Vielleicht hat Aileens Mann ...?“, setzte Ella an.

„Pah! Der doch nicht!“

Die letzte Bemerkung ging Ella den ganzen Abend über nicht mehr aus dem Sinn. Was hatte Dorothy damit gemeint? Hatte Steve Aileens Häkelei nicht genug geschätzt? Oder steckte hinter dem abfälligen Tonfall noch mehr? Hatte Steve Aileen selbst nicht genug geschätzt? Wusste Dorothy von der Rothaarigen? War das Ganze am Ende eine klassische Dreiecksgeschichte?

So, wie Ella es sah, gab es in diesem Fall zwei Möglichkeiten: Entweder Aileen hatte tatsächlich aus Verzweiflung zum Diazepam gegriffen, um den Schmerz über Steves Betrug zu betäuben. Dann war die Frage, woher sie das Mittel hatte. Vielleicht hatte es ihr sogar ein Arzt verschrieben? Das müsste die Polizei ja herausfinden können – sie allerdings leider nicht. Oder aber Steve hatte Aileen das Mittel gegeben, um seine aushäusigen Aktivitäten zu verheimlichen – oder um Aileen loszuwerden. Dann musste die Menge aber groß genug gewesen sein, um sie tatsächlich zu töten. Und wer wusste, ob das der Fall gewesen war? Die Polizei. Es ließ sich drehen und wenden, wie man wollte – im Grunde war der nächste Schritt der Weg zu DI Drake. Mist!

Kurz vor dem Einschlafen fiel Ella Sergeant Patil ein, der nette Polizist mit den dunklen Augen. Irgendwo hatte sie doch seine Nummer.

Kapitel 18

Sie erreichte Detective Sergeant Patil beim ersten Versuch, ihn am Montagmorgen anzurufen. Er war sehr höflich und bedankte sich für ihre Informationen, gab allerdings seinerseits nichts preis. Obwohl Ella sich sicher war, das Richtige getan zu haben, fühlte sie sich unzufrieden.

Als Nächstes las sie ihre E-Mails und ihre Nachrichten auf Facebook, doch weder das eine noch das andere versetzte sie in eine bessere Stimmung. Sollte sie zu Agatha ins Heart of Gold gehen und mit ihr über ihren Verdacht sprechen? Nein, eigentlich musste sie sich endlich mal wieder richtig an ihr Manuskript setzen und konsequent ein paar Seiten schreiben. Warum nur fiel ihr das bei diesem Projekt so schwer?

Irgendwie war es in Portugal immer einfacher gewesen. Dort war es wärmer, sonniger, und es hatte João gegeben, der ihr den Nacken massiert hatte. Ella dachte an die gemeinsamen Spaziergänge am Strand mit weichem Sand unter den nackten Füßen, an denen der Atlantik leckte ... Selbst später in Bonn, als sie João und Portugal längst verlassen hatte, war es ihr immer gelungen, sich wieder in diese Atmosphäre zu versetzen. Spaziergänge am Kiesstrand im kalten Wind waren einfach nicht dasselbe. Schon gar nicht, wenn man nicht einmal einen Lord hatte wie Rose, der einem später den

Nacken oder angesichts der Kiesel vielleicht besser die Füße massieren konnte.

Okay, trotzdem brachte die Idee sie weiter – sie konnte eine Szene nach Whitstable an den Strand verlegen, den kannte sie ja inzwischen. Rose traf dort zufällig auf Lord Carlisle, der mit seiner Schwester, die sie für seine Frau hielt, damit es verwickelt genug wurde ...

Ein Bild schob sich vor Ellas inneres Auge: DI Drake und seine Begleiterin in angeregter Unterhaltung. Gut, damit konnte sie etwas anfangen. Jetzt noch einen Tee und ein oder zwei Scheiben Toast mit Orangenmarmelade, dann konnte es losgehen.

Gegen Mittag war sie mit ihrer Strandszene zufrieden und beschloss, sich ein bisschen Bewegung zu gönnen und den Plan, den sie am Wochenende gefasst hatte, umzusetzen. Sie hatte nie gerne Bier getrunken, aber vielleicht gab es ja doch eine Sorte hier, die sie mochte und die besser in den Pub passte als der Weißwein, der ihrem Gefühl nach eher in südliche Gefilde gehörte. Da sie keine Lust hatte, sich im White Swan durch das Sortiment zu trinken – das konnte schließlich zu allerlei Peinlichkeiten führen –, würde sie im nächsten Off-Licence erst mal drei, vier Dosen Bier für zu Hause erstehen. Wenn es ihr dann nicht schmeckte, konnte sie das Gesöff wegschütten, ohne dass jemand davon erfuhr.

Die Sonne strahlte inzwischen und tatsächlich war es deutlich wärmer als in den vergangenen Tagen. Das lag wahrscheinlich einfach daran, dass es endlich einmal völlig windstill war. Der Fußmarsch ins Zentrum tat Ella gut und ihr Magen meldete sich auch wieder. In einer Nebenstraße standen vor einem Pub zwei Tisch-Bank-Kombinationen in der Sonne. Ella zögerte nur einen Moment lang, dann ging sie in den Pub, um einen Ploughman's Lunch zu bestellen und sich einen Cider zu holen, den sie in der Frühlingssonne entspannt genoss. Nach dem Essen bummelte sie bis zum Westgate, setzte sich ein Weilchen auf den Rasen der Westgate Gardens und machte sich schließlich auf den Rückweg durch die High Street.

„Join our beautiful river tour! Kommen Sie zu unsere schöne Flussfahrt! Venez à notre tour de la rivière!", ertönte es plötzlich.

Der Stour verdiente Ellas Ansicht nach nicht unbedingt die Bezeichnung Fluss. Flüsschen vielleicht, aber eigentlich war dieser Arm des Stour, auf dem die Fahrt stattfinden sollte, eher ein Bach, auf dem zwei der flachen River-Tour-Boote kaum aneinander vorbeikamen. Dennoch, mit dem mittelalterlichen, schwarz-weißen Fachwerkhaus des Old Weavers' Restaurant daneben wirkte er im Sonnenschein so einladend, dass Ella stehen blieb. Das nahm der junge Mann im blauen Shirt, der die Tour so lauthals angepriesen hatte, als Aufforderung, ihr nicht nur ein Prospekt in die Hand zu drücken, sondern sie außerdem mit humorvollen Bemerkungen zu überreden, das Wetter zu nutzen und sofort einzusteigen.

„Das nächste Boot legt in fünf Minuten ab und morgen soll es auch schon wieder regnen", versicherte er ihr.

Ella hatte im Online-Wetterbericht zwar etwas anderes gelesen, ließ sich aber von der guten Laune des Bootsmanns anstecken und folgte ihm durch eine kleine Gasse zur Anlegestelle hinter dem Old Weavers'. Eine Familie saß bereits im Boot, dazu zwei Paare mittleren Alters. Der Bootsmann scherzte erneut über das Wetter und erkundigte sich, woher seine Passagiere kamen. Die Familie mit den zwei Kindern, die höchstens vier oder fünf Jahre alt sein konnten, war aus Hamburg, die beiden Paare aus Italien.

„Canterbury", sagte Ella. Sie fühlte sich auf einmal den Touristen so fern und spielte sogar einen Moment lang mit dem Gedanken, wieder auszusteigen. Doch dann lehnte sie sich schweigend zurück, atmete tief ein und aus und genoss die Fahrt.

Anfangs lauschte sie noch den Erklärungen und Erzählungen des Bootsmanns, der seine Informationen zur Geschichte der Stadt und ihren Bauwerken locker und mit vielen Anekdoten gewürzt vermittelte. Gut machte er das, auch wenn sie nach ihrer ausführlichen Recherche in der Bibliothek im Grunde schon alles wusste. Nach ein paar Minuten war seine Stimme für sie nichts weiter als ein Hintergrundgeräusch. Sie fühlte sich seltsam, ein bisschen wie in einem Traum. Vielleicht hätte sie nicht unbedingt zum Mittagsimbiss Cider trinken sollen. Oder war es die ungewohnte Sonne, die ihr Haar und ihr Gesicht wärmte?

Das Boot wendete und fuhr zurück in Richtung Ausgangspunkt.

„Ist schon Ende?", fragte eines der Kinder enttäuscht.

Die Mutter lachte und übersetzte die Frage für den Bootsmann, der mit entsetzter Miene versicherte, dass man ja noch in die andere Richtung gaaanz weit fahren würde. Bruder und Schwester sahen sich an und nickten zufrieden.

Ella lächelte. Die beiden verstanden zwar von der Führung kein Wort, aber sie hatten ihren eigenen Spaß daran, die Taubennester unter den Brücken zu entdecken oder einer vorbeischwimmenden Ente zu winken. Sie sahen die Welt so ganz anders, und Ella konnte sich direkt in sie hineinversetzen. Es war, als läge ihre eigene Kindheit nur Minuten zurück.

Gerade versuchte das Mädchen, die Hand ins Wasser zu strecken. Obwohl das Boot sehr flach war, reichte ihr kurzer Arm nicht hinunter. Unwillkürlich ließ auch Ella ihren Arm über die Bootswand hängen und ihre Finger glitten durch das kalte Wasser. Plötzlich hatte sie ein Déjà-vu. Das hatte sie schon einmal gemacht! Ihr Herz begann schneller zu schlagen. Natürlich, beruhigte sie sich, das machen alle Kinder. Doch das Gefühl des Vertrauten ließ sie nicht los, wurde gar noch stärker, als sie aufschaute und auf dem Rasen der Grünanlage zu ihrer Linken den Schatten eines hochgewachsenen, hageren Mannes sah, der auf den Stour blickte. Sie kannte ihn. Ihr Herz machte einen kleinen fröhlichen Hüpfer – und dann war plötzlich alles wieder vorbei.

Das Boot wendete erneut und machte sich auf den Rückweg. Noch einmal suchten Ellas Augen die Grünanlage nach dem Mann ab. Dort, war er das? Nein, das konnte nicht sein. Dieser Mann war allerdings auch groß und dünn und sie wusste sogar, wer er war: James Appleton, der mürrische Professor. Ob sie ihn als Modell für ihren Antagonisten nehmen sollte? Sie brauchte unbedingt noch einen Bösewicht, der Rose und ihrem Lord ein paar mehr Steine in den Weg legte. Hm, ja, das konnte passen.

Mit einer Flut neuer Ideen für die weitere Handlung ihres Romans stieg Ella vom Boot. Sie bedankte sich bei dem Bootsmann und machte sich auf den Weg zum Off-License-Shop. Anschließend spazierte sie nach Hause, wo sie den Abend höchst zufrieden am Laptop verbrachte. Vor dem Schlafengehen stellte sie schließlich noch fest, dass ihr zwar Lager und Bitter nicht schmeckten, aber das dunkle Guinness durchaus angenehm trinkbar war.

In der Nacht träumte sie von ihm. Er verfolgte sie, während sie eine enge Gasse entlangrannte. Plötzlich stürzte sie, und als sie ihr schmerzendes, nacktes Knie ansah, lief daran ein Rinnsal Blut hinunter. Panisch schaute sie auf. Da, er war ganz nah!

Er packte sie, riss sie vom Boden hoch und schlang seine Arme um sie. „Sch, sch", flüsterte er beruhigend.

In diesem Moment wachte sie auf, die tiefe Stimme des Professors noch im Ohr.

Kapitel 19

„Und, hast du schon Geheimnisse aufgedeckt?“ George rannte Ella entgegen, als sie das Haus abschloss, um zur Chorprobe zu gehen.

Sie drehte sich überrascht um. Was wusste George von ihren Nachforschungen?

„Was für Geheimnisse?“, fragte sie.

„Na, Abenteuer und Geheimnisse müssen doch in dein Buch, damit es richtig spannend wird!“

Ach so. Ella lächelte.

„Na ja, ich habe da schon ein paar kleine Geheimnisse aufzudecken.“

„Ich hab noch eine Idee für dich: Ein Mann, der ganz harmlos aussieht, ist in Wirklichkeit ein Alien.“

Ella nickte ernst. „Das ist eine gute Idee, George. Darauf wäre ich gar nicht gekommen.“

George lächelte zufrieden. „Wenn du mal nicht weiterkommst, kannst du mich fragen.“

„Danke.“

„Gehst du jetzt wieder singen?“

Ella nickte.

„Ich singe auch immer weiter“, erklärte George. „Und Andy hat gestern nicht dazu geschrien, sondern nur ganz groß geguckt. Vielleicht, weil Maisie und Lou auch mitgesungen haben.“

„Na, das klingt doch vielversprechend.“

„Ja. Bye! Viel Spaß im Chor und vergiss den Alien-Mann nicht!"

Ella schüttelte den Kopf, rief: „Bye-bye" und winkte George zum Abschied.

„Wie kommst du mit den Socken voran?", fragte Agatha, die schon auf ihrem Platz saß und in ihrer Tasche nach den Noten suchte. „Ich hoffe, wir haben dich am Sonntag nicht allzu sehr gelangweilt."

„Oh nein", versicherte Ella und setzte sich neben sie. „Aber zum Häkeln bin ich nicht viel gekommen. Ich stricke ja noch an meinem Roman."

„Nun, wann immer du magst, kannst du gerne zu uns stoßen. Wir können dir sicher auch noch mehr über James erzählen, wenn du dich für ihn interessierst." Agatha senkte die Stimme und zwinkerte Ella zu. „Obwohl ich dir einen jüngeren Burschen gönnen würde."

Ella schüttelte den Kopf. Also war ihr Interesse doch nicht ganz unbemerkt geblieben.

„Danke, aber für meine Zwecke scheint er zu passen. Ich brauche noch einen Antagonisten für meinen Roman."

„Oh, I see, ein Mannsbild mit Vergangenheit. Was verbirgt sich hinter dem mürrischen Professor?"

„Ein Alien?", rutschte es Ella heraus.

Agatha sah sie überrascht an.

„Sorry, mein kleiner Nachbar George hat mir gerade vorgeschlagen, dass in meiner Geschichte ein Mann vorkommen sollte, der in Wirklichkeit ein Alien ist", erklärte Ella.

„Der Kleine hat Fantasie. Und ich sage dir – die Männer sind sowieso alle ein bisschen Aliens!"

Ella kicherte und sah sich um. Die meisten Sängerinnen und Sänger saßen oder standen schon an ihren Plätzen. Ja, James Appleton – Alien oder nicht – war auch da, mit mürrischem Gesicht wie immer. Gerade setzte sich Dorothy auf die andere Seite neben Agatha und verwickelte sie in ein Gespräch. Phil breitete am Klavier seine Noten aus, doch er sah auf, als die Tür aufging und eine Frau hereinkam, die Ella noch nicht kannte. Obwohl, ganz unbekannt war sie ihr nicht – sie hatte sie mit ihrem Mann bei ihrem ersten Besuch im White Swan gesehen: Es war die Frau, die wirkte, als sei sie lange krank gewesen, und deren Mann ausgesehen hatte wie ein Lehrer.

„Hi Mary Ann!"

Die Frau wurde herzlich begrüßt und selbst Phil kam, um ihr die Hand zu schütteln.

„Wie schön, dass du wieder da bist."

Mary Ann nickte. „Ich wäre schon etwas früher wiedergekommen, aber dann, die Sache mit Aileen ..." Sie räusperte sich. „Nun hoffe ich nur, dass ich noch gut genug singen kann."

„Aber bestimmt! Lass es ganz langsam angehen. Alright, Ladies and Gentlemen, erhebt euch zum Einsingen."

„Mary Ann hatte Krebs und war fast ein ganzes Jahr lang nicht mehr hier", flüsterte Agatha, bevor ein böser Blick von Phil sie zum Schweigen brachte und sie in das „dondondondon" der anderen einstimmte.

Aha, dann war Ellas Eindruck also ganz richtig gewesen – die Frau hatte eine schwere Krankheit überstanden. Und nun würde sie vermutlich auch herausfinden, ob Mary Anns Mann tatsächlich Lehrer war, wie praktisch! Romanfiguren zu entwickeln hatte ihr wohl doch einen guten Blick für Menschen gegeben. Es war daher auch nicht unbedingt anzunehmen, dass der Professor ein anderer war als der, nach dem er aussah, ein Alien zum Beispiel. Sie musste kichern und vertat sich bei der Einsingübung, was sie mit einem kleinen Hustenanfall geschickt überspielte.

Plötzlich sah sie vor ihrem inneren Auge den Mann aus ihrem Traum, der sie getröstet hatte. Wieso hatte sie eigentlich von James Appleton geträumt? Und warum so ... so positiv? Konnte das hinter seiner mürrischen Fassade stecken – ein liebevoller, fürsorglicher Mensch?

„Ich übernehme heute das Spülen", erklärte Mary Ann in der Teerunde, zu der sie kleine, mit buntem Zuckerguss verzierte Cupcakes mitgebracht hatte. Den allgemeinen Protest wischte sie beiseite. „Ich habe monatelang nicht gespült und möchte mich gerne wieder nützlich fühlen."

Ella bot spontan an, ihr zu helfen. Das schien langsam zu ihrer Gewohnheit zu werden. Aber die Gelegenheit war einfach zu gut, um mit Mary Ann ins Gespräch zu kommen. Bisher hatten die anderen sie belagert und Ella hatte nur am Rande mitbekommen, dass sie die krebskranke Freundin von Aileen gewesen war, um die diese sich so sehr gekümmert hatte.

„Okay, ihr Mädels macht das Geschirr und ich stelle die Stühle hoch", bestimmte Agatha, als die meisten gegangen waren. „Beziehungsweise ich beaufsichtige Rory, der die Stühle stapeln kann."

„Oje, hoffentlich mach ich das gut genug", flachste der junge Mann.

„Wenn nicht, werde ich schon Mittel und Wege

finden ...", drohte Agatha und versuchte, ein betont strenges Gesicht zu machen.

Mary Ann verschwand lachend in der kleinen Küche und Ella folgte ihr.

„Es ist so schön, wieder hier zu sein", sagte Mary Ann, während sie heißes Wasser in das Spülbecken laufen ließ. „Und wie gefällt es dir? Wir hatten schon lange keine Neuzugänge mehr."

„Sehr gut. Das Magnificat macht Spaß und die Leute sind sehr nett und so unterschiedlich, das mag ich."

Mary Ann nickte und gab einen Spritzer Spülmittel ins Wasser. Sie schob die Ärmel ihres Pullovers ein Stück hoch und griff nach einem Stapel Untertassen, die sie dann ins Spülwasser gleiten ließ.

„Wie bist du auf uns gestoßen?"

„Oh, ganz zufällig. Ich habe Agatha im Heart of Gold kennengelernt, und sie hat mich darauf angesprochen, als sie hörte, dass ich neu in Canterbury bin und in den nächsten Monaten hier leben werde."

„Ah. Und hab ich das vorhin richtig mitgekriegt – du bist Autorin aus Deutschland?"

Ella griff nach einem der sauber gefalteten Geschirrtücher und machte sich zum Abtrocknen bereit. „Ja, und mein nächster Roman soll in Canterbury spielen, als erster einer Reihe von England-Romanzen. Die sind in Deutschland gerade sehr beliebt und das Fernsehen verfilmt ganze Reihen."

„Klingt gut. Ich habe in den letzten Monaten auch eine Menge gelesen. Konnte ja nicht so viel anderes tun." Sie zuckte die Achseln. „Du hast sicher mitgekriegt, dass ich Krebs hatte."

Ella nickte.

„Hast du Aileen noch kennengelernt oder bist du erst später gekommen?", fragte Mary Ann.

„Ich hab sie noch getroffen." Ella verkniff sich zu erwähnen, dass es an Aileens letztem Lebensabend gewesen war.

„Sie war meine beste Freundin", erklärte Mary Ann. „Und ich finde es schrecklich, dass sie nun tot ist und ich lebe."

Ella sah sie überrascht an.

Mary Ann kniff die Lippen zusammen und fuhr dann fort: „Aileen hat mir unendlich geholfen, ohne sie und Brian – das ist mein Mann – wäre ich heute wahrscheinlich gar nicht mehr hier. Ich hätte aufgegeben. Oh, sorry, dass ich so offen bin."

„Kein Problem für mich. Ich bin ja keine Engländerin." Ella lächelte und Mary Ann lächelte zurück.

„Weißt du, wenn man mal so nah am Abgrund steht, ändert sich manches. Und es ist nicht mehr so wichtig, das zu tun, was ‚man' eben tut, und das zu lassen, was ‚man' nicht tut." Mary Ann hielt kurz inne. „Seltsam, Aileen hat mir mal etwas in der Art gesagt, als ich krank war, aber ich glaube, sie hat ihre Worte nie auf sich bezogen." Sie starrte die frisch gespülte Tasse an, die sie noch in der Hand hielt. Dann stellte sie sie auf das Abtropfbrett. „Also kurz und gut – ich würde mich gern mal länger mit dir unterhalten. Hast du Lust, am Freitag mit in den Pub zu kommen? Ich bin nachmittags beim Arzt, danach treffen wir da ein paar Freunde und ich fänd es schön, wenn du dabei wärst."

„Ja, gerne."

Mary Ann musste die Überraschung in Ellas Stimme gehört haben, denn sie zog die Augenbrauen hoch und lächelte. „Der White Swan in der Ivy Lane – soll ich dir erklären, wie du hinkommst?"

Ella schüttelte den Kopf. „Den White Swan kenn ich. Wann?"

„Halb acht, acht?"

„Okay, ich freu mich", sagte Ella.

Sie freute sich tatsächlich. Mary Ann war ungewöhnlich und höchstens ein paar Jahre älter als sie selbst. Mit ihr würde sie über ganz andere Dinge sprechen können als mit Agatha und Dorothy. Außerdem, neckte sie ein kleines Teufelchen aus dem Hinterkopf, war Mary Ann Aileens Freundin gewesen und würde über ihr Leben Bescheid wissen.

Kapitel 20

Nachdem Ella drei Tage lang nichts von DS Patil gehört hatte, hielt sie es nicht mehr aus und wählte erneut seine Nummer. Es klingelte lange, bis ein kurz angebundenes „Hello" anzeigte, dass jemand abgenommen hatte.

„Hi, Mister Patil, ich bin es noch einmal, Ella Martin. Ich wollte mich erkundigen, ob Ihnen meine Informationen bei Ihren Ermittlungen weitergeholfen haben. Ist es vielleicht doch möglich ...?"

„Ms Martin, es tut mir leid, aber wir können zu einer laufenden Ermittlung keine Auskünfte geben. Sie brauchen meinen Kollegen also nicht weiter anzurufen und nachzufragen, er wird Ihnen genau das Gleiche sagen."

„Ähm, ist das nicht die Nummer von Mister Patil?"

„Detective Sergeant Patil ist unterwegs. Dies ist zwar seine Nummer, aber Sie sprechen mit Detective Inspector Drake."

Ella zuckte zusammen. „Oh, das wollte ich nicht ... äh, das war nicht meine Absicht. Ich wollte nur Mister Patil ... Oh verdammt, ich wollte der Polizei doch nur helfen!"

„Das schätzen wir natürlich, aber wir können Ihnen trotzdem keine Informationen über den Stand der Ermittlungen geben. Good bye!"

Am anderen Ende wurde aufgelegt. Ella starrte überrascht das Telefon in ihrer Hand an. Von wegen, die

Engländer waren freundlich und höflich! Inspector Drake zumindest war es nicht.

Unzufrieden ging sie in die Küche, um sich einen Tee zu kochen. Teekochen beruhigte sie. Angesichts des halben Pakets Toastbrot schob sie auch noch zwei Scheiben in den Toaster und öffnete das neue Glas mit dem Limettengelee. Schließlich ließ sie sich mit Tee und Toast an ihrem Laptop nieder, stellte fest, dass sie keine wichtigen Mails und nur banale Facebook-Meldungen erhalten hatte, und öffnete den Bilderordner. In drei Wochen war Sylvias Geburtstag. Bis dahin wollte sie ihr ein Fotoalbum mit Kinderbildern zusammenstellen. Eingescannt hatte sie die Fotos noch vor ihrer Abreise, dann aber war keine Zeit mehr gewesen, sie passend zusammenzustellen und ein ansehnliches Layout dafür zu wählen.

Da, das musste das älteste Foto von ihr und Sylvia sein. Wie alt waren sie da? Drei oder vier, auf jeden Fall war es eine Aufnahme aus dem Kindergarten, denn der Sandkasten war unverkennbar. Und da – sie und Mami mit Sylvia und deren Mutter. Sanft strich Ella über das Gesicht ihrer Mutter auf dem Bildschirm. Wie jung sie war, jünger als Ella jetzt! Es gab nicht viele solche Fotos aus ihrer Kindheit. Hier war noch eins, von Ella und Sylvia im Schwimmbad. Mit einem Schlag war die Erinnerung wieder da:

Es roch nach Sommer, Kindergeschrei tönte vom flachen Babybecken her. Ella und Sylvia trippelten aufgeregt in ihren Badehöschen herum, bis ihre Mütter endlich so weit waren, dass sie zum Wasser gehen konnten. Sylvias Mutter hatte einen Fotoapparat mitgenommen und machte ein paar Bilder.

Dies musste eines davon sein. Die Erinnerung war so stark, dass Ella wieder spüren konnte, wie müde und hungrig sie nach dem Baden gewesen war. Mami hatte Kartoffelsalat und hartgekochte Eier mitgebracht. Und nach dem Essen hatte sich Ella an ihren Teddy gekuschelt und Mami hatte sie mit einem Handtuch zugedeckt. Was war eigentlich aus ihrem blauen Teddy geworden?

Ella seufzte und schloss den Bilderordner wieder. Nein, sie konnte das jetzt nicht – genauso wenig wie Rose in ihre Liebesgeschichte verwickeln. Sie fuhr den Laptop herunter und klappte den Deckel zu. Dann zog sie bequeme Schuhe und ihre Jacke an, wickelte sich nach kurzem Überlegen ihren Schal um den Hals und nahm die Schlüssel. Sie musste raus, laufen, auf andere Gedanken kommen. Der Wind, der die zartgrünen Zweige der Bäume draußen schüttelte, würde hoffentlich die trüben Gedanken fortwehen.

Am Ende ihres langen Spaziergangs landete Ella auf dem Friedhof von St Martin's. Endlich. Wie oft war sie nun schon in den vergangenen Wochen hier vorbeispaziert und hatte sich vorgenommen, das nächste Mal bestimmt einen Abstecher zu machen?

Die alte Kirche war geschlossen, doch die halb verwitterten Grabsteine schienen sie freundlich zu empfangen. Ein John Walker lag gleich am Eingang. Hatte man ihn wohl Johnny genannt? Neben ihm lag eine Mary Ann. Langsam ging Ella durch die Reihen der teils krummen Steine mit den mehr oder auch weniger lesbaren Inschriften, bis sie hinauf in den höher gelegenen Teil gelangte, wo Bänke standen und man die Aussicht auf Canterbury und seine Kathedrale genießen konnte.

Viele Mary Anns lagen hier. Der Name schien über Jahrhunderte beliebt gewesen zu sein. Ella dachte an Mary Ann aus dem Chor, die todkrank gewesen war und doch überlebt hatte, und an Aileen. Wie hatte Mary Ann gesagt? „Ich finde es schrecklich, dass sie nun tot ist und ich lebe."

Auf welchem Friedhof mochte Aileen begraben liegen? Oder war von ihr nichts als Asche geblieben? Ella starrte die Türme der Kathedrale an. Warum ließ sie heute der Gedanke an die Toten nicht los? Und dennoch war sie nicht wirklich traurig. Fast schien die friedliche Atmosphäre des Kirchhofs ihr Trost zu spenden.

Nach einer Weile ging sie langsam zwischen den Grabreihen zurück zum Ausgang, vorbei an einem Mann, der das Schild mit den Öffnungszeiten studierte, und machte sich auf den Heimweg.

Kapitel 21

Beim Anblick der weißen, cremigen Schicht auf der dunklen Flüssigkeit lief ihr das Wasser im Mund zusammen. Sie hob das Pintglas und nahm schon an der Bar einen kräftigen Schluck.

„Kein Weißwein heute?", fragte Tom in ihr Ohr und fasste über ihre Schulter, um von Canny sein Bitter entgegenzunehmen.

Es war voll im White Swan, noch voller als sonst am Freitagabend; die Touristensaison hatte wohl auch für die Pubs begonnen. Viele Gäste standen in kleinen Gruppen an der Bar und unterhielten sich so laut, dass ein echtes Gespräch schwierig war.

„Wie du siehst", antwortete Ella und drehte sich zu Tom um.

„Und kein windiger Anwalt?" Er legte den Kopf schief und musterte sie.

„Er war nicht windig", beteuerte Ella.

„Hm, ich kenn den, der schleppt hier öfter Frauen ab, also ...

„Er hat mich nicht ..." Überrascht betrachtete sie Toms gerunzelte Stirn. „Du bist eifersüchtig!", triumphierte sie und beschloss, ihm auf keinen Fall zu erzählen, dass Pete bei seinem Versuch, bei ihr zu landen, abgeblitzt war. „Aber du kannst gar nicht eifersüchtig sein, weil wir nämlich nicht zusammen sind."

„Das könnten wir natürlich leicht ändern." Toms Brauen zuckten nach oben und er lächelte anzüglich.

Ella lachte, obwohl sein Blick sie nicht unberührt ließ. Er hatte schöne Lippen, nicht zu breit, nicht zu schmal und ... Ein heftiger Stoß in ihren Rücken unterbrach ihre Gedanken. Guinness schwappte über ihre Hand.

„Hey, pass doch auf!", rief Tom dem schwankenden Mann zu, der sich mit tausend gemurmelten Entschuldigungen von zwei Kumpeln nach draußen führen ließ. „Trink besser noch ein bisschen weiter aus, bevor wir in unsere Ecke zu den anderen gehen", riet ihr Tom dann und sie nahm gehorsam ein paar kleine Schlucke.

„Ich bin aber mit jemandem verabredet", erklärte sie, doch Tom schien sie nicht zu hören.

Er bahnte sich einen Weg durch eine Gruppe junger Leute, die kaum alt genug schienen, um einen Pub zu besuchen. Ella zögerte kurz und folgte ihm dann. Es war gerade erst halb acht und sie hatte Mary Ann bisher nirgends entdeckt. Da konnte sie den anderen auch noch schnell Hi sagen.

Neben der dunklen Holztür, die zu den Toiletten und zum Hinterausgang führte, erkannte sie Dennis an einem runden Tischchen, um das sich mehrere Leute drängten. Statt eines handgestrickten Pullovers trug er diesmal ein Shirt mit dem Logo seiner Firma. Er war also wirklich kein Seemann, sondern builder, was auch immer das sein mochte. Wahrscheinlich eher so etwas wie ein Bauunternehmer oder ein Handwerker als ein Bauarbeiter, vermutete Ella.

Links neben Dennis saß eine Frau, die sie nicht kannte. Der Mann auf der rechten Seite kam ihr dagegen bekannt vor. Sie konnte ihn aber erst einordnen, als sich die Frau neben ihm zu ihr umdrehte: Mary Ann – und er war Brian. Waren die Freunde, mit denen sie sich treffen wollten, tatsächlich Tom und Dennis? Was für ein Zufall! Oder auch nicht. Schließlich waren sie alle etwa im gleichen Alter und schienen hier Stammgäste zu sein.

Mary Ann hob die Hand zum Gruß und rutschte mit ihrem Stuhl ein wenig zur Seite, um Ella Platz zu machen. Nun musste sie nur noch selbst einen Stuhl finden. Ella nickte Mary Ann zu und erstarrte, als sie den Letzten in der Runde sah – Alex Drake. So ein Mist!

„Schaut mal, wen ich gefunden habe!", rief Tom und schob Ella vor sich.

Sie lächelte in die Runde. Wie gut, dass sie so nah am Hinterausgang standen, da konnte sie sich im Zweifelsfall schnell verdrücken. Zunächst gelang es ihr jedoch, am Nebentisch einen freien Stuhl zu ergattern. Sie setzte sich also zu Mary Ann und begrüßte sie. Auf ihr „Hi, how are you?" kam das unvermeidliche „Danke, gut.".

Ella schüttelte den Kopf. „Bitte keine englische, sondern eine ehrliche Antwort!"

Mary Ann lächelte, seufzte und zuckte mit den Achseln. „Es geht. Ich werde immer noch furchtbar schnell müde. Aber die Laborwerte sind gut und ich werde Halloween wohl nicht auf der Seite der Geister feiern."

„Kann ich irgendwie helfen?", fragte Ella.

Mary Ann schüttelte den Kopf. „Brian ist schrecklich hilfsbereit", sagte sie. „Manchmal nervt es schon, wie sehr er mich umsorgt, vor allem seit Aileens Tod. Weißt du, dass es kein Unfall war?"

Ella zögerte, doch da Mary Ann so offen zu ihr war,

wollte sie sie nicht anlügen. „Die Polizei war bei mir", sagte sie und warf Alex Drake einen kurzen Blick über den Tisch zu.

Er war in ein Gespräch mit der Unbekannten vertieft und beachtete sie nicht.

„Ich habe Aileen als Letzte gesehen, bei der Chorprobe an jenem Abend. Deswegen haben sie mich befragt, auch wegen des Diazepams", erklärte Ella leise. „Kanntet ihr euch schon lange?"

Mary Ann nickte. „Wir haben uns im Krankenhaus kennengelernt, vor fünfzehn Jahren. Sie hatte das Bett neben mir, als wir unsere ersten Kinder gekriegt haben", sagte sie. „Aber es war, als hätten wir uns schon immer gekannt. Ich hatte nie zuvor eine Freundin wie sie gehabt." In ihren Augen standen plötzlich Tränen. „Und ich kann sicher sagen, dass sie diese Medikamente nicht selbst genommen hat!"

Ihre Stimme war lauter geworden und Alex Drake warf ihr einen kurzen Blick zu, bevor er sich wieder seiner Nachbarin widmete.

Brian beugte sich besorgt zu seiner Frau. „Noch einen Drink oder sollen wir gehen?"

„Ich bin ein bisschen müde", gab Mary Ann zu. „Aber wenn du bleiben willst ..."

„Unsinn!"

Mary Ann wandte sich wieder Ella zu und bemühte sich zu lächeln. „Sorry, Ella, das war heute Abend anders geplant, aber ich hab mich wohl ein bisschen überschätzt. Ich war beim Arzt vorhin ziemlich aufgeregt, und jetzt die vielen Menschen und der Lärm hier ..." Sie zuckte die Achseln.

Ella legte ihre Hand auf Mary Anns und drückte sie. „Ich verstehe. Kein Problem!"

Brian nahm seiner Frau das leere Glas ab, ging zur Garderobe und holte ihren Mantel, den er ihr umlegte. „Ladies und Gentlemen, wir sind weg", verkündete er. „Einen schönen Abend noch!"

Kaum waren die beiden ein paar Schritte Richtung Tür gegangen, waren auch schon ihre Stühle verschwunden – andere Pubbesucher hatten sie erfreut mitgenommen, natürlich nach vorherigem Fragen. Die Verbliebenen rückten näher zusammen. Ella saß nun zwischen Dennis und Tom. Ihr gegenüber waren Alex Drake und die Unbekannte, deren Namen sie immer noch nicht wusste, weiter in ihr Gespräch vertieft. Dennis legte seinen linken Arm um Ella. Überrascht sah sie ihn an.

„Du bist so nett", säuselte er. „Und eigentlich sollte ich es mal bei dir versuchen ..." Er nahm einen kräftigen Schluck aus seinem fast leeren Glas, setzte es vorsichtig wieder ab und starrte hinein, als lägen auf dem Grund des Glases alle Geheimnisse der Welt. Dann sah er Ella in die Augen. „Sorry! Bist du beleidigt, wenn ich dich doch nicht anmache? Mir ist wirklich nicht danach."

Ella lachte und griff nach seiner Hand, die über ihrer Schulter hing, um sie zu drücken. „Never mind. Mir ist auch nicht danach."

„Great!"

„Was wird denn das? Was habt ihr zu flüstern?", mischte sich Tom ein und legte seinen rechten Arm um Ellas Rücken, so dass seine Hand auf ihrer Hüfte ruhte.

Einen Moment lang genoss Ella das Gefühl von Wärme und Versprechen der beiden Männerarme, doch ein kurzer Seitenblick von Alex Drake schaltete ihre Vernunft wieder ein. Was tat sie da? Sie hatte wahrlich anderes zu tun, als sich in irgendwelche komplizierten Beziehungen zu stürzen. Eigentlich war sie wegen Mary Ann hier, nur war die bereits weg. Und wirklich unterhalten konnte man sich bei dem Lärm sowieso nicht.

Ella beschloss, ihr Guinness auszutrinken und zu gehen. Ihr Plan ging allerdings nicht auf, denn gerade, als sie sich verabschieden wollte, stürmte eine Gruppe von Frauen den White Swan. Sie trugen knall-pinkfarbene, bedruckte T-Shirts und kleine Engelsflügel.

„Hen night!", kommentierte Tom und grinste. „Siehst du die Braut?"

Ella nickte. Die Braut zeichnete sich dadurch aus, dass sie statt der Flügel ein Krönchen trug und auf ihrem Shirt „Here comes the bride" stand. Die anderen waren dagegen „Guardian Angels" – Schutzengel.

„Könnte eine lange Nacht werden." Tom grinste.

Neugierig blieb Ella sitzen. Zwar waren Junggesellinnenabschiede nach britischem Vorbild in Deutschland inzwischen nicht mehr unüblich, aber solch einen Abend in England mitzuerleben, war zweifellos eine nicht zu verachtende Erweiterung der Landeskenntnisse. Zwei Stunden später kannte sie nicht nur Lisa, die Braut, sondern auch sämtliche Schutzengel. Da Tom sie als Autorin vorgestellt hatte, wollten ihr die Frauen nun nur zu gerne ihre Lebensgeschichten erzählen.

„Du solltest mal drüber schreiben, was ich erlebt habe!"

„Also, meine Geschichte würde sich für einen Roman eignen."

„Ich könnte dir Dinge erzählen ..."

Ella lachte, warf aber gelegentlich einen besorgten Seitenblick auf Dennis, der inzwischen eine ziemliche Schlagseite hatte und nur schwach auf die Avancen des Schutzengels neben ihm reagierte. Schließlich stand sie auf und ging hinüber zu Tom, der, einen anderen Schutzengel im Arm, an der getäfelten Wand lehnte und ihr entgegensah.

„Ella-Bella, sei nicht eifersüchtig! Tiffy hier bedeutet mir rein gar nichts", sagte er und drückte Tiffy, wie um das Gegenteil zu beweisen, noch enger an sich.

Tiffy kicherte und strahlte ihn an.

Ella schüttelte den Kopf. „Ich mach mir Sorgen um Dennis. Er ist ziemlich betrunken und sieht gar nicht gut aus."

„Armer Dennis", klagte Tom. „Das Ende seiner großen Liebe hat ihn umgehauen ..."

„Findest du nicht, man sollte ihn nach Hause bringen?"

„Sweetheart, du meinst mit ‚man' doch hoffentlich nicht mich?"

Ella seufzte genervt. „Ich kann es auch machen, wenn du mir seine Adresse verrätst. Er sagt nämlich keinen Ton mehr."

Tom legte den Kopf schief. „Keinen Ton? Shit, dann ist es ernst. Okay, ich komme." Er drückte seinem Schutzengel einen Kuss auf die Stirn. „Flieg nicht weg, ich komme wieder!"

Gemeinsam gelang es Ella und Tom, den apathischen Dennis aus dem Pub zu bugsieren. Tom rief ein Taxi, und als es kurz darauf vor dem Pub hielt, schob er seinen Freund ohne weitere Umstände hinein.

„Bis später!“, sagte er, setzte sich zu Dennis und schlug die Wagentür zu.

Ella seufzte. Nach der frischen Luft draußen hatte sie nicht wirklich Lust, in den Pub zurückzugehen, doch ihre Jacke war noch drinnen. Die würde sie holen und dann langsam nach Hause laufen. Auch sie spürte den Alkohol jetzt ein bisschen. Und Lust auf das Gackern der Hühner hatte sie keine mehr. Hah, das war gut! Hen Night – Hühner – Gackern. Das konnte sie vielleicht irgendwann mal in einem Text verwenden.

Kapitel 22

„Ich hab da noch 'ne Frage."

Eine Wegelagerin in Gestalt eines Schutzengels hinderte Ella daran, ihren Plan sofort auszuführen. Als sie einige Minuten später endlich an den Tisch zurückgelangte, um ihre Jacke zu holen, saßen dort Fremde. Sie zog die Jacke von der Stuhllehne und drängte sich zur Tür, die zu den Toiletten und zum Hinterausgang führte. Genau, was sie brauchte. Sie benutzte die Toilette, wusch sich die Hände und warf einen kritischen Blick in den Spiegel. Dann zog sie ihre Jacke an und steckte die Hände in die Taschen.

Mist, ihr Schlüssel war weg! Sie durchforstete erneut alle Taschen der Jacke und auch die ihrer Jeans, doch der Schlüssel war nirgendwo zu finden. Wahrscheinlich war er irgendwann aus der Tasche gerutscht, vielleicht als der eine Typ ihren Stuhl so angerempelt hatte. Ella atmete noch einmal tief durch, bevor sie zurück in den Schankraum und auf die Suche ging.

„Habt ihr einen Schlüssel gefunden – mit einem dicken roten Plastikherz am Ring?", fragte sie die Leute, die jetzt an ihrem Tisch saßen.

Nein, den Schlüssel hatte keiner gesehen, aber hilfsbereit rutschten alle mit ihren Stühlen ein wenig hin und her, um unter dem Tisch und auf dem Boden nachzuschauen.

„Versuch's mal bei Canny, vielleicht hat ihn schon jemand abgegeben", riet ihr ein exotisch aussehender Mann mit Upper-Class-Akzent.

Der Weg zur Bar war nicht einfach. Ella quetschte sich durch eine laut lachende französische Touristengruppe. Dann musste sie noch an drei Schutzengeln und anderen fröhlichen Menschen vorbei, bis sie endlich so nah an der Bar war, dass sie Canny und seine drei Helfer, die alle Hände voll zu tun hatten, sehen konnte. Wie sollte sie nun am besten weit genug herankommen, um nach dem Schlüssel zu fragen? Ah, da war Tom. Er stand direkt vorne. Dennis musste ganz in der Nähe wohnen, wenn Tom schon wieder zurück war.

Sie schob sich zu ihm durch und legte ihm ihre Hand von hinten auf die Schulter. „Darling, da bist du ja wieder. Lass mich doch bitte schnell mal durch, ich muss was fragen."

„Aber du versuchst nicht, dich vorzudrängeln, oder?", fragte er, während er sich zu ihr umdrehte.

Zwei durchdringende grüne Augen starrten sie an. Das war Alex Drake, nicht Tom!

Ella erstarrte. „Sorry, ich dachte ... Ich wollte wirklich nicht ... Ich hab ..."

„Mich mit Tom verwechselt?", fragte Alex Drake lakonisch.

Ella nickte.

„Passiert nicht zum ersten Mal", sagte er.

„Next!", rief die junge Frau hinter der Bar und Alex Drake wandte sich ihr zu.

Er bestellte zwei Pints Guinness, während Ella mit dem Gedanken spielte, einfach wegzulaufen. Doch so nah an die Bar würde sie nicht so schnell wieder herankommen.

„Könnten Sie bitte noch nachfragen, ob ein Schlüssel gefunden wurde – mit einem roten Herz-Anhänger?", bat sie.

Alex Drake zog die Augenbrauen hoch, kam aber ihrem Wunsch nach, als er das Bier bezahlte. Und tatsächlich war der Schlüssel abgegeben worden.

Canny reichte ihn Ella mit einem Augenzwinkern. „Here's your lost heart!"

Erleichtert nahm sie den Schlüssel entgegen, steckte ihn in ihre Jackentasche und dieses Mal zog sie den Reißverschluss fest zu. „Vielen Dank!", sagte sie und wandte sich zum Gehen.

„Stop, dein Guinness!" Alex Drake hielt ihr eines der Pintgläser hin.

„Für mich?"

„Yeah, ich dachte, damit kann ich zeigen, dass die englische Polizei nicht so übel ist, wie du vielleicht denkst."

„Wie kommen Sie darauf, dass ich ..."

Er grinste. „Ich sehe doch, wie du mich anschaust. Auch wenn du mich vorhin ‚Darling' genannt hast, um dich vorzudrängeln."

„Ich hab mich nicht vorgedrängelt!", erklärte Ella empört. „Und ‚Darling' habe ich nur gesagt, weil ich dachte, dass Sie Tom ..."

Er nickte. „Cousin Tom ist jedermanns Darling!"

„Cousin?"

Alex Drake nahm einen großen Schluck von seinem Bier und schob sich einen halben Meter weiter nach links, wo gerade etwas mehr Platz geworden war. Ella folgte ihm und zog ihre Jacke wieder aus.

„Tja, unsere Ähnlichkeit liegt in der Familie“, scherzte er.

Ella musterte ihn genauer. Während Toms Augen braun waren, hatte Alex Drake grüne mit dunklen Sprenkeln. Der Bart machte natürlich einen Unterschied, ebenso der ernste Gesichtsausdruck, aber tatsächlich sah sie die Ähnlichkeit nun auch.

„Überrascht?“, fragte er.

Sie nickte.

„Und – gefällt es dir inzwischen in Canterbury?“

„Wenn ich nicht gerade von der Polizei verdächtigt und verhört werde.“

Er nickte langsam und hielt ihr dann sein Glas hin, um mit ihr anzustoßen. „Lass uns darauf trinken! Ich heiße Alex. Und ich verrate dir, dass wir dich natürlich nicht verdächtigt haben. Die Befragung war wirklich nur Routine.“

Ella stieß mit ihm an und trank einen Schluck. „Klar“, sagte sie dann. „Und meine DNA wolltest du nur für deine persönliche Sammlung.“

Er lachte und plötzlich war die Ähnlichkeit mit seinem Cousin so stark, dass sie sich wunderte, sie nicht schon früher gesehen zu haben. Gleichzeitig fühlte sie den heißen Stich in ihrer Magengrube, den Tom gelegentlich auslöste. Mist!

Alex schob sie zum Barhocker, der gerade neben ihnen frei wurde, so dass sie sich ein wenig aus dem Gedränge lösen konnten. Seine Hand war heiß.

„Und wie gefällt es dir in Canterbury?“, fragte sie.

„Wollen nicht alle Polizisten immer nach London zu Scotland Yard? So kenne ich das zumindest aus den Filmen."

„Da komme ich her", erklärte er lakonisch. „Aus London. Ich bin auch erst seit Januar bei der Kent Police."

„Aus London? Warum um Himmels willen bist du da weg? Das soll doch so eine tolle Stadt sein!"

Er sah sie fragend an.

„Ich war noch nie da", gab Ella zu. „Überhaupt bin ich zum ersten Mal in England. Und Canterbury hat mein Verlag für mich ausgesucht. Ich kannte hier überhaupt niemanden." Sie zuckte die Achseln. „Aber mir gefällt es."

„Außer, wenn ich dich befrage."

Ella lachte. „Da dein Sergeant jetzt nicht dabei ist, nehme ich an, dass dies keine Befragung ist, sondern ein freundlicher Plausch. Und zur Not kann ich ja alles abstreiten, weil du keinen Zeugen hast." Puh, so langsam stieg ihr das Bier wirklich zu Kopf. Sie musste aufpassen, sonst würde sie gleich mit dem unmöglichen Inspector flirten.

„Und deine Familie, was sagt die dazu, dass du einfach ins Ausland gegangen bist?"

„Nichts. Ich habe nur noch meine Adoptivschwester, und die hat ein eigenes Leben mit vier kleinen Kindern."

Er sah interessiert aus, wirklich interessiert.

„Meine Mutter starb, als ich sieben war, und einen Vater hatte ich nicht." Ihre Stimme wurde leiser und Alex trat ein bisschen näher an sie heran. „Die Eltern meiner besten Freundin haben mich dann adoptiert, aber Papa starb vor zehn Jahren an einem Herzinfarkt und Mama vor zwei Jahren an einer Lungenentzündung. Ich hatte nicht viel Glück mit meinen Eltern."

„Aber sie haben dich geliebt?"

Ella nickte.

„Dann hattest du Glück." Er starrte in sein halb leeres Glas, in dem der weiße Schaum ein Muster hinterlassen hatte. „Wenn du das weißt ... Wenn jemand stirbt und du weißt nicht, ob er dich geliebt hat, droht dich das aufzufressen."

Ella sah ihn überrascht an. Er schwieg eine Weile. Schließlich lächelte er und zog die Augenbrauen hoch.

„Nach einem Streit fuhr meine Freundin in den Urlaub nach Spanien. Sie starb dort bei einem Badeunfall, und ich werde nie erfahren, ob sie zu mir zurückgekommen wäre oder ob alles, was sie mir an den Kopf geworfen hat, die einzige Wahrheit war."

„Oh, shit! Das ist hart."

„Ich weiß gar nicht, warum ich dir das erzähle."

„Ich auch nicht."

Sie schwiegen und es fühlte sich unerwartet vertraut an.

„Noch eins?", fragte Alex schließlich und hob sein fast leeres Glas.

„Ich fürchte, ich hab genug", erklärte Ella. „Obwohl ..."

„Ein kleines?"

Ella nickte und Alex winkte Canny zu. Als der ihn endlich beachtete, zeigte Alex auf sein Glas, dann auf Ellas und deutete mit Daumen und Zeigefinger an, dass sie nur ein kleines wollte. Danach wandte er sich wieder Ella zu.

„Was ist mit deinem leiblichen Vater? Lebt der noch?", fragte er.

„Keine Ahnung. Ich weiß ja nicht einmal, wer er ist. Laut Geburtsurkunde ist er unbekannt. Und meine Mutter hat nie von ihm erzählt. Hat mich als kleines Kind auch nicht interessiert. Als es anfing, mich zu interessieren, war sie schon tot. Und weil meine Mutter ein Einzelkind war und ihre Eltern früh gestorben sind, habe ich tatsächlich keine leiblichen Verwandten. Ich bin ein echtes Einzelstück." Der Versuch zu scherzen trieb ihr Tränen in die Augen. Sie musste betrunkener sein, als sie gedacht hatte, wenn die Tränendrüsen anfingen zu arbeiten.

Alex legte seine Hand auf ihre. Sie spürte seine Wärme, die unerwartet vertraut war, und sah ihm in die Augen.

„Ich hoffe, ich störe nicht", sagte Tom plötzlich hinter ihr.

„You fucking do", murmelte Alex in sein Glas.

Kapitel 23

Als Ella aufwachte, war es viel zu hell. Und überhaupt – mit diesem Kopf war es viel zu früh zum Aufstehen. Sie drehte sich noch einmal um, zog die Decke bis übers Kinn und schloss die Augen. Ein Guinness-Kater war auch nicht besser als ein Weißwein-Kater, musste sie feststellen.

Wie war sie eigentlich nach Hause gekommen? Hm, ja, Tom hatte sie begleitet. Und Alex hatte gegrinst, als sie gegangen waren. Weil er sich sicher gewesen war, dass Tom bei ihr seine Masche abziehen würde. Er hatte sie gewarnt, daran erinnerte sie sich jetzt wieder deutlich:

„Tom ist so hilfsbereit und rücksichtsvoll und bringt dich nach Hause. Dann stellt er plötzlich an deiner Tür fest, dass er seinen Schlüssel verloren hat. Und natürlich nimmst du ihn mit hinein. Und dann ..." Er hatte mit den Achseln gezuckt. „Zum Frühstück bleibt er übrigens nie, gemeinsamer Tee und Toast würden ihn zu sehr verpflichten. Und wenn du ihn das nächste Mal siehst, hat er alles vergessen."

Ella hatte gelacht und erklärt: „Ich bin ein großes Mädchen."

„Ich weiß. Ich hab gesehen, wie du diesen Anwalt, von dem Tom immer faselt, abserviert hast."

Überrascht hatte Ella ihn angesehen.

„War selbst grad auf dem Heimweg und hätte eigentlich gern das Taxi erwischt, das du dann genommen hast“, hatte Alex erklärt.

„Hast du mich beschattet?“

„So weit kommt's noch – Beschattungen in meiner kargen Freizeit!“ Er hatte den Kopf geschüttelt. „Ich möchte nur nicht, dass Tom dich verletzt, weil du etwas anderes erwartest. Ansonsten – er ist bestimmt ein wunderbarer Lover.“ Dann hatte er breit gegrinst. „Das liegt übrigens auch in der Familie.“

Ella hatte laut gelacht. In dem Moment war Tom von der Toilette zurückgekommen und hatte verständnislos von ihr zu Alex geblickt. Später hatte er sie nach Hause gebracht. Und es war genau so abgelaufen, wie Alex es vorausgesagt hatte: Tom hatte sie geküsst und ihr dann die Geschichte vom verlorenen Schlüssel erzählt. Daraufhin hatte Ella ihm allerdings den Rat gegeben, doch schnell zurückzumarschieren und bei Canny nachzufragen – schließlich hatte sie ihren eigenen Schlüssel dort auch wiedergefunden.

Ella seufzte. In ihrem augenblicklichen Zustand hätte Tom in ihrem Bett ohnehin nur gestört. Langsam wurden ihre Glieder wieder schwer und sie glitt zurück in den Schlaf. Er bescherte ihr wirre Träume von großen, dunkelhaarigen Männern mit und ohne Bart und einer roten Tür mit einer blauen Schwertlilie in einem bunten Glasoberlicht.

Es war bereits nach drei Uhr, als Ella endlich erholt aufwachte. Diesen Tag konnte sie vermutlich vergessen, was ihre Canterbury Rose betraf. Ihr Kopf war zwar erstaunlich schmerzfrei, doch zum Denken wahrscheinlich noch für eine Weile nicht geeignet. Mist! Was war nur in sie gefahren? Sie hatte sich mit Inspector Drake betrunken!

Nach einem kräftigen English Breakfast Tea mit Milch erwachte zumindest ein Teil ihrer Lebensgeister. Beim Durchforsten ihrer Essensvorräte stellte sie fest, dass sie entweder darben oder einkaufen musste, und entschied sich für Letzteres. Außerdem würde ein bisschen frische Luft ihr guttun.

Der Waitrose-Supermarkt war allerdings geruchsmäßig nicht unbedingt der richtige Ort für jemanden in ihrem Zustand. Ihr Magen beschwerte sich, vor allem im Bereich der Metzger-Theke. Also kaufte Ella schnell thailändisches Pfannengemüse mit Lemongrass-Sauce zum Aufwärmen und zum Nachtisch eine Packung Millionaire Shortbread, sicherheitshalber noch eine tiefgefrorene Peperoni-Pizza, um etwas Auswahl zu haben, und die üblichen Kleinigkeiten wie Eier, Milch und Toastbrot. Mit vollem Rucksack machte sie sich schließlich auf den Heimweg.

„Hiya! Warst du einkaufen?", empfing sie George, der mit einem Buch auf der Stufe vor seinem Elternhaus saß. Genau dort gab es ein kleines sonniges Fleckchen.

„Ja, ich wollte nicht verhungern", erklärte Ella und blieb stehen. „Und du? Ist dir nicht kalt?"

George schüttelte den Kopf. „Nö, gar nicht. Die Sonne scheint doch. Frierst du etwa?"

„Na ja, nach dem Marsch hier hoch nicht mehr. Aber besonders warm find ich's nicht."

„Das sieht man", erwiderte George. „Du hast immer noch deinen Winterschal um, obwohl es längst Frühling ist. Das Eichhörnchen hüpft hier überall herum und baut bestimmt schon sein Nest. Wusstest du, dass Eichhörnchen auch Nester bauen?"

Ella sah an sich herab. George hatte recht: Der dicke rote Strickschal sah noch sehr nach Winter aus. Andererseits war so ein Schal enorm praktisch und aus bunter Baumwolle gehäkelt sicher auch dekorativ.

„Ich mache mir einen neuen", erklärte sie entschlossen. „Hast du eine Lieblingsfarbe?"

„Kobaltblau!"

Ella schmunzelte über Georges klar entwickelten Farbgeschmack. „Mal schauen. Kobaltblau ist wirklich nicht schlecht. Bye, George!"

„Bye, Ella!", rief George und vertiefte sich wieder in sein Buch, während Ella ihr Haus betrat.

Georges Bemerkung hatte sie nicht nur auf die Idee gebracht, was sie jetzt, wo die Socken fertig waren, häkeln konnte. Sie hatte sie auch daran erinnert, dass sie sich Aileens Homepage anschauen wollte. Also verstaute sie schnell ihre Einkäufe, fuhr dann ihren Laptop hoch und googelte „Leeny's Crochet". Es erschien eine ansprechende Seite mit dem Foto einer lächelnden Aileen in einem aufwändigen Häkelpullover mit einem Download-Button für das Muster.

Aileens Anblick versetzte Ella einen kleinen Stich. Sie riss sich zusammen und klickte sich durch die Seiten. Da gab es Westen, Decken, Mützen, Schals. Ach, Dorothy hatte doch von einem Schalmuster gesprochen, das Aileen erst vor Kurzem entworfen hatte. Grau sollte der Schal sein. Mal sehen, ob das Muster etwas für sie war. Ein grauer Schal war allerdings nirgendwo auf der Seite zu finden und die anderen Muster gefielen Ella nicht besonders. Nun, morgen konnte sie ja zum Häkelkränzchen gehen und nach der Anleitung fragen.

Sie stand auf, ging in die Küche und schob die Pizza in den Ofen. Dann setzte sie sich wieder an den Laptop, öffnete eine neue Datei und nannte sie „Rose und Lord Carlisle im Pub“. So ein Pub war ein Kosmos für sich, in dem man sich unerwartet näher kommen konnte – genau das, was Rose jetzt brauchte.

„Zerzaust von Canterburys kaltem Wind betrat Rose den Pub, dessen Wärme und Stimmengewirr sie willkommen hießen ...“

Und als Getränk bekam Rose einen trockenen Sherry, schön ladylike. Heute bitte kein Guinness mehr, nicht einmal im Roman!

Kapitel 24

Sie hatte wieder von Lissabon geträumt, von heißer Sonne, einem frischen Orangen-Mango-Saft und Musik auf der Praça Martim Moniz. Und von João. Fast zwei Jahre war das jetzt her, doch es tat immer noch weh. Sich erneut ein Leben in Deutschland aufzubauen, Freunde zu finden, sich zu Hause zu fühlen, sich neu zu verlieben – all das hatte sie sich einfacher vorgestellt. Sylvia war mit ihrer eigenen Familie vollauf beschäftigt und Ellas alte Freunde inzwischen in alle Richtungen verstreut.

Insofern war es gut, dass sie nun weit weg vom deutschen Alltag hier in Canterbury in ihrem gemütlichen Bett lag und sich auf ihre neuen Aufgaben konzentrieren konnte: einen englischen Liebesroman schreiben, einen Mord aufklären und vielleicht noch einen neuen Lover finden. Ella schmunzelte, als sie die Beine aus dem Bett schwang und sich auf den Weg ins Badezimmer machte.

Beinahe hätte Ella auf das Häkelkränzchen verzichtet, denn nach dem späten Frühstück hatte sie kurz ins Internet geschaut und war zuerst bei Facebook und dann auf einem englischen Reiseportal hängengeblieben. Aber ein Gedanke nagte unablässig in ihrem Hinterkopf, und das Manuskript konnte eher warten als ihre Nachforschungen. So machte sie sich schließlich doch auf den Weg zu Agatha.

Die beiden alten Damen hatten bereits mit dem Tee begonnen.

„Oh, ich dachte, Sie kommen heute nicht mehr!“ Dorothy blickte nur kurz von ihrem Häkelzeug auf, die Maschenfolge schien etwas kompliziert zu sein. „Sonst sind die Deutschen doch immer so pünktlich!“

Schwang da etwa Missbilligung in ihrer Stimme mit?

„Ach, ich fürchte, ich bin keine typische Deutsche. Ich habe so lange im Ausland gelebt und gerade in Portugal ist es mit der Pünktlichkeit schon ein bisschen anders“, sagte Ella und lächelte.

Agatha stellte eine zusätzliche Tasse auf das Tischchen und schob einen Teller mit Gebäck und Pralinen näher zu Ella. „Die Pralinen hat Dorothy selbst gemacht“, erklärte sie. „Und ich freue mich auf jeden Fall, dass du da bist.“ Sie warf einen schnellen Seitenblick auf Dorothy. Offenbar hatte sie den seltsamen Unterton also auch bemerkt.

„Ich musste noch das Kapitel zu Ende schreiben.“ Ella nickte dankbar, als Agatha ihr Tee einschenkte und das Milchkännchen neben ihre Tasse stellte. Sie gab einen kleinen Schuss Milch hinein und nahm einen Schluck.

Agatha setzte sich und griff nach ihrem Häkelzeug.

„Ich glaube, ich werde als Nächstes einen leichten Schal häkeln, vielleicht aus Baumwolle“, sagte Ella. „Es ist ja hier oft kühl und windig und mein Hals ist etwas empfindlich.“

„Eine schöne Idee“, stimmte Agatha zu.

„Ich hab auf Aileens Homepage nach Mustern geschaut, aber nichts Passendes gefunden“, fuhr Ella fort.

„Das letzte Mal hatten Sie doch von einem grauen Schal gesprochen, Dorothy. Aber ich konnte ihn leider nicht finden."

Dorothy sah auf. „Ja, ein dunkelgrauer. Und an den Enden war so ein breites Musterband mit Büschelmaschen."

„Ein grauer Schal ist leider nirgendwo auf der Seite. Vielleicht hatte Aileen das Muster noch nicht hochgeladen."

Dorothy runzelte die Stirn. „Aber der Schal selbst ist auch nirgends. Und bevor Aileen eines ihrer Stücke verschenkte oder verkaufte, hat sie es stets fotografiert und das Bild mit der Anleitung auf die Homepage gestellt. Ich habe die Häkelschrift zu Hause, aber ..." Sie schüttelte den Kopf. „Aileen war in dieser Beziehung immer sehr ordentlich."

Da war der missbilligende Ton schon wieder. Dieses Mal bezog er sich allerdings auf ihre Tochter. Wahrscheinlich war die alte Dame gerade einfach nur nicht gut drauf, was Ella gerne ignorieren konnte.

„Schau mal dort drüben im Regal! Vielleicht wirst du da fündig, wenn du nicht nur ein ganz einfaches Muster häkeln willst." Agatha zeigte auf ein Fach, in dem drei Stapel Handarbeitshefte lagen.

Ella nickte und stand auf. „Oh, danke, ja gerne. Ich müsste nur noch schnell ... Dein Badezimmer ist wo?"

„Gegenüber von der Küche."

Ella ging betont lässig ins Bad. Sie spürte ihre Halsschlagader klopfen. Es war nicht gerade die feine englische Art, Agathas Gastfreundschaft zu missbrauchen und bei ihr herumzuschnüffeln. Doch trotz der großen

Sympathie, die sie für sie hegte – der Gedanke, dass Agatha als ehemalige Krankenschwester wahrscheinlich leicht an Beruhigungs- und andere Mittel kommen konnte, ließ Ella einfach nicht los.

Sie schloss die Badezimmertür hinter sich ab und sah sich um. Die meisten Menschen hatten ihre Medikamente im Bad, Agatha hoffentlich auch. Im Spiegelschrank standen allerdings nur die üblichen Kosmetikartikel wie Hautcreme, Feuchtigkeitslotion, Deo und zu Ellas Überraschung eine große Flasche Sonnenmilch mit Lichtschutzfaktor 15. Das Eckschränkchen verbarg Toilettenpapier und Putzzeug und im Schrank unter dem Waschbecken lag ein Föhn auf einer Schachtel Lockenwickler, die wohl aus früheren Zeiten stammten. Daneben stand ein Reise-Kulturbeutel. Ella verachtete sich selbst ein bisschen, als sie den Reißverschluss aufzog und hineinsah: Zahnbürste, Zahnpasta, ein Minifläschchen Shampoo und Duschgel ...

Vorsichtig packte sie alles wieder ein und räumte es zurück. In Agathas Badezimmer gab es offenbar keine Medikamente. Nachdenklich ging Ella zur Tür. Halt! Gerade noch rechtzeitig dachte sie daran, dass es sehr verdächtig wäre, wenn man keine Spülung hören würde. Sie drückte also auf den Spülknopf und wusch sich anschließend die Hände. Dann schloss sie die Tür wieder auf.

Gegenüber vom Bad lag die Küche. Ob dort vielleicht ...? Ella huschte hinüber und riss nacheinander die Schranktüren auf, um einen kurzen Blick hineinzuwerfen. Nichts!

„Ella? Ist alles okay?“, hörte sie Agatha rufen.

„Coming!", rief sie zurück und eilte in die Diele. Lächelnd betrat sie dann das Wohnzimmer. „Du hast wunderschöne Fotografien im Flur", sagte sie. Zum Glück hatte sie die im Vorbeigehen noch gesehen. „Diese alte Stadtmauer mit den Osterglocken – wo ist das?"

„In York", antwortete Agatha bereitwillig. „Dort habe ich fast zehn Jahre lang gelebt."

Ella nickte. „Es gibt wirklich sehr schöne Orte in England", sagte sie, hockte sich vor das Regal mit den Handarbeitsheften und zog eines der Hefte heraus. Hm, das Innere des Wohnzimmerschranks kannte sie, dort bewahrte Agatha ihr gutes Teegeschirr auf. Wo aber konnte sie ihre Hausapotheke haben? „Entschuldige, Agatha", setzte Ella nach kurzer Überlegung an. „Ich habe ziemliche Kopfschmerzen. Hast du vielleicht eine Tablette dagegen?"

Agatha sah sie überrascht an und stand auf. „Ich habe nur Paracetamol für Notfälle. Ansonsten ..." Sie ging zu dem Sekretär in der Ecke, öffnete die linke Tür und zog eine flache Schublade heraus.

Darin erkannte Ella eine Menge kleiner Glasfläschchen mit weißen Kügelchen – homöopathische Globuli.

„... müsstest du mir deine Kopfschmerzen genauer beschreiben."

„Oh dear, Agatha und ihre Zaubermittel." Dorothy schüttelte den Kopf.

„Paracetamol ist in Ordnung, danke", sagte Ella schnell.

Agatha griff nach einer kleinen, runden Plastikdose, die neben den Fläschchen stand, und schüttete daraus eine Tablette auf Ellas Hand.

Ella bedankte sich und spülte die Tablette mit einem

Schluck Tee runter. „Ist das deine ganze Hausapotheke?", fragte sie neugierig.

Agatha nickte. „Alles, was ich so brauche. Und falls das mal nicht reicht, gehe ich eben zum Arzt. Das kommt aber nur sehr selten vor."

Ella glaubte ihr aufs Wort und lächelte erleichtert. Nein, es war eine Schnapsidee gewesen, Agatha zu verdächtigen. Und mal ehrlich – was hätte sie für ein Motiv haben sollen, die Tochter ihrer Freundin umzubringen?

Dorothy hielt nichts von Homöopathie, was sie entgegen ihrer sonstigen vornehmen Zurückhaltung nun laut und deutlich kundtat. Die Worte „Quatsch", „Quacksalberei" und „Hirngespinst eines verrückten Deutschen" fielen und einen Moment lang fürchtete Ella, die beiden alten Damen würden in Streit geraten.

Aber Agatha lachte nur herzhaft und erklärte: „In diesem Punkt werden wir uns nie einigen. Diese Diskussion führen wir daher eigentlich schon seit Jahren nicht mehr."

Dorothy kniff die Lippen zusammen und runzelte die Stirn. Verbissen stach sie die Häkelnadel ein und zog den Faden durch die Schlinge.

„James hat es dir doch auch schon erklärt. Und der ist Professor und Chemiker, der wird es wohl wissen ...", giftete sie halblaut.

„Also, bei mir wirkt das Zeug, und der Rest ist mir egal", verkündete Agatha. „Und James hat nicht automatisch recht, nur weil er Professor ist. Du weißt selbst, dass er ganz schön sonderbar ist."

Dorothy blickte auf. „Und ich habe dir erzählt, dass er nicht immer so war. Nicht, bevor ihm diese Deutsche das Herz gebrochen hat. Ach, ich hoffe, sie schmort in der Hölle, diese Iris Schmitz!"

Ella wurde schwarz vor den Augen. Iris Schmitz – das war der Name ihrer Mutter!

Wie Ella nach Hause gekommen war, wusste sie nicht. Sie hatte sich irgendwie wegen ihrer angeblichen Kopfschmerzen entschuldigt und war einfach gegangen. Es hatte genieselt und sie musste in eine Pfütze getreten sein, denn ihr rechter Fuß war ganz nass, als sie ihre Tür aufschloss. Sie zog Strümpfe und Schuhe aus und kroch in ihr Bett.

„Iris Schmitz", dröhnte es in ihrem Kopf, „Iris Schmitz".

„Diese Deutsche hat ihm das Herz gebrochen", hörte sie Dorothys Stimme. Plötzlich kam der Nachhall früherer Gesprächsfetzen: „Und dann war da sogar ein Kind."

Ein Kind!

„Das mit der jungen Frau und dem Kind ging nicht lange gut. Sie ist nach zwei, drei Jahren oder so plötzlich verschwunden – mit dem kleinen Mädchen."

Ein Mädchen.

Ella.

Kapitel 25

Irgendwann musste Ella eingeschlafen sein, doch es war kein erholsamer Schlaf gewesen. Beim Aufwachen schmerzte ihr der Rücken und ihre Augen brannten. Sie stand auf, ging ins Bad und betrachtete sich im Spiegel: Die Bindehäute waren gerötet und ihre Haut wirkte fahl und irgendwie faltig.

Auch nach dem Duschen ging es ihr nicht unbedingt besser. Sie hatte keinen Appetit auf Frühstück und selbst der Tee schmeckte fad. Was sollte sie tun? Am allerliebsten wäre sie wieder ins Bett gekrochen, doch was würde das bringen?

Ella hatte Probleme immer direkt angepackt: als João sie betrogen hatte ebenso wie zuvor bei Lucas, als sich gezeigt hatte, dass sie sich gegenseitig nur das Leben schwer machten. Aber damals war es um Trennung und Scheidung gegangen, um eine neue, bessere Zukunft für sie allein. Dieses Mal war es genau umgekehrt. Es ging darum, eine Beziehung zu einem anderen Menschen zu beginnen. Und zwar nicht einfach eine Liebesbeziehung, sondern eine zwischen ... Tochter und Vater. Ella schluckte. Erschwerend kam hinzu, dass sie den Mann weder richtig kannte noch bisher wirklich mochte.

Schließlich schlüpfte sie in ihre Jeans, zog ein schwarzes Shirt und einen leichten blauen Pulli an und packte ihren Laptop in die große Umhängetasche. Vielleicht würde

James Appleton die eingescannten Kinderfotos von ihr sehen wollen. Mit klopfendem Herzen und flauem Magen machte sie sich auf den Weg.

Der Anblick der rot gestrichenen Haustür mit dem bunten Glasoberlicht war ihr unerwartet vertraut, als sie sich dem Haus näherte. Vertrauter, als er nach zweimaligem Vorbeigehen sein konnte. Wenn sie noch Zweifel daran gehabt hatte, dass sie das kleine Mädchen gewesen war, das hier mit seiner Mutter und James Appleton gelebt hatte, zerstoben diese jetzt.

Schon auf dem Fußmarsch hierher waren die seltsamen Déjà-vu-Puzzleteile der letzten Wochen wie magisch zusammengerückt und hatten ein Bild ergeben. Wie alt war sie gewesen, als Mami mit ihr fortgegangen war? Ungefähr drei. Ihre Erinnerungen an ihre früheste Kindheit bestanden nur aus vagen Bildern und Eindrücken – und dem seltsam beruhigenden Klang von Kirchenglocken. Jetzt verstand sie auch endlich, weshalb gerade das Wechselläuten der Kathedrale von Canterbury so vertraut wirkte.

Schließlich stand sie vor der Tür. Zögernd hob sie die Hand, um zu klopfen, und ließ sie wieder fallen. Vielleicht war auch alles ein Irrtum? Machte sie sich am Ende lächerlich? Sie sah hinauf zu den bunten Glasscheiben, in deren Mitte eine blaue Schwertlilie eingelegt war, eine Iris. Iris Schmitz. Nein, das konnte kein Zufall sein.

Entschlossen griff Ella zum Türklopfer und ließ den Ring zweimal gegen den darunter liegenden Metallknopf fallen. Dann trat sie einen Schritt zurück und wartete.

„Ja bitte?“ James Appleton stand in der Tür und sah Ella überrascht an.

Sie schluckte. „Ich ... ich muss etwas mit Ihnen besprechen. Ich habe ein paar Fragen ...“

„Ja?“

„Es ist privat, kann ich bitte reinkommen?“

Widerwillig gab der Professor den Weg ins Haus frei und führte sie in ein Zimmer, das mit seinen Bücherregalen an allen vier Wänden einer Bibliothek glich. Ein großer alter Schreibtisch mit einem altmodischen Stuhl am Fenster und zwei leicht zerschlissene Ohrensessel mit gepolsterten Fußhockern und einem kleinen, runden Tisch dazwischen waren die einzigen Möbel im Raum. James Appleton deutete stumm auf einen der Ohrensessel. Er bot ihr keinen Tee an.

Ella setzte sich vorn auf die Kante des Sessels. „Mein Besuch überrascht Sie vermutlich. Und der Anlass ist auch ein bisschen ungewöhnlich“, begann sie und räusperte sich.

James Appleton nickte schweigend. Jetzt hätte Ella viel für die üblichen Höflichkeitsfloskeln aus seinem Mund gegeben, die ihr die folgenden Worte erleichtert hätten.

„Ich habe von Dorothy – Dorothy Simmons – gehört, dass Sie vor etwa dreißig Jahren hier mit einer jungen Frau und einem kleinen Mädchen zusammengelebt haben.“

Der Mann zog die Augenbrauen hoch. „Dorothy ist eine alte Tratschtante. Und?“

„Gestern ...“ Ellas Stimme war rau. „Gestern hat sie den Namen der Frau erwähnt: Iris Schmitz. Sie war Deutsche. Stimmt das?“

James Appletons Stirnfalten wurden tiefer. „Ja, und?“

„Ich kannte eine Iris Schmitz aus Köln. Sie wäre jetzt dreiundfünfzig Jahre alt", fuhr Ella fort.

„Und?"

Puh, war das schwer! „Könnte das Ihre ... Freundin von damals sein? Sie hat eine Tochter, die jetzt zweiunddreißig ist."

James Appleton zuckte die Achseln. „Möglich. Und was wollen Sie mit dieser Information? Das alles ist ewig her."

„Sehen Sie – Iris Schmitz starb bei einem Autounfall, als ihre Tochter sieben Jahre alt war. Und so hat die Tochter nie erfahren, wer ihr Vater war."

„Und nun suchen Sie den Vater."

Ella nickte.

„Warum kommen Sie da zu mir?"

„Weil – ich diese Tochter bin und Sie mein Vater sind!" Gespannt sah Ella ihn an. Wenn er nicht immer so grimmig schauen würde, könnte er eigentlich ganz nett aussehen, dachte sie.

„I see. Du bist Ellinor. Du siehst ihr ähnlich, deiner Mutter."

Ella nickte. Ihr Herz begann wieder schneller zu schlagen. Ellinor – so hatte sie nie jemand genannt, obwohl der Name auf ihrer Geburtsurkunde stand. Es war also wahr ...

„Wir haben dich nach meiner Mutter genannt", sagte James Appleton und blickte gedankenverloren aus dem Fenster. Dann schwieg er.

Gerade als Ella dachte, sie könne die Spannung nicht mehr aushalten und müsse irgendetwas sagen, sprach er weiter.

„Als Iris schwanger wurde, hoffte ich, sie würde ruhiger werden, wenn sie selbst Mutter war, weniger streitsüchtig, weniger egoistisch. Und sie würde nicht immer wieder weglaufen, sobald es nicht nach ihrem Kopf ging. Doch im letzten Monat ihrer Schwangerschaft hatten wir erneut eine Auseinandersetzung, und als ich am nächsten Tag nach Hause kam, war sie verschwunden. Ich suchte sie überall und fand sie schließlich in Deutschland, in Köln bei einer Freundin, von der ich wusste. Da warst du schon eine Woche alt. Wir haben uns versöhnt und ihr kamt mit mir zurück nach Canterbury."

Ella nickte.

James Appleton stand auf und ging zum Fenster. Er wandte ihr den Rücken zu und seine Stimme wurde leiser.

„Wir waren eine Zeit lang glücklich. Oder besser – ich war glücklich. Ich liebte es, Vater zu sein." Er schwieg eine Weile, dann drehte er sich plötzlich um. „Und dann kam der große Streit und sie sagte mir, dass sie mich verlassen würde. ‚Nicht mit Ellinor, lass mir meine Tochter!', flehte ich sie an. Da lachte sie mir ins Gesicht und sagte: ‚Deine Tochter? Wer behauptet denn, dass sie deine Tochter ist? Nein, du bist nicht ihr Vater!'"

Ella zuckte zusammen.

„Sehen Sie, all das, was Sie mir hier berichten wollen, ist für mich nicht relevant. Als Iris ging und Ellinor mitnahm, habe ich beide aus meinem Leben gestrichen. Es interessiert mich nicht, was aus ihnen wurde."

Zum ersten Mal hieß Ella den Regen willkommen. Irgendwie war es ihr schließlich gelungen, sich einigermaßen würdevoll zu verabschieden. Das Wasser vom Himmel mischte sich mit den Tränen, die ihre Wangen hinunterliefen. Ihr Mund schmeckte bitter und ihr Magen zog sich immer wieder schmerzhaft zusammen.

Wie hatte sie nur glauben können, dass dieser grimmige Mann ihr Vater war, der sie freudig in die Arme schließen würde? James Appleton war der Liebhaber ihrer Mutter gewesen, schon das herauszufinden war ein seltsamer Zufall gewesen. Er hatte Ella als Kind gekannt – und geliebt, da war sie sich sicher. Doch dass ihre Mutter ihm das Kind eines anderen untergeschoben hatte, hatte er weder ihr noch ihrer Tochter verziehen. Und er würde es auch nie tun.

Er war nicht der Unbekannte von Ellas Geburtsurkunde. Er war nicht ihr Vater. Und sie konnte ihn unmöglich fragen, ob er wusste, mit wem ihre Mutter ihn betrogen hatte.

Kapitel 26

In dieser Nacht schlief Ella tief und fest. Vielleicht war es die seelische Erschöpfung, vielleicht aber auch der Laphroaig, der Single Malt Whisky, den sie eigentlich ihren Vermietern hatte schenken wollen. Doch dann hatte sie ihn selbst geöffnet und probiert – gutes Zeug, wenn auch mit einem unmöglichen Namen und einem unerwartet torfigen Geschmack. Noch vor dem Einschlafen hatte sie beschlossen, den Besuch beim Professor ad acta zu legen und an etwas anderes zu denken. An ihre Canterbury Rose zum Beispiel. Oder an Aileen.

Das Manuskript wuchs nur sehr unregelmäßig, aber Ella war am Dienstagmorgen nicht in der richtigen Verfassung, um halbwegs druckreife Sätze in sinnvollen Zusammenhängen zu fabrizieren. Wenn sie jedoch hinterher alles Geschriebene wieder löschen musste, war es da nicht besser, gar nicht erst anzufangen und die Zeit anders zu nutzen?

Mit den Nachforschungen zu Aileens Tod war sie ebenfalls nicht wirklich weitergekommen. Agatha schloss sie nach ihren Schnüffeleien am Sonntag endgültig als Verdächtige aus, und auch der Professor überzeugte sie nicht mehr. Ja, er war grimmig und verschroben und wohl streitlustig, aber sie hatte ihn am Vortag als zutiefst verletzten und resignierten Menschen empfunden. Und wer resigniert hatte, lief nicht herum und brachte Leute um. Zumindest nicht ohne Motiv. Und was sollte das sein? Er hätte ein besseres Motiv gehabt, vor dreißig Jahren ihre Mutter zu töten.

Ella schob diesen Gedanken energisch beiseite. Wer also konnte ein Motiv gehabt haben? Aileens Mann Steve war ein kalter Unsympath und hatte offenbar eine Affäre, aber damit hätte das Motiv Eifersucht eigentlich bei Aileen gelegen, oder? Steve musste ja Aileen schließlich nicht töten, um sich mit einer anderen Frau zu vergnügen.

Mist! Das alles passte einfach nicht. Sie musste am Abend bei der Chorprobe mit Mary Ann ins Gespräch kommen. Als Aileens beste Freundin würde sie wissen, wie es in deren Ehe ausgesehen hatte und was für ein Mensch Steve war. Ob sie seine Geliebte kannte? War die möglicherweise so entschlossen gewesen, sich Steve zu angeln, dass sie Aileen beseitigt hatte? Aber wie sollte sie Aileen dazu gebracht haben, kurz vor oder während der Chorprobe das Diazepam zu schlucken? Höchstens, wenn sie ihre Ärztin war und ihr ...

Ella schüttelte den Kopf. Diese Version passte besser in einen Kriminalroman als ins echte Leben. Vielleicht sollte sie doch mal das Genre wechseln und eine Krimi schreiben. Dazu müsste sie sich aber ein Pseudonym zulegen. Sowas wie Bathsheba Blood oder Deborah Death vielleicht? Dazu passte ein Ermittler wie Inspector Alex ... Anderson oder ... Daniel Drake! Sie kicherte.

Ella war viel zu früh am Gemeindesaal, in dem die Chorprobe stattfand. Also wartete sie an der nächsten Ecke, bis Phil kam und aufschloss, und schlenderte dann hinter ihm her.

„Hiya!", grüßte er und packte einen Stapel Noten aus seiner Aktentasche aufs Klavier. „Wir scheinen dich noch nicht verscheucht zu haben, wir Glücklichen!"

Ella lächelte ihn an. „Ich singe gerne und die Leute in diesem Chor sind nett – warum sollte ich wieder gehen?"

„Das weiß man nie", antwortete Phil. „Manchen passt meine Nase nicht und anderen das Stück, das wir singen."

Ella trat zu ihm ans Klavier, wo er aus dem Notenstapel die Partitur für das Magnificat heraussuchte. „Also, mir gefällt die Musik von Rutter", sagte sie, „und deine Nase – na ja, ich hab schon hässlichere gesehen."

Phil schaute sie überrascht an.

„Nein, ehrlich", sagte Ella und zwinkerte ihm zu. „Mir gefällt es hier. Nur schade, dass ..."

„Ja?" Phil öffnete den Klavierdeckel und platzierte die Partitur auf dem Notenständer.

„Aileen. Sie war so nett und ich finde es schrecklich, was passiert ist."

Phil setzte sich auf den Klavierhocker und sah auf die Noten. Dann blickte er auf zu Ella.

„Ja, schrecklich. Sie war eine so gute Sängerin. Und immer fröhlich und hilfsbereit, wenn es um die Organisation eines Konzerts ging."

„Kanntest du sie näher? Oder ihre Familie?"

„Nein, gar nicht, nur ihre Mutter. Du weißt, dass Dorothy aus dem Chor ihre Mutter ist? Sie hat sich übrigens für heute entschuldigt. Ist wohl alles sehr schwer für sie."

Ella nickte. „Ich ..."

In diesem Moment betraten Rory und Jen lachend den Probenraum und die Chance, Phil auszuhorchen, war vorbei. Aber wenn er Aileen wirklich nicht näher gekannt hatte, würde sie ein Gespräch mit ihm auch nicht weiterbringen.

Ella ging zu ihrem Platz und packte ihre Noten aus, während weitere Chormitglieder eintrudelten. Auch Agatha kam. Sie sah Ella prüfend an, als sie sich neben sie setzte, machte dann aber nur allgemeine Bemerkungen zum Wetter und zu anderen Trivialitäten. Ella war froh darüber, denn James Appleton war inzwischen ebenfalls angekommen und es fiel ihr nicht leicht, die Fassung zu bewahren. Sie warf ihm nur einen schnellen Blick zu, doch er wirkte noch mürrischer als sonst und sah betont nicht in ihre Richtung.

Mary Ann kam erst, als sie schon mit den Einsingübungen begonnen hatten. Ella hatte gehofft, sie noch sprechen und sich vielleicht mit ihr verabreden zu können. Doch nun saß sie drei Plätze von ihr entfernt, so dass es auch nicht möglich war, schnell mal zwischendurch miteinander zu flüstern. Also winkte sie Mary Ann nur kurz grüßend zu und hoffte, sie würde nicht sofort nach der Probe davoneilen. Vielleicht konnten sie ja wieder zusammen das Geschirr spülen?

Der letzte Akkord von „Of a Rose, a Lovely Rose" verklang, Phil bedankte sich und unter lautem Stühlerücken endete die Probe. Jen eilte in die Küche, um den Kessel aufzusetzen und Tassen zu holen. Agatha packte Ingwerkekse aus und die anderen plauderten fröhlich. Ella ging zu Mary Ann hinüber.

„Hi, wie geht's dir heute?"

„Englische Antwort?" Mary Ann grinste.

„Ehrliche Antwort!“ Ella grinste zurück.

„Gut!“ Mary Anns Lächeln wurde noch breiter. „Ich hatte gestern und heute zwei richtig gute Tage. Ich bin nicht mehr so erschöpft und, na ja, es geht mir einfach gut.“

„Das freut mich! Bleibst du dann auf einen Tee hier? Ich würde mich gerne ein bisschen mit dir unterhalten.“

Mary Ann schüttelte bedauernd den Kopf. „Sorry, ich bin mit meiner besseren Hälfte im Pub verabredet. Heute ist unser Hochzeitstag. Brian hat mich heute Mittag schon zum Lunch ausgeführt und jetzt wollen wir noch ein Glas zum Ausklang trinken.“

„Oh, dann gratuliere ich euch. Aber vielleicht kann ich dich zum White Swan begleiten? Der liegt auf meinem Heimweg.“

„Ja, warum nicht? Wenn du nicht mehr hierbleiben möchtest.“

Ella sah sich kurz um. Agatha sprach mit James Appleton. Ob er ihr von Ellas Besuch am Vortag berichten würde? Sollte sie ihr davon erzählen? Oder war es nicht besser, ihre Enttäuschung in sich zu verschließen, das Ganze abzuhaken und sich auf anderes zu konzentrieren?

„Nein, ich komme gerne mit dir“, sagte sie zu Mary Ann.

Die beiden Frauen holten ihre Jacken und Taschen, riefen ein „Good night!“ in die Runde und verließen gemeinsam das Gemeindezentrum. Es waren zu Fuß nicht mehr als zehn Minuten bis zum White Swan, also hatte Ella keine Zeit, lange um den heißen Brei herumzureden.

„Ich habe Steve gesehen – Aileens Mann“, setzte sie an.

„Ja?“

„Mit einer Frau in einem Auto. Ich glaube, er hat sie geküsst."

Mary Ann zuckte mit den Achseln. „Möglich", sagte sie kurz. „Und?"

„Du bist nicht überrascht?"

Mary Ann schüttelte den Kopf. „Steve hatte immer wieder mal andere Frauen."

„Und Aileen wusste das? War sie nicht unglücklich darüber?"

„Na ja, besonders glücklich ist wohl keine Frau, wenn sie betrogen wird", sagte Mary Ann lakonisch. „Aber wenn du jetzt glaubst, sie hätte sich deswegen unter Drogen gesetzt oder sich gar das Leben genommen – nein, bestimmt nicht! Sie war sehr pragmatisch."

„Pragmatisch?"

„Solange Steve diskret war und sich anständig um die Kinder kümmerte, hat sie darüber hinweggesehen."

Ella schüttelte den Kopf. „Das könnte ich nicht!", entfuhr es ihr.

„Ich auch nicht", erklärte Mary Ann. „Aber Aileen ist so erzogen worden, dass das Bild nach außen wichtiger ist als das eigene Fühlen. Also hat sie dieses Bild aufrechterhalten."

„Das hätte ich nie gedacht! Sie wirkte so glücklich und irgendwie – in sich ruhend."

Mary Ann nickte. „Das war sie. In sich ruhend sowieso und in den letzten Wochen war sie auch sehr glücklich."

Ella blieb überrascht stehen und sah Mary Ann an. Die lächelte plötzlich und zwinkerte ihr zu.

„Was dem Ehemann recht ist, kann der Ehefrau nur billig sein – Aileen hatte jemanden gefunden ..."

„Du meinst, sie hatte einen heimlichen Lover?"

Mary Ann wackelte mit dem Kopf und setzte ein geheimnisvolles Lächeln auf.

„Ernsthaft?", fragte Ella. Die Vorstellung passte nicht so ganz zu dem Bild, das sie bisher von Aileen gehabt hatte.

„Ja, es war was Ernstes", erklärte Mary Ann und ging weiter, so dass Ella ihr folgen musste. „Sie wollte Steve verlassen."

Ella verschlug es die Sprache. Ein paar Sekunden lang schwieg sie, dann räusperte sie sich und fragte: „Weißt du, wer er war – ist?"

Mary Ann nickte und hob die Hand, um ihrem Mann zuzuwinken, der in einiger Entfernung vor dem Pub stand. „Oh schau, Brian wartet schon!", sagte sie erfreut.

Ella verstand, dass das Gespräch über Aileen damit beendet war. Schweigend ging sie die letzten Schritte neben Mary Ann her, begrüßte Brian und verabschiedete sich dann gleich wieder von dem Paar, obwohl Brian sie einlud, mit in den Pub zu kommen.

„Nein, nein", lehnte sie ab. „Es ist euer Tag und ich bin ziemlich müde."

Der Aufstieg von St Martin's Hill schien ihr an diesem Abend kürzer als sonst, aber wahrscheinlich lag das nur daran, dass ihre Gedanken wild in ihrem Kopf kreisten und neue Theorien aufwarfen. Wenn Aileen Steve wirklich hatte verlassen wollen, hätte er ein Motiv gehabt. Männer wie er maßen Affären mit zweierlei Maß. Und hatte nicht Dorothy mal irgendwas über Aileens reiches Erbe gesagt? Dass sie diejenige war, der das Geld der Familie gehörte? Eifersucht und Geldgier ergaben ein perfektes Motiv.

Kapitel 27

„Liebste Sylvia“, schrieb Ella, „du wirst nicht glauben, was mir passiert ist. Ich habe ausgerechnet hier in Canterbury ein Stück meiner Vergangenheit und beinahe meinen wirklichen Vater gefunden.“

Sie stockte und starrte auf das Papier. Nein, es half nichts, einen richtigen Brief zu schreiben statt einer E-Mail. Die Worte reihten sich auch in dieser Form einfach nicht passend aneinander, um das auszudrücken, was sie bewegte: ihre Überraschung, ihre Enttäuschung, ihren Frust, ihre Wut.

Warum hatte ihre Mutter so gehandelt? Warum hatte sie Ella allein in Deutschland zur Welt gebracht und keinen Vater angegeben? Warum hatte sie James Appleton zuerst in dem Glauben gelassen, Ella sei seine Tochter, und war mit ihm nach England zurückgekehrt? Warum hatte sie ihn schließlich verlassen? Und warum hatte sie Ella nie von England erzählt – oder von ihrem wirklichen Vater?

Gestern Abend, noch unter dem Einfluss der Informationen von Mary Ann, war Ella fest entschlossen gewesen, mehr über Steve und seine Geliebte herauszufinden und ihren Verdacht der Polizei mitzuteilen. Sie hatte sogar die Karte von DS Patil herausgesucht und die Nummer in ihr Handy gespeichert. Doch eine Nacht voller verrückter Träume hatte ihre persönlichen Fragen von Neuem in den Vordergrund gerückt.

Der Versuch, mit Sylvia zu skypen, war am Kinderchaos ihrer Schwester gescheitert. Ella hatte sich mit einem kurzen „Ich schreib dir!“ schnell wieder verabschiedet. Eine E-Mail war ihr zu businessmäßig erschienen und so saß sie nun vor einem fast leeren Blatt ihres Druckerpapiers und raufte sich die Haare. Bah, was war sie nur für eine Autorin! Nicht einmal zu einem privaten Brief taugte sie was.

Sie ging in die Küche und kochte sich ihren fünften Becher Tee. Ihr Magen ließ ein dumpfes Grummeln hören. Stimmt, gefrühstückt hatte sie noch gar nicht, und dabei war es schon Nachmittag. Doch es fand sich nur eine letzte Scheibe Toast. Sie musste wohl oder übel einkaufen gehen oder zum Cream Tea mit Scones, Butter, Marmelade und Clotted Cream, dieser herrlichen dicken Sahne, in Tiny Tim's Tearoom. Letzteres schien ihr allerdings um einiges attraktiver, als in einer Supermarktschlange zu stehen.

Als sie am Heart of Gold vorbeikam und einen kurzen Blick durch das Fenster warf, war sie überrascht, Agatha im Laden zu sehen. Die verabschiedete gerade eine Kundin und winkte Ella einladend zu.

„Hallo! Ich dachte, du arbeitest nur vormittags?“, begrüßte Ella sie.

„Nein, nein, ich habe mit einer Kollegin getauscht. Sie muss heute Nachmittag ihre Enkel hüten. Möchtest du eine Tasse Tee?“

Ella schüttelte den Kopf. „Ehrlich gesagt bin ich bis oben vollgefüllt mit Tee. Ich muss jetzt eher mal was Festes zu mir nehmen.“

„Schokoladenkuchen?“, fragte Agatha und deutete nach hinten in den Laden.

Ella legte den Kopf schief. „Warum eigentlich nicht?“

Sie folgte Agatha durch die Hintertür in einen kleinen Raum, der als Teeküche diente. Von dort führte eine Tür zur Toilette, eine andere zu einem großen Lagerraum. Neben dem Wasserkocher stand ein dicker Schokoladenkuchen. Agatha schnitt ein breites Stück davon ab, legte es auf einen grünen Steingutteller mit leicht abgesplittertem Rand und reichte ihn Ella.

„Danke.“

„Schokolade ist gut bei Kummer“, erklärte Agatha und ging zurück in den Verkaufsraum.

Ella folgte ihr. „Glaubst du, dass ich Kummer habe?“, fragte sie überrascht.

„Ich sehe, dass du Kummer hast!“

Ella nickte.

„Komm, setz dich und iss deinen Kuchen! Dann kannst du mir alles erzählen – oder auch nicht.“

Ella setzte sich auf einen der beiden Esszimmerstühle mit verblassten goldfarbenen Polstern, die neu im Laden standen. Agatha wollte sich gerade zu ihr setzen, als die Türglocke bimmelte und zwei Frauen hereinkamen. Agatha ging zu ihnen hinüber, wechselte ein paar Worte mit ihnen, nickte und deutete auf ein Regal. Dann kam sie zu Ella zurück.

„Es ist sehr ruhig heute. Wenn du also jemanden zum Reden brauchst ... Ansonsten – um fünf mach ich den Laden zu.“

„Ich weiß nicht.“ Ella zögerte.

Die beiden Frauen stöberten noch ein bisschen, grüßten zu ihnen herüber und verließen dann den Laden, ohne etwas zu kaufen.

Ella steckte sich den letzten Bissen Schokoladenkuchen in den Mund, kaute genussvoll und schluckte. „Also gut", sagte sie schließlich. „Ich hab was sehr Seltsames erfahren ..."

„Unglaublich!" Agatha schüttelte langsam den Kopf. „Du warst das kleine Mädchen von James?" Sie musterte Ella genau. „Jetzt, wo du es sagst – ja, ich sehe die Ähnlichkeit zu seiner Studentin. Sorry, wir haben sie immer ‚seine Studentin' genannt. Ich kannte sie ja nur ganz kurz, bin dann bald nach York gezogen."

„Dorothy nennt sie ‚diese Deutsche'."

„Oh dear, ja. Ich glaube, unsere gute Dorothy hatte damals einen ziemlichen Narren an ihrem jungen Nachbarn gefressen und war nicht völlig frei vom grünäugigen Monster", sagte Agatha.

Ella sah sie fragend an.

„Eifersucht – und dann stieß ihr natürlich die Tatsache auf, dass James und seine Freundin unverheiratet ein Kind hatten."

„In den Achtzigerjahren?"

„Dorothy orientiert sich lieber an den früheren Jahrzehnten ihrer Jugend. Sie ist so erzogen worden und hat sich nie wirklich an die Veränderungen in der Gesellschaft gewöhnt."

Und dann hat sie wiederum ihre Tochter so erzogen, dachte Ella. Kein Wunder, dass Aileen ihren Ehemann nicht verlassen hatte. Wahrscheinlich tat man das in ihren

Kreisen nicht, obwohl ja selbst die Königsfamilie ihre Skandale und Scheidungen hatte.

Die Ladenglocke unterbrach ihre Gedanken, doch es waren nur ein paar Französinnen im Teenager-Alter, die wohl auf einer Schulreise waren und sich kichernd an den Modeschmuck-Ständern umsahen.

„Dann bist du also eine halbe Engländerin. Was für eine Überraschung!“, sagte Agatha.

Ella schüttelte den Kopf. „Aber James Appleton ist ja nicht mein Vater.“

„Deine Mutter hat hier bei ihm gelebt, als sie schwanger wurde. Es ist daher wahrscheinlich, dass der Mann, mit dem sie außerdem noch ein Verhältnis hatte, ebenfalls Engländer war – oder meinst du nicht?“

Ella zuckte die Achseln. Die Nationalität ihres leiblichen Vaters war ihr völlig egal. Sie beschäftigten andere Fragen. Warum nur mussten die Menschen ihre Partner betrügen und belügen? Warum konnten nicht einfach alle ehrlich und treu sein, so wie die Hauptfiguren in ihren Romanen? Sie gab sich die Antwort selbst: Weil sie eben keine Romanfiguren waren.

„Noch ein Stück Schokoladenkuchen?“, fragte Agatha.

„Nein, danke.“ Ella stand auf und zog ihre Jacke wieder an. „Ich muss noch ein bisschen was einkaufen gehen.“

Agatha nickte. „Nimm es nicht zu schwer. Immerhin weißt du nun einiges mehr über deine Vergangenheit. Wenn du möchtest, können wir Dorothy fragen, woran sie sich erinnert.“

Ella schüttelte den Kopf. „Nein, bitte, ich möchte mit niemandem darüber sprechen. Vielleicht später einmal, aber jetzt ist mir das ...“

Agatha legte ihr beruhigend die Hand auf den Arm. „Ich schweige. Aber wenn du jemanden brauchst, bin ich für dich da, ja?"

Es hatte Ella gutgetan, sich alles von der Seele zu reden, und ein dicker Cheeseburger mit Pommes und dazu ein Guinness vor einem Pub in der Sonne waren als anschließende Heilmittel auch nicht übel gewesen. Danach und nach einem Marsch quer durch die Innenstadt fühlte sie sich schon fast wieder normal und einigermaßen ausgeglichen. Sie beschloss, sich noch einmal auf Aileen und ihren neuesten Verdacht zu konzentrieren: Steve und seine Geliebte. Das war sicher effektiver, als zu überlegen, was vor dreißig Jahren passiert war.

Nach einem Blick auf die Uhr war sie drauf und dran, sich vor Steves und Aileens Haus auf die Lauer zu legen – oder zu stellen –, um ihn abzupassen, wenn er nach Hause kam. Ob die Unbekannte ihn wieder heimfuhr? Dann konnte sie sie vielleicht genauer sehen. Doch ihr fiel rechtzeitig ein, dass sie damit praktisch auch vor James Appletons Haus warten würde. Und das kam nun absolut nicht in Frage.

Leider wusste sie nicht, wo Steve arbeitete. So blieb als einzige Möglichkeit, ihn abzupassen, die Straßenecke, an der er damals ausgestiegen war, als sie von den Deutschhausaufgaben mit seiner Tochter Lynn gekommen war. Die Uhrzeit kam ungefähr hin – vielleicht hatte sie ja Glück.

Sie hatte mehr als Glück, denn auf der gegenüberliegenden Straßenseite befand sich eine Bushaltestelle. So konnte sie völlig unauffällig auf der schmalen Bank des

Wartehäuschens sitzen. Sie zog ihr Handy aus der Tasche und fummelte daran herum, wie viele Leute das taten, wenn sie warteten. Dabei ließ sie aber die Straße nicht aus den Augen.

Der Busfahrer schaute ein bisschen seltsam, als er nach ein paar Minuten neben ihr hielt und sie nur abwinkte. Doch schließlich wurde ihre Geduld belohnt. Da war er – der schwarze BMW mit der rothaarigen Frau am Steuer. Wieder stoppte er direkt an der Ecke und Steve stieg aus.

Mist, aus diesem Winkel konnte Ella das Autokennzeichen nicht erkennen! Sie erhob sich, als hätte sie das Warten auf den Bus aufgegeben, und überquerte die Straße. Steve beachtete sie nicht, sondern beugte sich ins Auto, um seine Aktentasche herauszuholen. Die Rothaarige lehnte sich zu ihm und die beiden küssten sich. Dann schlug Steve die Tür zu, öffnete sie aber erneut, als die Frau etwas rief.

„Vergiss nicht den Termin mit Laurence morgen um zehn!", hörte Ella.

„Glaubst du etwa, den Abschluss lass ich mir durch die Lappen gehen? Ts-ts."

Hm, das klang nach Job, nach einem gemeinsamen Job. War die Rothaarige Steves Kollegin? Ella musste unbedingt herausfinden, wo er arbeitete. Mary Ann würde das wissen. Dorothy auch. Aber die wollte sie lieber nicht in ihre Nachforschungen hineinziehen. Hatte sie nicht irgendwo Mary Anns Nummer?

Betont unauffällig schlenderte Ella weiter die Straße entlang. Nach wenigen Schritten wurde sie von Steve überholt. Er warf einen Blick über seine Schulter und sah ihr direkt ins Gesicht. Mist! Ellas Herz rutschte ein Stockwerk tiefer und schlug schneller. Doch dann drehte er sich wieder weg, ohne sie zu grüßen. Er hatte sie nicht erkannt!

„Was macht dein Buch?", wollte George wissen, als Ella in den Windmill Close einbog. Ihr junger Nachbar hatte verschiedene Papierflieger gefaltet und bemühte sich nun, diese möglichst effektiv durch die Luft gleiten zu lassen und anschließend zu messen, welcher Flieger es am weitesten geschafft hatte.

„Oh, ich bin in den letzten Tagen nicht so richtig zum Schreiben gekommen", gab Ella zu. „Ich habe gerade ein paar andere Dinge um die Ohren."

George schüttelte missbilligend den Kopf. „Aber es ist doch dein Job, das Buch zu schreiben", sagte er, „so wie es mein Job ist, in die Schule zu gehen und manchmal auf Andy aufzupassen, nicht wahr?"

Ella nickte. „Du hast vollkommen recht", sagte sie. „Und deshalb gehe ich jetzt gleich hinein und setze mich an den Schreibtisch."

George nickte zufrieden.

Kapitel 28

Tatsächlich hatte sich eine Art Knoten gelöst und Ella war es gelungen, am Abend das nächste Kapitel von „Canterbury Rose“ detailliert zu plotten. Am Morgen konnte sie nach kurzem Lesen der letzten beiden Kapitel einigermaßen konzentriert mit dem Schreiben beginnen. Es tat ihr gut, in die von ihr lenkbare, doch recht heile Welt des Romans einzutauchen und die Realität eine Weile auszublenden.

Mary Ann erreichte sie erst um die Mittagszeit. In einem geschickten Gespräch entlockte sie ihr die Information, dass Steve bei John Wilkins Insurances beschäftigt war. Eine Versicherungsgesellschaft, das passte irgendwie zu Steve, fand Ella.

John Wilkins Insurances hatte ihre Büros in einer Seitenstraße der Castle Street, und es war nicht schwer, dort zur Feierabendzeit hinter einem parkenden Auto schräg gegenüber der Eingangstür zu warten. Tatsächlich verließ Steves rothaarige Freundin pünktlich das Bürogebäude und stöckelte einige Schritte zu ihrem BMW. Sie stieg ein und wartete. Wenige Minuten später betraten zwei Männer die Straße und schüttelten sich zum Abschied die Hand. Der eine ging nach rechts davon, der andere war Steve. Er sah sich kurz um und sein Blick streifte Ella, die sich schnell hinter das Auto bückte und so tat, als müsse sie ihren Schuh zubinden. Hatte er sie gesehen? Hatte er gemerkt, dass sie ihm nachspionierte?

Eine Frau, die Hände voller Einkaufstüten, blieb neben Ella auf dem engen Gehweg stehen.

„Sorry!", entschuldigte sich Ella und stand mit einem Seitenblick über die Straße wieder auf.

Die Frau ging höflich lächelnd an ihr vorbei und warf einen letzten verdutzten Blick auf Ellas Schuhe – Ballerinas.

Steve stand nun nicht mehr an der Eingangstür, sondern war dabei, ebenfalls in den BMW einzusteigen. Dieses Mal küsste er die Rothaarige nicht. Aber wozu auch, wenn sie den ganzen Tag über zusammen gearbeitet hatten?

Der BMW fuhr davon und Ella machte sich zufrieden auf den Heimweg durch die Dane John Gardens. Sie warf einen Blick über die mehrspurige Straße, die die Grünanlage auf der rechten Seite begrenzte. Dort drüben war die Station der Kent Police. Sollte sie schnell hinübergehen und ihren Verdacht DS Patil melden? Wieso nicht, wenn sie sowieso schon da war?

Ein paar Minuten später betrat sie das Gebäude und fragte nach ihm. Nach einer kurzen Wartezeit wurde sie in ein enges Büro gebeten.

„Wie kann ich Ihnen helfen?", fragte der Detective Sergeant höflich und sah sie aus seinen dunklen Augen aufmerksam an.

„Es geht um den Mord an Aileen Crayford", erklärte Ella. „Ich weiß natürlich nicht, wie weit Sie mit Ihren Ermittlungen sind, aber ich habe zufällig entdeckt, dass ihr Mann, Steve Crayford, ein Verhältnis mit einer Kollegin hat."

DS Patil nickte höflich.

„Ich finde, das sollten Sie wissen, weil das ja vielleicht ein Motiv sein könnte. Und die Gelegenheit hätte er als ihr Mann ..."

„Du meinst also, ein Mann, der seine Frau betrügt, bringt sie auch um?", unterbrach sie eine Stimme hinter ihrem Rücken.

Mist! Alex Drake. Ella drehte sich zu ihm um. Er lehnte im Türrahmen und schüttelte leicht den Kopf. Ella errötete.

„Nein, so meine ich das nicht. Aber Aileen war doch diejenige, der das große Geld gehörte, und wenn sie Steve rausgeschmissen hätte, weil er sie betrogen hat, könnte er mit seiner Geliebten geplant haben ..."

„Oh, stop it!", unterbrach sie Alex Drake sichtlich genervt. „Du bist hier nicht im Roman-Workshop."

„Aber Aileen hatte außerdem selbst ..."

„Meine Güte, das ist ja die reinste Verschwörungstheorie! Hat Jay dir nicht gesagt, dass wir nicht weiter ermitteln werden? Es war ein Unfall aufgrund einer Überdosis selbst eingenommener Beruhigungsmittel – kein Mord."

Ella schüttelte den Kopf. „Nein, ich glaube aber ..."

„Vielleicht hat sie das Zeug ja aus Verzweiflung über den Betrug ihres Mannes genommen – dann hättest du im weitesten Sinne sogar recht, dass er schuldig ist. Aber dafür ist das Jüngste Gericht zuständig." Er grinste.

Ella verdrehte die Augen. „Du nimmst mich nicht ernst."

„Nein", sagte er schlicht. „Sorry, love, aber was du uns hier erzählst, ist total banal. Aileen Crayfords Mann hat ein Verhältnis mit seiner Kollegin. So what? Das haben Hunderte Männer."

Ella nickte langsam und stand auf, um zu gehen. Natürlich. Und wahrscheinlich war Alex Drake selbst einer von ihnen.

Kapitel 29

Dreimaliges kräftiges Klopfen an der Haustür ließ Ella zusammenzucken und zur Tür stapfen. Was war das nur für ein Freitag! Dauernd hatte ihr Handy geklingelt, bis sie es stumm geschaltet hatte, und jetzt das. So würde sie das entscheidende romantische Kapitel nie fertig kriegen! Es tat einer Liebesszene einfach nicht gut, wenn sie ausgerechnet dann unterbrochen wurde, wenn Lord Carlisle zum ersten Mal seinen Mund auf die Lippen seiner angebeteten Rose ...

„Von wegen ‚My Home is my Castle'!", wetterte Ella und riss die Tür auf. „Ich bin noch nie so oft gestört worden wie ... Oh, du!"

Alex Drake sah nicht minder unfreundlich aus. „Wir müssen reden", sagte er und steuerte an ihr vorbei Richtung Wohnzimmer.

„Wir müssen reden?" Das klang nach Beziehungsproblemen. Unwillkürlich zuckten Ellas Lippen amüsiert. Natürlich hatten sie Beziehungsprobleme! Zumindest, wenn sie nüchtern waren. Das hatte ihre gestrige Begegnung auf dem Polizeirevier ja wieder gezeigt.

Alex Drake ließ sich, ohne zu fragen, auf dem einzigen freien Stuhl nieder und starrte direkt auf den Bildschirm ihres Laptops. Energisch klappte Ella den Computer zu, griff nach den Büchern, die auf einem der Sessel lagen, und legte sie auf den Laptop. Dann ließ sie sich schräg gegenüber von Alex Drake in den Sessel fallen und sah ihn auffordernd an.

„Also rede!“

Alex Drake runzelte die Stirn. „Ich habe nach deinem Besuch gestern noch einmal in die Crayford-Akte geschaut.“

Ella verkniff sich ein triumphierendes Grinsen. War ihr Verdacht doch auf fruchtbaren Boden gefallen!

„Du weißt, dass Aileen Crayford Blut und Gewebespuren unter den Nägeln hatte?“

„Ach, deshalb habt ihr DNA-Proben von allen möglichen Leuten genommen? Ihr habt an eine körperliche Auseinandersetzung gedacht, bei der sie ihren Mörder verletzt hat. Wobei – wenn ich das in einem meiner Romane schreiben würde, würde sich jeder Leser beschweren. Bei einem Giftmord gibt's doch keinen Kampf, bei dem das Opfer dem Mörder das Gesicht oder die Hände zerkratzt! Und ja, ich weiß, es war nicht wirklich Gift. Aber das läuft in diesem Fall aufs Gleiche hinaus.“ Sie holte tief Luft, doch Alex Drake ließ sie nicht weitersprechen.

„Eine handgreifliche Auseinandersetzung könnte immerhin Anhaltspunkte ...“ Dann räusperte er sich und setzte neu an. „Dennoch ist das Ergebnis der DNA-Untersuchungen äußerst aufschlussreich“, sagte er, drehte sich mit dem Stuhl zu ihr und lehnte sich zurück.

Die Stuhllehne knarrte.

„Und – wen hat sie denn nun gekratzt?“, fragte Ella.

Er schüttelte kurz den Kopf. „Darum geht es hier nicht. Ich habe etwas ganz anderes entdeckt.“

„Was? Dass ich es nicht war und dein anfänglicher

Verdacht gegen die komische Ausländerin damit endgültig zusammenbricht?"

Alex Drakes Lippen wurden schmaler und sein Blick bohrender. „Dass Sie gelogen haben, Ms Martin!"

Ella lachte und schüttelte den Kopf. „Inspector, Inspector! Ich habe eine rege Fantasie, wie du schon bemerkt hast. Aber ich lüge nicht."

Alex Drake lehnte sich plötzlich so weit nach vorn, dass sie die dunklen Sprenkel in seinen Augen sehen konnte. Er hatte wirklich eine ausgesprochen schöne Iris und sie hatte gut daran getan, sie für Lord Carlisles Augen als Vorbild zu nehmen.

Einen Moment lang schien er unsicher zu werden, dann aber hob er das Kinn. „Du hast mir gesagt, du kanntest hier in Canterbury niemanden, bevor du herkamst."

Ella nickte.

„Hast du ernsthaft geglaubt, dass es keiner herausfinden würde? Wovor willst du deinen Vater schützen?"

„Ich will gar niemanden schützen. Und ich habe keinen Vater! Das weißt du sehr genau!" Empört sprang Ella auf. „Deine Unterstellungen gehen mir wirklich auf den Keks. Was willst du damit erreichen?"

Drake schüttelte den Kopf. „Du hast mir letzte Woche im White Swan eine schöne, traurige Geschichte erzählt. Aber schöne Geschichten sind dein Beruf, oder? Also ..."

Ella atmete bewusst langsam ein und aus. Nach einer Weile setzte sie sich wieder, dieses Mal jedoch nur auf die Vorderkante des Sessels.

„Dann erzähl mir doch mal die Wahrheit des DI Drake!", sagte sie.

Er schüttelte den Kopf. „Die Wahrheit musst du mir sagen!

Ich kann mir nicht vorstellen, warum ein alter Professor und eine junge Ausländerin ein solches Spiel spielen."

„Spiel? Und was für ein Professor? Meinst du den alten Appleton? Was hat der denn damit zu tun?" Ella runzelte die Stirn.

„Natürlich meine ich Professor Appleton – deinen Vater", erklärte Alex Drake ungehalten.

Ella wurde blass. Sie sackte auf dem Sessel zusammen. Wie konnte das sein? Ihre Mutter hatte doch ...

„Die DNA-Ergebnisse sind eindeutig."

„Sie hat gelogen", flüsterte Ella. „Mami hat gelogen!"

Alex Drake starrte sie an, dann räusperte er sich. „Du hast es nicht gewusst?", fragte er leise.

Ella schüttelte den Kopf.

„Es tut mir leid." Er stand auf und legte einen Augenblick lang seine Hand auf ihre Schulter. Dann räusperte er sich erneut. „Ach ja, und die DNA unter Aileen Crayfords Nägeln ist natürlich nicht von dir."

„Natürlich", hauchte Ella.

„Und auch nicht von deinem Vater."

Sie nickte.

„Gut, ich geh dann."

Sie nickte wieder.

„Bye!"

Die Haustür fiel mit einem Knall zu und das Fensterchen darin klirrte bedenklich. Sie musste ihren Vermietern unbedingt Bescheid sagen, damit sie das reparierten. Und jetzt musste sie weiter an ihrem Manuskript arbeiten; ihr fehlten für das heutige Soll nach wie vor zweieinhalb Seiten. Doch als es dunkel wurde, saß sie immer noch regungslos in ihrem Sessel.

Kapitel 30

„Kommst du heute nicht runter zum Pub, Ella-Bella?“, tönte Toms Stimme aus ihrem Handy. „Wir warten.“

Sie hatte gar nicht mehr daran gedacht, dass es schon wieder Freitag war. Hm, vielleicht tat es ihr gut, den Abend sozusagen in lustiger Runde zu verbringen. Besser als hier herumzugrübeln war es allemal.

„Wer ist wir?“, fragte sie sicherheitshalber.

„Ich natürlich und Dennis, Brian und Mary Ann und Tiffy – Tiffany.“

„Der Schutzengel?“

„Ähm, ja. Sie war zufällig auch hier und ganz allein, und da haben wir sie – adoptiert.“

Ella schmunzelte. Sie konnte sich noch gut an Tiffys Blicke auf Tom von letzter Woche erinnern. Ihr Besuch im White Swan war sicher kein Zufall. Das versprach, interessant zu werden.

„Dein Cousin ist nicht da?“, vergewisserte sie sich.

„Nein, der hat anderes zu tun. Hast du von dem Ertrunkenen im Stour gehört? Der ist nicht freiwillig und von allein ertrunken. Da muss der gute Alex ran. Sorry, den kann ich dir nicht bieten. Aber ich tue mein Bestes, um dich persönlich zufriedenzustellen.“

Ella hörte förmlich sein leicht anzügliches Grinsen. Sie lächelte.

„Okay, ich komme.“

Der Abend wurde amüsant. Tiffy machte Tom schöne Augen, doch er bemühte sich immer wieder betont um Ella. Ihr war nicht ganz klar, ob sie ihm dazu dienen sollte, Tiffy eifersüchtig zu machen und so weiter anzustacheln, oder dazu, sie auf Abstand zu halten. Aber das war ja auch egal.

Sie unterhielt sich hauptsächlich mit Mary Ann und Brian. Die beiden waren vor ein paar Jahren in Portugal gewesen und verglichen ihre Urlaubserinnerungen gerne mit Ellas Erfahrungen.

„Du sprichst also Portugiesisch – gut zu wissen! Das hätte ich neulich gebrauchen können", erklärte Brian. „Steve suchte jemanden zum Übersetzen und diese seltsame Sprache scheint ja niemand zu können."

„Steve?" Ella sah Brian überrascht an. „Du sprichst aber nicht von Aileens Mann, oder?"

„Doch, klar. Da gab es irgendein Problem mit 'ner Versicherung bei ihm im Büro."

Brian kannte Steve? Na ja, das war eigentlich kein Wunder, schließlich waren Mary Ann und Aileen beste Freundinnen gewesen. Sie hatte nur noch nie darüber nachgedacht.

„Brian und Steve sind dicke Freunde", erklärte Mary Ann lächelnd. „Obwohl ich das nicht so ganz verstehe. Aber die beiden waren schon zusammen in der Grundschule, und als ich Aileen kennenlernte, war es ganz lustig festzustellen, dass unsere Männer Kindheitsfreunde waren."

„Dann habt ihr wohl viel zu viert unternommen?", fragte Ella.

Mary Ann schüttelte den Kopf. „Nicht wirklich. Brian weiß, dass ich Steve nicht so nett finde."

Nicht ausstehen kann, übersetzte Ella für sich und nickte.

„Aber die Männer spielen zusammen Tennis und treffen sich öfter allein auf einen Drink", fuhr Mary Ann fort. „Das war auch immer ein gutes Alibi für Steve, nicht wahr, Bri? Er hat einfach behauptet, er trifft dich." Ihre Stimme war plötzlich schneidend.

Brian zuckte verlegen mit den Achseln. „Besonders schlau ist Steve nicht", sagte er. „Er konnte sich doch denken, dass Mary Ann Aileen erzählen würde, dass ich zu Hause war, als er angeblich mit mir zusammen im Pub saß."

„Und ob ich das erzählt habe! Aber die beiden hatten eben ihr Arrangement", erklärte Mary Ann.

Ella nickte. „Das hätte sich dann allerdings geändert, wenn Aileen ..." Sie zuckte zusammen.

Mary Ann hatte ihr gegen das Schienbein getreten und sah sie wütend an. Ah, Aileens Pläne mit dem neuen Lover sollten wohl ein Geheimnis bleiben. Ella blickte Mary Ann in die Augen und deutete ein verstehendes Nicken an.

„Und wie hängt ihr hier alle zusammen? Woher kennt ihr euch?", fragte sie und deutete auf Tom und Dennis.

„Dennis hat vor ein paar Jahren unseren Wintergarten gebaut", erklärte Mary Ann. „Und dabei haben er und Brian festgestellt, dass sie beide Fans von Arsenal London sind. Also fahren sie ab und zu gemeinsam zu Spielen oder hocken zusammen vor der Glotze. Was für eine Entlastung für mich!" Sie seufzte und rollte die Augen.

„Dann kennt ihr Tom also über Dennis?"

Mary Ann nickte. „Außerdem gehören noch Ivy und Sam zu uns. Sam ist auch ein Freund von Dennis, aber die beiden sind noch bis nächste Woche in den Staaten – machen dort eine Tour quer durchs Land."

„Ella-Bella, du bist so nachdenklich", mischte sich Tom plötzlich ein.

Ella wandte sich ihm zu und lächelte ihn an. Er hatte recht. Wilde Theorien tanzten durch ihren Kopf: Brian, der Steve aus Freundschaft half oder gar Mary Ann benutzte, um Aileen irgendwie dazu zu bringen, die verdammten Diazepam-Tabletten zu schlucken. Wie das jemandem gelungen sein konnte, war Ella allerdings nicht klar. Konnte man die Tabletten zerstoßen oder aufgelöst haben? Dann wäre es natürlich leichter gewesen.

„Ich begleite Tiffy nur kurz nach Hause", erklärte Tom. „Sie hat Angst allein im Dunkeln."

Dennis lachte laut auf. Sein Blick war vom Alkohol verschleiert, er trank definitiv zu viel. Tom hatte vom Ende seiner Liebe gesprochen – ob Dennis auch betrogen worden war? Dann konnte Ella gut verstehen, dass er seine Trauer und seine Wut ertränken wollte.

Tom schüttelte den Kopf. „Ich komme wieder."

„Sonst musst du mir Dennis' Adresse geben. Irgendjemand sollte ihn nach Hause bringen", sagte Ella.

„Ich komme wieder", beharrte Tom.

„Wir nehmen ihn mit", sagte Mary Ann. „Er wohnt ja praktisch bei uns um die Ecke."

Brian nickte, stand auf und schlug Dennis kameradschaftlich auf die Schulter. „Come on, mate!"

Dennis erhob sich schwerfällig.

„Jetzt gleich?", fragte Tom überrascht.

„Meine Missis muss ins Bettchen", erklärte Brian.

„Aber – dann ist Ella ja ganz allein hier", protestierte Tom.

„Och, hier sind doch noch so viele nette Männer, äh, Menschen", verkündete Ella mit einem Augenaufschlag.

„Kommst du endlich, Tom?", drängte Tiffy.

Mit einem leicht verzweifelten Gesichtsausdruck folgte Tom ihr aus dem Pub. Die Zurückbleibenden lachten.

Kapitel 31

Ella war natürlich nicht im Pub geblieben, als die anderen gegangen waren. Ob Tom tatsächlich zurückgekommen war und nach ihr gesucht hatte? Oder war Tiffys Strategie aufgegangen?

Unter der morgendlichen Dusche versuchte Ella, sämtliche Informationen des Vortags zu ordnen. Das war schwer, denn nachdem der Restalkohol verflogen war und sie alle Täter-Kombinationen für den Mord an Aileen bereits zehnmal gedanklich durchgekaut hatte, drängte sich ihr unweigerlich die Erinnerung an Alex Drakes Besuch auf. Und dann fiel ihr wieder ein, dass James Appleton doch ihr Vater war. Dafür gab es nun sogar einen wissenschaftlichen Beweis.

Wie sollte sie mit dieser Information umgehen? Noch vor ein paar Tagen wäre sie sofort zu ihm gefahren und hätte ihn mit der Nachricht konfrontiert. Doch nach der Enttäuschung ihres letzten Besuchs zögerte sie. Es war für sie selbst kaum fassbar, dass ihre Mutter in einer so wichtigen Angelegenheit gelogen hatte. Was würde da erst ihr Vater empfinden, wenn er erfuhr, dass sie doch seine Tochter war? Und dass er sie fälschlicherweise – wie hatte er es genannt? – aus seinem Leben gestrichen hatte?

Sie musste sich zuerst selbst an die Vorstellung gewöhnen, bevor sie ihm die Wahrheit sagte – ihrem Vater. Was für ein seltsamer Gedanke! Und wie sollte es weitergehen?

Dass er sie plötzlich freudig in die Arme schließen und alles irgendwie gut sein würde, war nicht zu erwarten. Aber was dann? Wollte sie überhaupt irgendeine Beziehung zu diesem Mann?

Sie brauchte auf jeden Fall noch ein bisschen Zeit, um sich auf die Begegnung mit ihm vorzubereiten. Vielleicht sollte sie allerdings in den nächsten Tagen Alex Drake schon einmal fragen, ob er ihr das DNA-Ergebnis schriftlich geben konnte. Sicher würde der Professor – ihr Vater – einen wissenschaftlichen Beweis sehen wollen.

„Kobaltblau", hatte George gesagt.

Warum eigentlich nicht? Ella lächelte und griff nach einem Knäuel aus dem Sale-Korb. Es war Baumwolle-Viskose. Die Stärke kam auch hin. Eine schlichte Filethäkelei würde sicher gut zur Geltung kommen und sich für die wärmere Jahreszeit eignen.

„Hello! Was für eine Überraschung!"

Ella sah sich um. Hinter ihr stand Dorothy und erinnerte sie mehr denn je an die Queen. Möglicherweise lag das an ihrem fliederfarbenen Hut oder an der Art, wie sie ihre Handtasche über dem Arm trug. Oder es war einfach ihre herrschaftliche Haltung, die ihre Gefühle verbarg.

„Dorothy, wie nett, Sie hier zu treffen!"

Die alte Dame nickte freundlich. „Man findet in diesem Geschäft eine besonders gute Auswahl", sagte sie und deutete auf eines der Wollregale. „Ich brauchte heute allerdings nur eine bestimmte Nadel. Und Steve konnte mich schnell in die Stadt mitnehmen, weil er auch einiges zu erledigen hatte. Das habe ich ausgenutzt. Was planen Sie als Nächstes?"

„Ich bin auf der Suche nach einem passenden Garn für einen leichten Sommerschal."

„Ah ja, ein Schal. Das ist aber jetzt ein Zufall!", sagte Dorothy kopfschüttelnd. „Gerade heute Vormittag habe ich Aileens Schalmuster – das, von dem wir gesprochen haben –, also, ich habe die Häkelschrift gefunden und für morgen gleich in meine Handtasche gesteckt. Damit ich sie nicht vergesse. Sie kommen doch morgen wieder zu Agatha?"

„Ich bin nicht sicher", antwortete Ella. „Ich bin mit meinem Manuskript in Verzug und habe noch einen Auftrag für eine Kurzgeschichte bekommen. Eigentlich muss ich arbeiten."

„Oh wie schade!" Dorothy öffnete ihre Handtasche und griff hinein. „Dann nehmen Sie das Muster doch am besten jetzt gleich mit." Sie zog zwei zusammengeheftete und in der Mitte gefaltete Blätter aus der Tasche und hielt sie Ella entgegen.

„Das ist schrecklich nett von Ihnen, vielen Dank!" Ella nahm die Anleitung entgegen und warf einen Blick darauf. Die Bordüre an den Schalenden schien etwas komplizierter zu sein, doch im Großen und Ganzen würde es ihre Häkelkünste nicht übersteigen.

„Es ist natürlich mehr ein Winterschal", fügte Dorothy hinzu.

Ella nickte und steckte die Blätter vorsichtig in ihren Rucksack. „Der nächste Winter kommt bestimmt!", sagte sie.

„Das hat Aileen auch immer gesagt." Dorothys Augen

wurden ein wenig feucht. „Und dann hat sie hinzugefügt: ‚Aber danach ist wieder Frühling!' Sie hat den Frühling so geliebt. Um diese Zeit hat sie immer das ganze Haus umdekoriert."

„Oh ja, der Frühling ist eine Zeit, in der man gerne Altes aufgibt und am liebsten sein Leben völlig neu beginnt ..."

Bei den letzten Worten zuckte Dorothy zusammen und biss sich kurz auf die Unterlippe. Überrascht sah Ella sie an.

„Gut, dann wünsche ich Ihnen noch einen schönen Tag", sagte Dorothy abrupt. Ihre Augen waren jetzt trocken und kalt. Sie drehte sich um und verließ das Handarbeitsgeschäft ohne einen weiteren Gruß.

Ella sah ihr nach. Was hatte sie Falsches gesagt? Etwas über ein neues Leben im Frühling, weil sie ihren eigenen Aufenthalt in Canterbury als Neuanfang sah: eine neue Umgebung, eine neue Aufgabe, neue Freunde ...

Aileen wollte ebenfalls einen Neuanfang, fiel ihr plötzlich ein. Sie wollte Steve verlassen. Ob Dorothy das wusste? Hatte sie Ellas Worte am Ende missverstanden und auf ihre Tochter bezogen?

Zufrieden mit ihrem kobaltblauen Garn streifte Ella noch ein wenig durch die Fußgängerzone und hielt Ausschau nach kobaltblauen Schuhen. Tatsächlich sah sie ein Paar in genau der richtigen Farbe, doch die klobigen Plateausohlen gefielen ihr nicht – obwohl sie in diesen Schuhen nicht mehr ganz so weit zu Alex Drake würde aufschauen müssen. Sie wischte den Gedanken so schnell beiseite, wie er gekommen war, und entschied sich für ein Paar klassische schwarze Wildlederpumps.

Das Gefühl von Frühling und Neuanfang inspirierte sie außerdem dazu, die Rolltreppe in das zweite Stockwerk von Fenwick's department store zu nehmen und dort nach farbenfrohen Kissen und anderem Dekokram für ihr doch recht schlicht eingerichtetes Wohnzimmer zu schauen. Zufrieden, mit vollem Rucksack und der Plastiktasche mit ihren neuen Schuhen über dem Arm blieb sie an einem Kasten mit zusammengefalteten bunten Fleecedecken stehen. Er war direkt neben dem oberen Ende der Rolltreppe aufgebaut, damit die Kunden beim Gehen noch einmal in Versuchung geführt werden konnten. Hm, so eine kuschelige Decke wäre eigentlich genau das Richtige für das Klima hier, überlegte Ella. Sie nahm eine der Decken in die Hände, um sie auseinanderzufalten und im Detail anzuschauen. Hübsch. Die würde sie ...

In diesem Moment verlor sie das Gleichgewicht. Sie ließ die Decke fallen und versuchte, sich am Handlauf der Rolltreppe festzuhalten, doch der zog sie vorwärts. Die Decke geriet zwischen ihre Beine und sie stürzte auf die Stufen, die sich langsam, aber kontinuierlich nach unten bewegten. Eine Frau schrie. Ellas Schienbein schlug heftig gegen eine Stufenkante, dann ihre Schulter. Ihr Arm wurde zurückgerissen. Die scharfen Metallzähne der Stufenkanten zerkratzten ihre Wange. Ein Mann rief etwas und mit einem Ruck kam die Rolltreppe zum Stehen. Einen Moment lang regte sich Ella nicht. Dann öffnete sie vorsichtig die Augen. Sie lag leicht verdreht auf den untersten Stufen und viele Beine bewegten sich auf sie zu.

„Call an ambulance!", hörte sie und hob abwehrend die Hand.

Langsam drehte sie sich ein wenig herum und richtete ihren Oberkörper auf. Sofort sprang eine Verkäuferin ihr zu Hilfe und stützte sie.

„Ich glaube, ich bin okay", sagte Ella und versuchte aufzustehen. Au, verflixt! Ihr Fußgelenk schmerzte deftig. Und ihre linke Wange brannte. Überhaupt – sie bewegte vorsichtig Schultern und Rücken – tat ihr einiges weh. Sie ließ sich ein paar Schritte zu einem Hocker führen und setzte sich.

„Sollen wir nicht doch die Sanitäter rufen?", fragte die hilfsbereite Verkäuferin und stellte Ellas Plastiktasche mit den neuen Schuhen neben sie.

Die Henkel der Tasche waren durchgerissen, aber zumindest war den Schuhen nichts passiert. Hm, schwarzer Humor, sie musste wahrhaftig englisches Blut haben.

Ella schüttelte den Kopf und betastete ihre Arme und Beine. Sie konnte sich auf eine Menge blauer Flecken gefasst machen, hatte aber ansonsten Glück gehabt. Der mit Häkelgarn und Kissenbezügen gefüllte Rucksack hatte sie beim Sturz geschützt.

„Wie ist das passiert?", fragte jemand.

Ella schüttelte wieder den Kopf. Sie wusste es nicht. War sie unvorsichtig gewesen und vielleicht mit der Decke irgendwie in die Rolltreppenstufen gekommen? Oder – war da nicht ein Schatten gewesen, ein Schatten und ein Stoß?

„Haben Sie oben an der Rolltreppe jemanden bei mir gesehen?", fragte sie die Umstehenden.

Nein, keiner hatte beobachtet, wie sie zu Fall gekommen war. Niemand hatte sich gemeldet und dafür entschuldigt, dass er sie versehentlich gestoßen hatte. Vielleicht bildete sie sich den Schubs also doch nur ein.

Ein Taxi, das die hilfsbereite Verkäuferin ihr gerufen hatte, brachte Ella nach Hause. Sie schloss die Haustür auf, humpelte in die Küche und schaltete den Wasserkocher an, um sich einen Tee aufzubrühen. Dann suchte sie ein paar Dinge zusammen, die sie in den nächsten Stunden brauchen würde, wenn sie nicht dauernd aufstehen wollte: ihren Laptop, eine Flasche Wasser, ein Päckchen Ibuprofen, ihr Handy und die „Downton Abbey"-DVD-Box. Sie stellte den Lattenrost ihres Bettes am Kopfende hoch und erweiterte den Nachttisch um einen Stuhl, um alles griffbereit zu haben.

Mit einem Beutel tiefgefrorener Erbsen, der ihr schmerzendes und inzwischen angeschwollenes Fußgelenk kühlen sollte, setzte sie sich schließlich ins Bett. Ein Kissen unter die geprellte Schulter, ja, so ging es. Sie fuhr ihren Laptop hoch und platzierte ihn auf ihrem Schoß. Mal sehen, was auf Facebook so los war, das lenkte sie hoffentlich ab. Und dann waren da ja noch drei Staffeln „Downton Abbey" ...

Kapitel 32

Au! Ella erwachte durch eine ungeschickte Bewegung im Schlaf, die sie die frischen Blutergüsse deutlich spüren ließ. Sie lag ganz still und atmete tief durch, bevor sie langsam ihr rechtes Bein aus dem Bett schob, um aufzustehen. Wenn sie sich gemessen und erschütterungsfrei bewegte, waren die Schmerzen erträglich. Aber nach einem Besuch im Bad und dem Aufbrühen des Tees für ihren early morning tea in bed war sie doch froh, als sie wieder weich lag.

Seltsamerweise fühlte sie sich wach und so, als hätte sie etwas Schönes geträumt. Bei genauerem Nachdenken erhaschte sie sogar einen Zipfel des Traumes – ein Lachen, ein Picknick auf einer Wiese am Fluss, im Hintergrund Kirchenglocken. Es waren nicht irgendwelche Kirchenglocken, wie sie erkannte, sondern die Glocken der Canterbury Cathedral. War der Traum in Wirklichkeit eine Erinnerung an ihre frühe Kindheit? An ein Picknick mit ihren Eltern?

Ihre Eltern – ihr Vater – James Appleton. Sie konnte ihm nicht auf Dauer verschweigen, dass sie doch seine Tochter war. Ob und wie er Kontakt zu ihr haben wollte – oder sie zu ihm –, war ein anderer Punkt, aber erfahren musste er es. Sie würde gleich eine E-Mail an Alex Drake schreiben, damit er ihr das Ergebnis der DNA-Untersuchung schriftlich gab. Dann konnte sie in den nächsten Tagen, wenn es ihr etwas besser ging, einmal ganz in Ruhe mit ihrem Vater sprechen. Und wenn er schwarz auf weiß las, dass sie seine Tochter war, würde er ihr vielleicht anders gegenübertreten.

Nachdem sie die E-Mail abgeschickt hatte, rief sie Agatha an. „Ich wollte dir nur Bescheid sagen, dass ich heute nicht zum Häkeln kommen kann. Tut mir leid!"

„Wie schade! Musst du arbeiten?"

„Na ja, es ist weniger die Arbeit und mehr, dass ich mich schlecht bewegen kann. Ich bin gestern gestürzt", gab Ella zu.

„Gestürzt?! Hast du dich verletzt?"

Agathas besorgte Stimme am anderen Ende der Leitung tat Ella gut.

„Nicht wirklich. Ein paar blaue Flecken, und mein Fuß ist, glaube ich, etwas verstaucht."

„Oh dear, soll ich vorbeikommen? Kann ich dir helfen? Brauchst du irgendwas?"

„Nein danke, aber es ist lieb, dass du fragst."

„Wenn etwas ist, melde dich unbedingt!"

„Mach ich", versprach Ella. „Und grüß Dorothy heute Nachmittag von mir. Ich hab sie gestern beim Wollekaufen getroffen."

„Ah ja, sie war auf der Suche nach einem besonders festen Garn und der entsprechenden Nadel für einen Binde-Gürtel in tunesischer Häkeltechnik. Den will sie ihrer Enkelin zum Geburtstag schenken. Aber ich glaube, sie hat noch nichts Passendes gefunden. Lynn hat wohl einen speziellen Farbwunsch. Ach was, ich rede wieder zu viel – ruh dich aus! Hast du was, um den Fuß zu kühlen?"

„Ja, ich hab ein paar nasse Waschlappen eingefroren. Gestern hab ich erst mal Tiefkühlerbsen genommen."

Agatha lachte. „Gut, du weißt dir offenbar zu helfen. Dann bye-bye und gute Besserung!" Sie legte auf.

Ella lächelte. Notfalls hatte sie sogar eine Krankenschwester zur Hand.

Auf Facebook gab es die üblichen Posts mit Neuerscheinungen von Autorenkollegen, Katzenfotos und frohen Wochenendgrüßen, Einladungen zu Veranstaltungen und dazu einige erschrockene Kommentare zu einem Mordfall. Sofort waren Ellas Gedanken wieder bei Aileen. Auch wenn die Polizei nicht mehr an einen Mord glaubte – oder vielleicht gerade deshalb –, ließ es ihr keine Ruhe, nicht zu wissen, was wirklich passiert war. Natürlich war das echte Leben kein Roman, doch Recherche und Plotten waren nicht so weit von Detektivarbeit entfernt. Die Sache stand und fiel mit dem Motiv. Dann musste es eine Gelegenheit geben. Und schließlich waren noch die Alibis zu bedenken.

Wäre dies ein Kriminalroman, hätte Ella als Motiv die Dreiecks-, nein, Vierecksbeziehung von Aileen und Steve gewählt. Steve und die Rothaarige könnten dann zusammen Aileens Tod planen, damit diese nicht mit ihrem Lover und vor allem mit ihrem Vermögen ein neues Leben beginnen konnte. Steve hätte Aileen das Diazepam direkt vor der Chorprobe gegeben. Vielleicht hätte sie ja regelmäßig Vitamintabletten genommen und er hätte diese einfach ausgetauscht. Vielleicht gab es sogar noch ein Mittel, das die Wirkung des Diazepams etwas herauszögerte, damit es so aussah, als hätte Aileen es während der Chorprobe genommen.

Ella machte sich eine Recherchenotiz zum letzten Punkt und malte sich weitere Szenarien aus: Der Professor – ständige Nachbarschaftsstreitigkeiten hatten ihn dazu gebracht ... Nein, das ging nicht. Nicht, wenn sie Lynns Aussage ernst nahm. Sie wusste von keinen Streitereien der letzten Zeit und die auffällige Kinderfeindlichkeit von früher konnte Ella nun auch verstehen. Wie sehr mussten ihn die spielenden Nachbarskinder an seine eigene, verlorene Tochter erinnert haben?

Okay, wen gab es noch? Ella ging in Gedanken erneut die Chormitglieder durch. Doch bis auf Dorothy, Mary Ann, Agatha und James Appleton schien niemand Aileen privat näher gekannt zu haben. Oder war einer der Männer am Ende ihr Lover gewesen? Vielleicht musste sie bei der nächsten Probe noch einmal in diese Richtung ermitteln.

James Appleton und Mary Ann waren bei Aileens letzter Chorprobe nicht dabei gewesen. Und Agatha? Für einen Roman wäre sie eine hervorragende, weil völlig unwahrscheinliche Täterin, aber in der Realität? Nein, der einzige stichhaltige Plot war der, der Steve mit einschloss: allein oder mit seiner Geliebten oder einem helfenden Freund wie Brian. Ob Steve die Clique aus dem Pub kannte? Auch Dennis und Tom? Tom arbeitete in einer Pharma-Firma ...

Ein stechender Schmerz durchzuckte ihre Schulter, als sie sich ungeschickt bewegte. Sie biss die Zähne zusammen und schob das Kissen ein Stück zur Seite, um die Schulter weicher zu lagern. So war es besser; der Schmerz ließ langsam nach. Verflixter Sturz! Wenn sie sich wenigstens richtig daran erinnern könnte!

Erneut dachte sie an Steve. Hatte er bemerkt, dass sie ihm mehrfach nachspioniert hatte, sie vielleicht doch erkannt? Er war mit Dorothy in der Stadt gewesen. Hatte er sie die Rolltreppe hinuntergestoßen?

Ella wachte von einem Brummen und Vibrieren an ihrer Wange auf. Das Handy! Sie musste bei ihrer Mordgeschichten-Plotterei eingeschlafen sein und ihr Kopf war neben das Kissen gerutscht, wo ihr Handy lag. Das Geräusch stoppte und begann nach einigen Sekunden erneut. „Agatha" stand auf dem Display. Ella nahm ab.

„Hi, I'm fine", erklärte sie.

„Gut, lässt du mich dann herein? Ich stehe vor deiner Tür. Aber mach ruhig langsam, hier ist ein netter junger Mann, der mich unterhält."

Überrascht hievte sich Ella aus dem Bett und humpelte zur Haustür. Tatsächlich – als sie öffnete, stand dort Agatha mit einem weißen Pappkarton in der Hand und neben ihr George, der Ella von oben bis unten musterte.

„Mrs Summerfield hat gesagt, dass du dich verletzt hast, da wollte ich ... Also, ich meine, wenn du mal Hilfe brauchst, musst du nur bei uns anrufen, dann komm ich zu dir."

„Oh, danke George, das ist aber nett von dir."

Der Junge nickte ernst. „Und jetzt geh ich wieder, damit du in Ruhe deine Cupcakes essen kannst." Er warf einen sehnsüchtigen Blick auf den Karton.

Agatha öffnete den Deckel und nahm einen Cupcake mit hellblauem Guss und einer Marzipanrose heraus. „For you, Master George", sagte sie und reichte ihm den kleinen Kuchen. „Solch hilfsbereite Menschen wie du brauchen etwas Süßes.“

Strahlend nahm George sein Geschenk entgegen, bedankte sich und lief davon.

„Cupcakes?“, fragte Ella und ließ Agatha herein.

„Ich hatte sie schon im Ofen, als du heute Vormittag anriefst“, erklärte Agatha. „Und da du nicht zum Häkeln kommen konntest, hättest du sie beinahe verpasst. Das konnte ich schlecht zulassen, oder?“

„Du bist erstaunlich.“ Ella lächelte und führte Agatha ins Wohnzimmer. „Sorry, ich habe nicht aufgeräumt.“

„Never mind! Ich bin nicht als Besuch hier, also, nicht als echter Besuch.“ Sie sah sich um. „Dein Krankenlager hast du aber woanders, stimmt's? Also, leg dich mal wieder dort hin und ich mach uns einen Tee.“

Gehorsam humpelte Ella ins Schlafzimmer. Sie hörte Agatha in der Küche leise singen und mit Geschirr klappern. Wenige Minuten später saß die alte Dame neben ihrem Bett, und Tee und die bunten Cupcakes standen auf einem Küchenhocker mit einem Geschirrtuch als Tischdecke. Agatha kramte in ihrer Handtasche und zog ein kleines Glasröhrchen mit weißen Kügelchen heraus.

„Arnica montana“, sagte sie. „Gegen die Prellungen. Wäre natürlich besser gewesen, wenn du das gestern sofort nach dem Sturz gekriegt hättest. Nimm gleich mal fünf!“

Ella nickte und ließ fünf Kügelchen aus dem Glasröhrchen in ihre Hand gleiten.

„Einfach im Mund zergehen lassen“, erklärte Agatha und goss den Tee ein. „Und wenn sie aufgelöst sind, schieb sofort hiervon einen hinterher." Sie deutete auf die Cupcakes und machte ein gespielt strenges Gesicht.

Ella gehorchte. „Mhm – die sehen nicht nur hübsch aus, die schmecken auch lecker", lobte sie.

Agatha unterhielt sie mit kleinen Plaudereien und Ella fühlte sich von Minute zu Minute besser.

„Und wie beschäftigst du dich? Soll ich dir noch was zu lesen bringen?", fragte Agatha schließlich.

Ella verneinte. „Ich habe genug Ablenkung", sagte sie und deutete auf Laptop, Bücher und DVDs auf ihrem Nachttisch. „Ich könnte zum Beispiel auch an meinem Roman weiterschreiben, aber irgendwie geht das gerade nicht so gut. Außerdem muss ich heute immer an Aileen denken. Ich kann mir einfach nicht vorstellen, wie und wann ihr jemand die Diazepam-Tabletten untergeschoben haben könnte, ohne dass sie etwas gemerkt hat."

Agatha schüttelte den Kopf. „Wann kann ich dir auch nicht sagen. Aber das Wie ist nicht schwer: Diazepam gibt es auch in flüssiger Form."

Überrascht sah Ella sie an. „Echt? Das wusste ich nicht. Dann war es ja gar nicht so schwer ... Entschuldige, das war geschmacklos."

Agatha nickte. „Du hast recht", sagte sie. „Jemand hätte es ihr recht einfach in ein Getränk geben können. Oder zum Beispiel über einen ... Cupcake."

Ella riss die Augen auf.

„Oh dear", sagte Agatha erschrocken und legte ihre Hand auf Ellas Arm. „Das ist mir jetzt so rausgerutscht. Ich hoffe, du glaubst nicht, dass ich hier unsere Cupcakes präpariert habe. Aber ich denke auch oft darüber nach und kann es mir nicht so recht erklären."

Ella nickte. „Dich hatte ich eigentlich ausgeschlossen. Aber vielleicht sollte ich noch schnell eine E-Mail an Inspector Drake schicken, dass ich – falls ich morgen früh nicht aufwache – von dir per Cupcake vergiftet wurde."

„Ja, das solltest du besser tun!", sagte Agatha und zwinkerte ihr zu.

„Ich fürchte nur, der gute Inspector wird mich dann heute noch in die Psychiatrie einliefern lassen."

„Da hättest du aber immerhin ärztliche Versorgung."

Ella lachte laut auf. „Okay, dann gehe ich doch lieber das Vergiftungsrisiko ein. Der Inspector kann ja später meinen Fall klären. Ich bin gespannt, was er für ein Motiv findet."

„Ein Motiv hab ich natürlich nicht. Deshalb wird er mich auch nicht entlarven." Agatha grinste. „So, genug der dunklen Gedanken. Ich spül noch schnell das Geschirr und bring dir einen frischen kalten Lappen für deinen Fuß. Und dann ruhst du dich weiter aus."

Ella war versucht, die Theorie von Steve als Täter nun Agatha zu erzählen. Doch die Erinnerung an Mary Anns Tritt gegen ihr Schienbein hielt sie zurück. Aileens Affäre war ein großes Geheimnis gewesen und sollte es auch bleiben. Gut – solange Ella nicht mehr stichhaltige Beweise entdeckt hatte, würde sie darüber schweigen.

Kapitel 33

Nach einem Samstagabend und dem ganzen Sonntag im Bett mit vielen Folgen „Downton Abbey“ war Ellas Gespür für das Verhalten eines Adligen wie Lord Carlisle deutlich geschärft und sie hatte ein paar hübsche neue Ideen zur Überarbeitung der ersten Szenen mit ihm gefunden. Als es an der Haustür klopfte, beschloss sie daher, einfach sitzen zu bleiben, weiterzuschreiben und das Geräusch zu ignorieren.

Es klopfte wieder, drei Mal und eindringlich. Ella schnaubte und hob den Laptop von ihrem Schoß. Sie stellte ihn auf den Hocker neben dem Sessel, in dem sie sich mit ihrer Bettdecke ein bequemes Schreiblager gebaut hatte. Dann schob sie den zweiten Sessel, der ihrem Fuß als Unterlage diente, zur Seite und stand vorsichtig auf. Als sie die Tür fast erreicht hatte, klopfte es erneut.

„Coming!“, rief sie. Schneller ging es nun mal nicht. Sie konnte zwar fast wieder normal auftreten, aber nur, wenn sie langsam lief. Schließlich öffnete sie die Tür. „Oh, du schon wieder.“

„Ja, ich schon wieder“, antwortete Alex Drake und trat ins Haus.

„Und was wirfst du mir dieses Mal vor?“, fragte Ella und seufzte. Sie lehnte sich an die Wand, um ihren Fuß zu entlasten und Alex Drake gleichzeitig zu verstehen zu geben, dass sie nicht vorhatte, ihn hineinzubitten.

„Nichts. Du wolltest doch etwas von mir", sagte er und zog einen Umschlag aus der Innentasche seines Jacketts. „Die DNA-Ergebnisse."

„Oh, ja, danke!" Sie nahm den Umschlag entgegen.

„Ich habe Professor Appleton vorhin ebenfalls ein Exemplar gebracht", erklärte Alex Drake.

Ella riss die Augen auf. „Du hast was? Du bist wohl nicht ganz ... Ach du Scheiße!" Sie schlug mit der Faust kräftig gegen die Wand und stampfte mit dem Fuß auf. „Aaah!", schrie sie vor Schmerz und sackte zu Boden.

„Ist deine Reaktion nicht ein bisschen übermäßig dramatisch?", fragte Alex Drake.

Ella warf ihm einen bösen Blick zu, doch der war wegen der Tränen des Schmerzes nicht allzu wirkungsvoll. Sie versuchte, wieder aufzustehen, während Alex Drake sie ungerührt beobachtete.

„Ich habe einen verstauchten Fuß", giftete sie, „und wenn du schon so einen Mist machst, dass ich das vergesse, könntest du mir wenigstens aufhelfen."

„Bitte", forderte er. „Höflichkeit kostet nichts."

„Bitte!"

Nun, ein höflich bittender Ton war das nicht, aber den hatte der Mann auch nicht verdient. Was fiel ihm ein, sich in ihr Leben einzumischen?! Immerhin half er ihr nun aufzustehen. Als er jedoch ihre Schulter berührte, zuckte sie zusammen und sog die Luft zwischen den Zähnen ein.

„Was ist mit dir passiert?", fragte er und betrachtete ihr Gesicht genauer.

Die Kratzer auf der Wange waren im trüben Flurlicht hoffentlich nicht ganz so deutlich zu sehen.

„Auseinandersetzung mit einem Tiger?"

„Haha!"

Alex Drake fasste sie vorsichtig um die Taille und stützte sie, während sie ins Wohnzimmer gingen. Er nickte anerkennend, als er ihr Lager sah.

„Scheint ja doch ein bisschen ernster zu sein." Dann führte er sie zum Sessel und half ihr, sich darin niederzulassen und ihren Fuß hochzulegen. „Also, was ist passiert?"

„Ich bin gestürzt."

„Einfach so? Wo?"

„Willst du mich verhören?"

„Ich will wissen, was mit dir passiert ist. Solche blauen Flecken kommen nicht von allein", sagte er und deutete auf ihren Ellbogen, an dem der Ärmel sich hochgeschoben hatte. „Fuß, Schulter, Ellbogen, Gesicht? Also, wo bist du gestürzt?"

Na gut. Vielleicht wurde sie ihn dann endlich los. Sie musste dringend nachdenken, was sie tun sollte, jetzt, da James Appleton wusste, dass sie seine Tochter war.

„Bei Fenwick's auf der Rolltreppe."

Alex Drake stieß einen kurzen Pfiff aus. „Einfach so?"

„Nein, ja, ach ich weiß nicht. Ich stand oben an der Rolltreppe und hab das Gleichgewicht verloren. Vielleicht hat mich auch jemand angerempelt. Ich kann mich nicht erinnern. Es ging alles so schnell."

Alex Drake runzelte die Stirn und zog die Brauen zusammen.

„Und ja, von nun an bin ich vorsichtiger. Aber jetzt würde ich gerne weiterarbeiten." Sie nahm ihren Laptop und platzierte ihn auf ihrem Schoß.

„Okay", sagte er. „Brauchst du noch etwas? Soll ich dir einen Tee kochen?"

Sie schüttelte den Kopf und zeigte auf die Teekanne, die neben ihrem Sessel stand.

Alex Drake nickte und verabschiedete sich. Dann ging er hinaus und sie hörte, wie er die Tür leise ins Schloss zog. Erleichtert atmete sie aus. Was war dem Mann nur eingefallen, hinter ihrem Rücken ihren Vater zu informieren?! Jetzt war sie gezwungen, baldmöglichst zu handeln, und hatte keine Zeit mehr, sich eine Strategie auszudenken. So ein Mist!

James Appletons Nummer stand im Telefonbuch. Ella starrte sie lange an, bevor sie nach ihrem Handy griff. Langsam gab sie die Zahlen ein und speicherte die Nummer unter Kontakte. Wieder zögerte sie. Sie hätte dieses Gespräch lieber persönlich geführt, aber jetzt tat ihr alles weh, und schon der Gedanke, sich noch einmal umziehen zu müssen, um aus dem Haus zu gehen, ließ ihren Fuß schmerzen. Es sprach also alles für ein Telefonat.

Sie hörte die Wähltöne des Handys und dann den Freiton am anderen Ende. Eine Männerstimme meldete sich mit der Telefonnummer.

„Hello! Ella Martin hier, Ellinor ..." Sie verstummte.

„Ah, ja. Hello!"

Ein paar Sekunden lang schwiegen sie beide.

Schließlich räusperte sich James Appleton. „Ich nehme an, dieser Detective Inspector war heute bei dir und du hast ebenfalls die Ergebnisse bekommen?"

„Ja."

Dann hatte Alex Drake ihm also nicht gesagt, dass sie schon seit ein paar Tagen davon wusste. Immerhin!

„Es sieht so aus, als ob du wohl doch meine Tochter bist."

„Ja. Meine Mutter hat gelogen."

„Und ich habe ihr geglaubt. Wenn ich gewusst hätte, dass ... Es wäre anders gewesen."

„Ja." Warum nur fiel ihr nichts ein, was sie sagen konnte?

„Ich würde dich gerne treffen", sagte er, „und darüber reden. Nicht heute, aber bald."

„Ich auch." Erleichtert nahm Ella den Vorschlag auf. „Morgen? Nach dem Chor vielleicht?"

„Wir könnten zusammen etwas trinken gehen, wenn dir das recht ist."

„Ja, gerne. Dann machen wir es doch so."

„Ja."

„Also bis morgen!"

„Bis morgen!"

Vorsichtig legte Ella ihr Handy zur Seite. James Appletons Nummer war nun in ihren Kontakten gespeichert – unter „Father".

Kapitel 34

Ella brauchte lange, um sich zu entscheiden, was sie zur Chorprobe anziehen wollte. Das lag natürlich nicht an der Chorprobe, sondern an dem anschließenden Treffen mit ihrem Vater. Sie wollte sich nicht aufdonnern, aber dem Ereignis doch ein wenig Rechnung tragen. Letztlich war die Auswahl an möglichen Kleidungsstücken sowieso begrenzt, da sie mit der elastischen Binde um ihren Knöchel zwar inzwischen wieder recht gut gehen konnte, der Fuß jedoch nur in ihre schwarz-weißen Sneakers passte. Also machte sie aus der Not eine Tugend und wählte eine schwarze Hose und ein langes Oberteil mit schwarz-weißem Hahnentrittmuster. Dann schminkte sie sich – das half, die roten Kratzer auf der Wange abzudecken – und föhnte ihre Haare ausnahmsweise über die Rundbürste.

Einigermaßen zufrieden mit ihrem Spiegelbild machte sie sich schließlich auf den Weg. Sie hatte sich gegen ein Taxi entschieden, um noch etwas frische Luft zu schnappen. Außerdem konnte sie sich bei ihrem Spaziergang ins Zentrum gedanklich auf die Begegnung mit ihrem Vater vorbereiten. Bergab würde sie den Weg schaffen und für den Rückweg würde sie sich ein Taxi nehmen.

Am Ende des Windmill Close schaute sie nach rechts und links, um die Straße zu überqueren. Von unten war alles frei und oben auf der Kuppe stand nur ein dunkles Auto mit eingeschalteten Warnblinkleuchten am Straßenrand. Ella warf noch einmal einen kurzen Blick nach rechts und trat auf die Straße. Plötzlich heulte ein Motor auf und aus dem Augenwinkel sah sie einen dunklen Schatten von der Seite auf sich zukommen. Ein Auto!

Mit einem Schrei lief sie los, auf den sicheren Gehweg zu. Schnell! Der Schmerz in ihrem Fuß war unerträglich, aber sie musste weiter. Noch einen Schritt. Fast hatte sie es geschafft.

Der Wagen erfasste sie mit dem Kotflügel und schleuderte sie zur Seite. Ohne zu bremsen fuhr er weiter und verschwand in der Dämmerung, ein schwarzer Schatten ohne Licht.

Es dauerte eine Weile, bis es Ella gelang, sich aufzusetzen. Nichts schien gebrochen, aber ihr ganzer Körper schmerzte und ihre rechte Schläfe fühlte sich warm und feucht an. Sie tastete nach ihrem Handy. Wen konnte sie anrufen, der ihr helfen würde? Verflixt noch mal, wo war das Handy überhaupt? Es musste bei dem Aufprall aus der Jackentasche gefallen sein. Ella sah sich um.

Ein Stück entfernt von ihr auf dem Gehweg lag ihre Handtasche. Und dort auf der Fahrbahn ... Nein, das durfte nicht wahr sein! Dort lag ihr Handy oder besser gesagt das, was davon übrig war. Das Auto musste direkt darüber gerollt sein. Scheiße, Scheiße, Scheiße!

Ella traten die Tränen in die Augen. Warum fuhr nicht wenigstens ein Auto vorbei, das sie anhalten konnte? So ruhig war die Straße doch sonst nicht. Sollte sie versuchen, am nächsten Haus zu klingeln? Aber das lag ein Stück weiter oben hinter einem Vorgarten, und die Treppe, die dorthin führte, schien ihr unüberwindlich.

Schließlich gelang es ihr, sich an der gemauerten Böschung aufzurichten. Kurz hintereinander fuhren zwei Autos auf der anderen Straßenseite vorbei, doch die Fahrer sahen sie offenbar nicht. Dann war die Straße wieder frei. Sie musste es versuchen. Mit schleppenden Schritten schaffte sie es, die Fahrbahn zu überqueren und den Windmill Close zu erreichen. Nur noch ein paar Meter, sie war schon fast da.

Dann war sie endlich zu Hause, in Sicherheit. Völlig verstört kroch sie in ihr Bett. Sie wollte nur noch ihre Ruhe haben. Aber irgendetwas hatte sie vergessen, etwas Wichtiges, etwas ...

„Ella, um Gottes willen!"

Dumpf drangen die Worte in ihr Bewusstsein, dann spürte sie eine Hand an ihrem Hals. Sie stöhnte und versuchte die Augen zu öffnen.

„Warte, ich ruf einen Krankenwagen!", sagte eine männliche Stimme.

Sie kannte diese Stimme. Wem gehörte sie nur?

„Ich bin okay", krächzte sie und dieses Mal gelang es ihr, die Augen aufzuschlagen.

„So siehst du aber nicht aus", sagte Alex Drake und hielt sein Handy ans Ohr. Er gab ihre Adresse durch und setzte sich dann an ihr Bett. Vorsichtig nahm er ihre Hand, was irgendwie tröstlich war. „Kannst du mir erzählen, was passiert ist? Ist hier jemand eingebrochen? Bist du überfallen worden?", fragte er leise, aber eindringlich.

„Nicht überfallen – überfahren. Nein, nicht wirklich,

aber fast. Also, mich hat jemand angefahren", versuchte Ella zu erklären. „Vorne auf der St Martin's Hill."

„Und dann hat der Fahrer dich so gehen lassen?"

„Der hat nicht gehalten."

Alex Drake fluchte leise. „Was war das für ein Wagen, hast du die Nummer gesehen?"

„Dunkel."

„Es war zu dunkel?"

„Der Wagen war dunkel. Irgendein dunkler Kleinwagen. Oder nein, eher mittelgroß." Langsam gelang es Ella, wieder in Zusammenhängen zu denken und zu sprechen.

„Und der hat dich einfach angefahren und ist dann abgehauen und hat dich verletzt liegen lassen?"

„Ich bin nicht verletzt", sagte Ella. „Das sind nur die Prellungen von der Rolltreppe."

„Da bin ich aber anderer Meinung." Er berührte vorsichtig ihre Schläfe. „Spürst du das? Das ist eine Platzwunde. Vielleicht hast du eine Gehirnerschütterung und hast deshalb das Bewusstsein verloren."

„Ich war bewusstlos?"

„Als ich eben hier reinkam, warst du auf jeden Fall nicht bei dir. Wann ist das Ganze denn passiert? Gegen halb acht?"

„Woher weißt du ...?"

„Ich bin Detective Inspector, hast du das vergessen? Du warst auf dem Weg zur Chorprobe, die um acht beginnt. Und das Blut hier", er berührte erneut sanft ihre Schläfe, „sieht aus, als hätte es etwa zweieinhalb Stunden Zeit gehabt zu gerinnen."

„Wie spät ist es denn? Ich wollte doch ..."

„Es ist kurz nach zehn. Und du wolltest dich mit deinem Vater treffen, ich weiß."

Überrascht sah Ella ihn an.

„Professor Appleton war in Sorge, weil du weder bei der Chorprobe warst noch hinterher aufgetaucht bist. Als dann auch noch dein Handy ausgeschaltet war, hat er bei der Polizei angerufen, weil er keine Adresse von dir hatte."

„Das Handy ist überfahren worden", erklärte Ella. „Und du warst gerade im Dienst? Was für ein Zufall!"

Alex Drake lächelte und drückte ihre Hand. „Vielleicht ist es Schicksal. Nein, ich war nicht mehr im Dienst, aber ich habe noch einen Bericht geschrieben und war in der Station, als der Anruf bei einem Kollegen ankam. Und als dein Name fiel, wurde ich hellhörig und habe das Gespräch übernommen."

„Und bist hierher gefahren."

„Ja, ich wusste, dass da was nicht stimmt, wenn du das erste Treffen mit deinem Vater verpasst. Und mein Verdacht wurde bestätigt, als ich Blutspuren an der Tür und Licht im Haus sah, du aber nicht aufgemacht hast."

„Äh, Moment, bist du bei mir eingebrochen?"

Alex Drake legte den Kopf schief. „Die Tür war nicht richtig zu", behauptete er.

Bevor Ella darauf antworten konnte, klopfte es an der Haustür. Alex Drake stand auf, um sie zu öffnen. Kurz darauf führte er zwei Sanitäter ins Schlafzimmer und ließ sie mit Ella allein. Während die beiden ihren Puls und Blutdruck maßen und ihre Kopfverletzung reinigten, blieb er verschwunden. Doch als einer der Sanitäter ihr half, sich aufzusetzen, war er plötzlich wieder da und legte eine SIM-Karte auf ihren Nachttisch. In der anderen Hand hielt er einen Plastikbeutel mit den kläglichen Überresten ihres Handys.

„Diesen Patienten können wir wohl nicht retten, aber so solltest du wenigstens deine Nummern noch haben", sagte er.

„Dafür können wir die Lady problemlos retten", erklärte der Sanitäter. „Sie braucht nur ein, zwei Stiche an der Kopfwunde und vielleicht ein frisches Shirt."

Ella sah an sich hinunter und entdeckte auf ihrem Oberteil an der rechten Schulter und vorne große Blutflecken. Ein Seitenblick auf ihr Kopfkissen erklärte Alex Drakes Schrecken, als er sie gefunden hatte: Sie hatte aus der kleinen Kopfwunde eine ganze Menge Blut verloren.

„Dort im Schrank links, zweites Fach", sagte sie.

„Und vielleicht noch ein paar andere Sachen, falls die sie im Krankenhaus doch für den Rest der Nacht zur Beobachtung dabehalten wollen", warf der Sanitäter ein.

„Ich packe das Wichtigste zusammen", erklärte Alex Drake. Er nahm ein weinrotes Shirt vom Stapel und zog ein Handtuch aus dem untersten Fach. Dann griff er in ihre Wäscheschublade und legte, ohne die Miene zu verziehen, einen schwarzen Spitzenslip auf das Handtuch. „Die Zahnbürste ist wohl im Bad", sagte er und ging aus dem Zimmer.

Bis Ella sicher angeschnallt im Krankenwagen saß, hatte Alex Drake eine Sporttasche, die er unter der Garderobe gefunden hatte, für sie gepackt. Er reichte sie in den Wagen hinein.

„Ich informiere deinen Vater. Und morgen komme ich mit Jay und nehme deine Aussage wegen der Fahrerflucht auf. Gute Besserung, Ella!“

„Danke, Alex!“, antwortete Ella leise und schloss die Augen.

Kapitel 35

Als Alex und sein Detective Sergeant am nächsten Morgen im Krankenhaus auftauchten, war Ella schon angezogen und packte gerade ihre Sachen wieder in die Sporttasche.

„Oh, ich wollte mir soeben ein Taxi rufen", sagte sie. „Ich wusste nicht, dass ihr hierher kommt."

Ein neugieriges Augenpaar vom Nachbarbett musterte die beiden Besucher eindringlich. Die Frau wandte den Blick ab, als Alex zurückstarrte, und zog den Vorhang um ihr Bett zu.

„Dann bist du entlassen?", fragte Alex. „Als ich letzte Nacht mit dem Krankenhaus telefoniert habe, war das noch nicht klar."

„Ja, ist alles nicht so dramatisch. Die Wunde ist genäht und mehr können sie hier nicht für mich tun. Zu Hause hab ich's auch viel ruhiger." Ella deutete mit dem Kinn auf einen der zugezogenen Bett-Vorhänge, hinter dem raues Schnarchen hervordrang.

Die Detectives nickten verständnisvoll.

„Dann fahren wir dich wohl besser nach Hause und sprechen dort", sagte Alex.

Ella nickte und zog den Reißverschluss der Tasche zu. „Ja bitte. Aber vielleicht verbinde ich euch sicherheitshalber die Augen, es dürfte von letzter Nacht noch ein bisschen chaotisch aussehen. Obwohl, wir müssen ja nicht gleich ins Schlafzimmer gehen." Sie grinste, hielt ihre Hand wie eine Muschel hinter das Ohr und deutete mit dem Kinn auf den Vorhang des Nachbarbetts.

Während DS Patils Ausdruck erstaunlich ungerührt blieb, huschte ein Lächeln über Alex' Gesicht. Er nahm Ellas Tasche und bot ihr seinen Arm.

Agatha kam, kurz nachdem die Polizisten gegangen waren. Ella hatte das Gefühl, wenn sie die beiden nicht damit beruhigt hätte, dass sie schon vom Krankenhaus aus telefoniert hatte und eine befreundete Krankenschwester sich um sie kümmern würde, wären sie nicht gegangen. Alex schien ihr nicht zuzutrauen, allein zurechtzukommen. Dabei fühlte sich Ella gut, wenn sie nicht gerade eine ungeschickte Bewegung machte, die ihre Blutergüsse schmerzen ließ. Ob das an der Spritze lag, die sie am Morgen im Krankenhaus bekommen hatte?

Kopfschüttelnd hörte sich Agatha die Geschichte von Ellas Unfall an. Dann kochte sie Tee, bestrich zwei Scones mit Butter, stellte sie neben Ellas Sessel und verschwand schließlich im Schlafzimmer, um dort das blutverschmierte Bettzeug abzuziehen. Einen Moment später kam sie zurück.

„Du scheinst einen tiefen Eindruck auf den Inspector gemacht zu haben", sagte sie. „Oder wer hat sonst dein Bett frisch bezogen?"

„Echt?" Ella legte die Stirn in Falten. „Na ja, er hat wohl zuerst gedacht, ich wäre tot, als er mich fand. Muss ziemlich dramatisch ausgesehen haben. Ist die Bettwäsche noch da, oder hat er sie zur DNA-Analyse mitgenommen?"

Agatha schüttelte den Kopf. „Du redest Unsinn", sagte sie. „Wieso sollte er denn das Blut untersuchen? Du hast doch nichts angestellt. Oder hast du in deinem Bett jemanden erstochen und dich dann nur zur Ablenkung selbst blutend reingelegt?"

„Nee, das war eine blöde Idee von mir", gab Ella zu. „Vielleicht hat die Kopfwunde mir geschadet. Außerdem hat er ja meine DNA schon."

Agatha nickte. „Hat er von uns allen."

Ella richtete sich auf. „Ja, das hab ich dir noch gar nicht erzählt: Stell dir vor, da kommt Alex Drake letzte Woche plötzlich zu mir und verdächtigt mich, zusammen mit James Appleton eine Verschwörung geplant zu haben. Die DNA-Analyse hat nämlich gezeigt, dass er doch mein Vater ist!"

„Oh – und deine Mutter hat ..."

„Sie hat gelogen. Sie hat ihn angelogen und mir immer verschwiegen ..." Plötzlich schluchzte Ella auf. Es war zu viel. All diese Gefühle von Wut, Bedauern, Verlassenheit und Schmerz! Sie drückten ihr das Herz ab und nahmen ihr die Luft zum Atmen. Heftiges Weinen schüttelte sie.

„Ja, ja", sagte Agatha leise und legte ihr ein Taschentuch in die Hand.

Es war ein altmodisches Stofftaschentuch und Ellas Finger ertasteten die Häkelspitzen, die es umrandeten. Sie weinte lange, und als endlich nur noch einzelne Tränen kamen, fühlte sie sich völlig erschöpft.

„Oh, dear! Das war aber nötig", sagte Agatha.

Ella nickte. „Danke!"

„Dann koch ich am besten mal einen frischen Tee", sagte Agatha und stand auf. „Die Bettwäsche steckt auch schon in der Waschmaschine. Es wird alles gut. Du bist so ein wundervoller Mensch, das kann gar nicht anders sein."

„Du bist der wundervolle Mensch", erwiderte Ella leise.

Agatha winkte ab und ging hinaus in die Küche, um sich weiter nützlich zu machen.

„Hast du ein Handy?", fragte Ella.

Agatha sah von ihrer Häkelarbeit auf und nickte. „Hat ein Vogel Flügel?"

„Meins hat ja den Unfall nicht so gut überstanden, aber ich dachte ... Ich würde eigentlich gerne ... Meinst du, ich kann meinen Vater von deinem Handy aus anrufen? Ohne ihn wäre Alex Drake nicht hergekommen und ..."

„Natürlich musst du ihn anrufen! Er macht sich sicher Sorgen."

„Na ja, der Inspector hat ihn wohl informiert und ... eigentlich kennen wir uns ja nicht wirklich und er war bisher immer eher ..." Ella zuckte mit den Schultern.

„Unsinn! Der Mann hat wegen einer nicht eingehaltenen Verabredung die Polizei verständigt. Das zeigt doch, dass du ihm wichtig bist. Ich selbst hatte mir nicht so viel dabei gedacht, als du nicht zum Chor kamst. Meine Erklärung war, dass du schreiben musstest oder vielleicht zu starke Schmerzen hattest, um aus dem Haus zu gehen. Dorothy sah das genauso." Sie reichte Ella das Handy. „Du findest James' Nummer unter J", erklärte sie. Dann ging sie diskret aus dem Zimmer.

Ella atmete tief durch und wählte. Als das Freizeichen ertönte, begann ihr Herz, schneller zu schlagen. Es klackte in der Leitung und eine Männerstimme nannte die Rufnummer.

„Hello, Ella hier. Ich wollte nur Bescheid geben, dass ich okay und wieder zu Hause bin. Agatha ist hier und ..."

„Da bin ich aber froh", sagte James Appleton und seine Stimme klang wirklich erleichtert.

„Ja, und ich möchte mich dafür bedanken, dass du die Polizei angerufen hast."

„Die wollten mir erst gar nicht helfen, du warst ja noch nicht lange vermisst. Und eine Verabredung nicht einzuhalten, ist wohl nicht verdächtig genug."

„Aber dir kam das verdächtig vor?"

James Appleton schwieg kurz und sagte dann: „Ich hatte einfach den Eindruck, dass du ein verlässlicher Mensch bist." Er räusperte sich. „Anders als deine Mutter."

„Vielleicht habe ich das von meinem Vater", sagte Ella vorsichtig.

„Das wäre möglich."

„Also, nochmals danke."

James Appleton räusperte sich erneut. „Wenn es dir einigermaßen gut geht ... Würde es dir etwas ausmachen, wenn ich dir kurz eine Kleinigkeit bringe?"

„Oh, ich glaube, ich bin nicht gerade fit für Besuch."

„Ich verstehe."

„Ich sehe ziemlich ramponiert aus."

„Ah, ja."

„Aber wenn ... also, wenn dir das nichts ausmacht, kannst du gerne kommen. Du weißt, wo ich wohne?"

„Ja. Der Inspector hat mir die Adresse gegeben."

„Vielleicht ein bisschen später, nicht jetzt gleich?"

„Wann du magst."

„Gegen fünf?" Damit blieb ihr genug Zeit, sich auf die Begegnung einzustellen.

„Fünf Uhr, gut. Dann bis später, Ellinor!“

Ella beendete das Gespräch und rief: „Du kannst wieder reinkommen, Agatha – und mir helfen, mich auf einen Besucher vorzubereiten.“

Als James Appleton pünktlich um fünf Uhr an die Tür klopfte, zwinkerte Agatha Ella aufmunternd zu und verabschiedete sich schnell. Sie begrüßte James, ließ ihn herein und zog die Haustür hinter sich zu.

„Hello! Ich hoffe, ich habe Agatha nicht vertrieben“, sagte er.

„Oh nein, sie war schon seit heute Vormittag hier und wollte noch etwas erledigen“, erklärte Ella und bot ihm den zweiten Sessel an.

Für ihren Fuß hatte Agatha ihr eine Klappbox, die sonst als Wäschekorb diente, umgedreht hingestellt und mit einem dicken Kissen gepolstert. Dadurch stand der andere Sessel nun wieder als Sitzgelegenheit zur Verfügung.

„Ich bleibe nicht lange“, sagte James Appleton und holte aus einer braunen Papiertüte eine Packung roter Trauben, die er ihr reichte. „Zur Rekonvaleszenz.“

Ella bedankte sich lächelnd und legte die Trauben auf das Tischchen.

James Appleton setzte sich. „Ich bin froh, dass dir nichts Ernsteres passiert ist“, sagte er.

„Ich auch“, erwiderte Ella. „Ich hab in den letzten Tagen echt Pech gehabt. Erst die Rolltreppe und jetzt ...“

Er sah sie forschend an.

„Aber ich bin okay, ehrlich. In ein paar Tagen bin ich wieder frisch wie ein ... äh ...“

„Ein Gänseblümchen?“

„Warum nicht? Frisch wie ein Gänseblümchen." Dann schwieg sie.

„Das ist nicht einfach jetzt", sagte James Appleton nach einer Weile. „Nicht für mich und nicht für dich. Ich kenne nur ein kleines Mädchen namens Ellinor, an das ich jahrzehntelang nicht denken wollte."

Ella nickte. „Und ich kann mich so gut wie gar nicht an die Zeit hier erinnern."

„Wir sollten es langsam angehen", sagte James Appleton. „Uns zuerst an den Gedanken gewöhnen."

„Mhm. Das denke ich auch."

„Ich kann jetzt nicht so plötzlich dein Vater sein. Und wer sagt denn, dass wir uns überhaupt mögen und verstehen müssen? Also ..."

„Du hast recht. Ich würde dich gerne einfach James nennen, ist das okay?"

Er nickte erleichtert. „Ja. Vielleicht können wir mal zum Essen gehen und uns unterhalten. Nächste Woche oder so? Wenn du wieder ..." Auf einmal lächelte er und Ella spürte einen kleinen Stich im Herzen, weil er um viele Jahre jünger wirkte. „... frisch bist wie ein Gänseblümchen."

„Das wäre schön."

Er stand auf. „Dann verabschiede ich mich jetzt, du brauchst sicher Ruhe."

„Ja. Danke für den Besuch und für die Trauben!"

James stockte und griff in seine Jacketttasche. „Sorry, jetzt hätte ich es beinahe vergessen. Ich wollte dir doch das hier bringen. Es ist deines." Er zog ein kleines quadratisches Buch hervor.

„Little Miss Sunshine!", las Ella und betrachtete die

runde gelbe Figur mit den Zöpfen und dem fröhlichen Gesicht.

Das Büchlein sah aus, als ob ein Kind es sehr geliebt hatte. Es war zerknickt, die Ecken waren abgestoßen und an einer zeigten sich Bissspuren. Als Ella es aufschlug, entdeckte sie ein rotes Gekritzel auf der ersten Seite.

„Du hast da vorne deinen Namen reingeschrieben", erklärte James und räusperte sich. „Das hattest du bei mir so gesehen."

Ella blickte ihn an. „Danke. Vielen Dank!", sagte sie leise. Sie schrieb immer noch in jedes ihrer Bücher vorne ihren Namen hinein – wie ihr Vater.

„Dann auf Wiedersehen", sagte er. „Und sei bitte sehr vorsichtig! Hast du dir schon einmal überlegt, dass dein Sturz und der Unfall vielleicht keine Zufälle waren?"

Ella richtete sich auf.

„Danke, ich finde selbst hinaus", sagte er und ließ sie in ihrem Sessel zurück.

Was hatte er mit seiner letzten Bemerkung gemeint? Keine Zufälle? Dachte er etwa an Absicht? Aber das würde ja bedeuten, dass jemand sie verletzen wollte – oder gar töten!

Kapitel 36

„Ich hole dich in einer halben Stunde ab", bestimmte Tom.

„In einer Stunde", berichtigte Ella ihn. „Ich bin noch nicht wieder so schnell."

„Okay, see you then!"

Ella legte das altmodische Ersatzhandy, das Agatha ihr geliehen hatte, bis sie dazu kam, sich ein neues zu kaufen, zur Seite und hievte sich aus dem Sessel. Ja, das ging. Egal was sie hatte, nach drei Tagen fing es immer an, ihr besser zu gehen.

Sie lächelte. Tom hatte sie äußerst charmant überredet, mit ihm in den Pub zu kommen und sich von ihm aufmuntern zu lassen. Eine schöne Abwechslung nach der Mischung aus Schreiben und Serienschauen der letzten Tage! Außer mit Agatha, die am Vortag für einen kurzen Besuch vorbeigekommen war, und mit James, der sie am Morgen angerufen hatte, hatte sie in den letzten achtundvierzig Stunden mit niemandem gesprochen.

Ella war gerade fertig, als Tom an die Tür klopfte.

„Sweetheart, du siehst großartig aus", sagte er und strich ihren Pony zur Seite, um die Naht an ihrer Schläfe zu bewundern.

„Ha ha!", erwiderte Ella, doch ihr Magen hüpfte bei seiner leichten Berührung.

Tom hatte definitiv etwas. Er half ihr ins Auto und

schnallte sie an. Sie mochte seinen Geruch nach Zitrus und – Männlichkeit. Zufrieden lehnte sie sich zurück, während er losfuhr.

„Und – wer ist heute Abend noch hier?", fragte sie, als sie auf dem Parkplatz in der Nähe des Pubs angekommen waren. „Dennis? Mary Ann und Brian? Dein Cousin? Tiffy?"

Tom zuckte zusammen. „Erinnere mich nicht daran!", sagte er und parkte den Wagen schwungvoll auf dem freien Platz, der dem White Swan am nächsten lag. „Ich weiß nur, dass Tamlin und ihr Freund schon mal den Tisch in unserer Ecke freihalten", fügte er hinzu.

Tamlin? Ach ja, Toms junge Kollegin, die ein Schuljahr in Deutschland verbracht hatte. Ellas schlechtes Gewissen klopfte an, denn sie hatte sich nie bei ihr gemeldet. Das schien ihr Tamlin allerdings nicht übel zu nehmen. Sie sprang auf, als sie Tom und Ella in den Pub kommen sah, und winkte.

„Hiya! Schön, dich wiederzusehen", begrüßte sie Ella. „Ich wollte mich eigentlich mal bei dir melden, aber dann kam Finn ..." Sie zuckte entschuldigend mit den Schultern. „Ella, das ist Finlay; Finn, das ist die deutsche Autorin Ella Martin, von der ich dir erzählt hab. Wie geht es dir nach dem Unfall?", wandte sie sich wieder Ella zu. „Tom hat gesagt, dass du angefahren wurdest."

„Ich bin so weit okay", antwortete Ella und setzte sich vorsichtig. „Danke fürs Tischfreihalten, lange stehen kann ich nämlich noch nicht wieder."

„No problem!"

Tom wartete, bis Ella saß, und ging dann die Getränke holen.

„Wir müssen allerdings gleich los", erklärte Tamlin. „Finn und ich gehen ins Kino. Aber du hast ja Tom." Sie zwinkerte Ella zu und zog ihre Jacke vom Stuhl.

Finlay stand ebenfalls auf, und als Tom mit einem Bitter für sich und einem Guinness für Ella zurück an den Tisch kam, verabschiedeten sie sich bereits.

„Endlich allein!", flachste Tom. „Waren wir beide überhaupt schon mal allein?"

Oh ja, sie waren schon einmal allein gewesen – als Tom sie nach Hause gebracht hatte und sie ihn beinahe mit hineingenommen hätte. Wenn nicht Alex Drake alles so haargenau vorausgesagt hätte.

Ella machte ein betont nachdenkliches Gesicht und sah sich um. „Sind wir hier wirklich allein?"

Tom sah sich ebenfalls um. „Dekoration!", sagte er und zeigte auf die anderen Pubbesucher.

„Aha. Na dann cheers!" Ella hob ihr Glas, prostete Tom zu und nahm einen großen Schluck. Hmm.

„Medizin?", fragte Tom.

„Irgendwie ja", sagte Ella. „Es ist schön, mal wieder außerhalb des Krankensessels zu sitzen."

„Alex hat mir erzählt, dass du ziemlich ramponiert warst, als er dich nach dem Unfall gefunden hat."

„Ich hatte Glück, der Wagen hat mich eigentlich nur gestreift. Ich bin dann zwar gestürzt und hab mir den Kopf aufgeschlagen, aber die meisten Blutergüsse stammen nicht von dem Unfall, sondern von der Rolltreppe."

„Rolltreppe?"

„Ich bin bei Fenwick's die Rolltreppe runtergefallen."

Tom sah sie überrascht an. „Wieso das denn?"

„Keine Ahnung. Aber ich hatte ziemliches Glück ..."

„Oh ja, du Glückspilz, stürzt die Rolltreppe runter, wirst fast von einem Auto überfahren ... Hat die Polizei den Fahrerflüchtigen schon gefunden?

Ella schüttelte den Kopf. „Ich hab noch nichts gehört."

„Bei dem anderen Unfall, dem von Aileen, waren sie schneller, oder? Da hatten sie den jungen Mann doch ziemlich bald geschnappt."

„Aileen? Du kanntest Aileen?" Ella runzelte die Stirn.

„Nicht wirklich. Mary Ann hatte sie einmal mitgebracht, aber das ist schon ewig her – bevor Mary Ann krank wurde. Da haben wir irgendeinen Geburtstag gefeiert. Brians? Ja, ich glaube, es war Brians Geburtstag."

„War Steve auch dabei, ihr Mann?"

„An den erinnere ich mich nicht. Nein, ich glaube, sie war allein. Aber vielleicht hab ich ihren Mann auch einfach übersehen, weil er nicht besonders hübsch war."

„Ah, du kümmerst dich nur um hübsche Leute?"

„Natürlich, was meinst du, warum du heute hier mit mir sitzt?"

„Uh! Danke! Und das trotz meiner Blessuren!"

„Die Stiche an deiner Schläfe sind ausgesprochen sexy", sagte Tom leise, beugte sich zu ihr und strich ihr wie zuvor das Haar zur Seite. Sein Atem streifte ihre Wange. „Und ich bin sicher, du hast noch andere ..."

„Störe ich?"

Ella und Tom fuhren auseinander und sahen auf.

Dennis grinste sie an. „Ich kann auch wieder gehen."

Tom nahm einen großen Schluck aus seinem Glas und räusperte sich. „Ja bitte. Du störst gerade fürchterlich."

Dennis nickte, zog seine Jacke und seinen Schal aus und

legte beides über die Lehne des Stuhls neben Ella. „Okay, ich gehe jetzt und komme in drei Minuten mit meinem Bier zurück. Bis dahin könnt ihr tun, was ihr wollt. Zu trinken habt ihr ja noch."

Ella lachte und Tom verdrehte die Augen.

„Nicht mehr allein", sagte er. „So schnell kann das gehen."

„War an diesem Ort nicht anders zu erwarten."

„Hm. Dann muss ich dich das nächste Mal woanders hin einladen." Er sah ihr tief in die Augen.

Sie lächelte und erwiderte seinen Blick.

„Hier bin ich wieder!" Dennis ließ sich auf seinen Stuhl fallen. „Habt ihr gerade ein interessantes Gesprächsthema, in das ich mich einklinken kann?"

„Das Wetter", brummelte Tom.

„Oh ja, das Wetter! Sehr schön. Und wir haben immer so viel davon!"

Anders als bei den letzten Treffen schien Dennis guter Laune zu sein. Oder lag es daran, dass er noch nüchtern war? Wenn er allerdings sein Bier weiter so schnell trank, würde das wohl nicht lange anhalten. Bevor Ellas Glas halb leer war, stand Dennis bereits wieder schwungvoll auf, um eine neue Runde zu holen. Seine Jacke und der Schal landeten auf dem Boden.

Ella beugte sich hinunter, hob die Jacke auf und legte sie auf den Stuhl. Dann griff sie nach dem Schal. Wie seltsam, dass Dennis, der jetzt im Kurzarm-Shirt an der Bar lehnte, immer noch einen Winterschal trug. Dann wurde Ella bewusst, was genau sie da in der Hand hielt: einen dunkelgrauen Häkelschal – mit einer Musterbordüre aus Büschelmaschen.

Kapitel 37

„Du bist plötzlich so schweigsam", sagte Tom und legte seine Hand auf Ellas Arm. „Alles okay?"

„Hm, ja, klar", antwortete sie.

„Du siehst aber ziemlich blass aus", ergänzte Dennis und stellte das Bier ab, bevor er sich wieder setzte.

Der nette Dennis, der Aileens Lover gewesen war. Nun fügte sich alles zusammen: Toms Bemerkung, dass Dennis seine große Liebe verloren hatte, Dennis' Suche nach Vergessen auf dem Grund des Glases ...

Ella rutschte ein wenig von ihm ab, was Tom erfreut zur Kenntnis nahm, denn damit kam sie näher zu ihm. Er hob seinen Arm, um ihn um ihre Schultern zu legen, doch sie stand auf.

„Bin gleich zurück", sagte sie und ging hinaus zu den Toiletten. Sie betrat die Kabine, verriegelte die Tür und lehnte sich dagegen.

Trank Dennis wirklich nur, um Trost zu finden? Oder plagte ihn ein schlechtes Gewissen? War er nicht nur Aileens Geliebter gewesen, sondern am Ende auch ihr Mörder? In einen Romanplot würde das gut passen – er war immer schon da, aber bisher völlig unverdächtig gewesen. Nur war das Leben natürlich kein Roman. Im Krimi allerdings wäre sie ihm durch ihre genialen Nachforschungen auf die Spur gekommen, und dann hätte er versucht, sie umzubringen.

Nein! Der Rolltreppensturz, der schwarze Wagen – das konnte unmöglich Dennis gewesen sein. Oder am Ende doch? Aber er wusste nicht, dass sie wusste ... Und überhaupt, was für ein Motiv konnte er haben, seine Geliebte zu töten? Hatte sie ihm den Laufpass gegeben und er hatte sich rächen wollen? Nein, das hätte Mary Ann gewusst. Aileen schien ihr in allem vertraut zu haben und hätte eine solche Entscheidung sicher mit ihrer besten Freundin besprochen.

Oder war es anders herum gewesen: War Aileen ihm zu anhänglich geworden? Hatte er am Ende gar nicht gewollt, dass sie ihren Mann verließ? Ella war immer davon ausgegangen, dass Tom und Dennis beide Singles waren, aber vielleicht gab es bei Dennis ja auch noch eine andere Frau im Hintergrund? Was, wenn diese Frau ...

Nein, das war zu abwegig. Ellas Topkandidat blieb Steve. Er hatte finanzielle Vorteile durch Aileens Tod und sein männlicher Stolz war nicht dadurch verletzt worden, dass seine Frau ihn wegen eines anderen verlassen hatte.

Ella atmete tief durch und schob den Riegel der Kabinentür zurück. Sie ging zum Waschbecken und wusch sich die Hände. Dann zog sie ihr Handy aus der Tasche und kontrollierte die Kontaktliste. Ja, da war er: Drake, Alex. Sie legte die Handynummer, die er ihr gegeben hatte, auf die Kurzwahltaste 3, sozusagen als Absicherung. Denn um Antworten auf all ihre brennenden Fragen zu bekommen, blieb ihr nur eines, und zwar jetzt gleich: Sie musste Dennis fragen. In einem vollen Pub mit Tom an ihrer Seite war sie hoffentlich sicher.

„Besser?", fragte Tom. Er schob ihren Stuhl zurück, damit sie sich wieder setzen konnte.

„I'm fine", sagte sie, doch ihr Herz raste. „Und du, Dennis?"

Er drehte ihr sein überraschtes Gesicht zu.

„Ich meine, wie kommst du denn inzwischen mit Aileens Tod klar?" Ella schaute ihm direkt in die Augen. Vielleicht konnte sie in seinem Blick die Wahrheit lesen. Sie sah ein kurzes Aufflackern von Schmerz und danach Verwirrung.

„Wer hat dir erzählt, dass ich ..."

Ella zuckte die Achseln, nahm den grauen Häkelschal von der Stuhllehne und hielt ihn Dennis entgegen. Er griff danach und zog ihn ihr aus der Hand. Einen Moment lang presste er den Schal an sich, dann faltete er ihn sorgfältig und legte ihn über seinen rechten Oberschenkel.

„Niemand hat mir von dir erzählt", sagte Ella leise. „Ich wusste nur, dass Aileen ein Verhältnis hatte. Und dass der Schal, den sie als Letztes gehäkelt hatte, nirgendwo bei ihr zu Hause war. Sie hat ihn dir geschenkt, nicht wahr?"

Dennis schob sein Kinn vor. „So what?"

„Du hattest was mit dieser Aileen?" Tom sah seinen Freund überrascht an. „Und du hast mir nie was davon gesagt?"

Dennis starrte in sein Glas. „Sie wollte nicht, dass es jemand wusste."

„Shit!" Tom schüttelte den Kopf. „Und wie lange ging das schon?"

„Ein paar Monate."

„Und dann wollte sie ihren Mann verlassen", sagte Ella.

Dennis' Verblüffung wirkte echt. „Wie kommst du darauf? Nein, ich glaube nicht, dass sie das je getan hätte. Sie kam aus einer dieser Familien, in der der äußere Schein wichtiger ist als alles andere. Nein, sie hat nie gesagt ..." Seine Stimme bebte.

Ella spürte eine Welle von Mitgefühl und legte ihre Hand auf seine. „Sie hat es nur Mary Ann erzählt. Ich habe es zufällig erfahren, allerdings ohne zu wissen, wer ihre große Liebe war."

Eine einzelne Träne löste sich aus Dennis' rechtem Auge. „Du meinst, sie hatte sich wirklich entschlossen ..."

Ella nickte.

„Wir waren an dem Nachmittag zusammen, bis sie zur Chorprobe musste", erzählte Dennis leise, „und sie hat gesagt, sie hätte eine Überraschung für mich, später. Nach der Probe wollten wir uns wieder treffen. Ich habe auf sie gewartet, auf dem Parkplatz hinter dem Odeon. Dann hab ich plötzlich die Sirenen gehört ..." Er wischte sich die Augen und trank ein paar Schlucke. „Und sie ist nicht gekommen."

Dennis kann nicht Aileens Mörder sein, er leidet wie ein Hund, dachte Ella und wurde für einen Moment abgelenkt von der Frage, aufgrund welcher Beobachtungen man den Hund als Motiv für großes Leid gewählt hatte.

Tom stand auf und ging um den Tisch herum, um sich auf der anderen Seite neben Dennis zu setzen. „Shit!", sagte er erneut.

„Ihr wart also bis direkt vor der Chorprobe zusammen?", fragte Ella langsam. Sie war immer davon ausgegangen, dass Aileen von zu Hause aus zum Chor gegangen war. In diesem Fall hätte Steve leicht die Gelegenheit gehabt, ihr das Diazepam zu geben, so dass es zumindest noch halbwegs in den Zeitrahmen gepasst hätte. Aber so?

Dennis nickte. „Ich konnte den Wintergarten bei einem Kunden nicht weiterbauen, weil falsches Material geliefert worden war, und hatte an dem Tag nichts anderes Wichtiges vor. Da hab ich den Nachmittag freigemacht und Aileen angerufen."

„Wo habt ihr euch getroffen? Im Hotel?" Tom zog anzüglich seine Augenbrauen hoch.

Dennis warf ihm einen giftigen Blick zu. „Sie ist zu mir nach Hause gekommen. Das war nicht irgendsoeine schäbige Affäre, bei der es nur um schnellen Sex geht."

„Nicht nur."

„Jetzt hör mal zu, Tommy-boy, das geht dich überhaupt nichts an. Ich habe Aileen geliebt und sie mich, und wenn nicht irgendein Arschloch ihr diesen Scheiß gegeben hätte ..." Dennis' Gesicht war rot angelaufen und seine Schultern verkrampften sich.

Ella legte ihren Arm um ihn, um ihn zu beruhigen. Sie warf Tom einen warnenden Blick zu, und obwohl er seinen Mund verzog, schwieg er.

„Ihr habt euch also nicht gestritten", stellte Ella fest.

„Nein."

Sie räusperte sich und fragte leise: „Hat sie dich irgendwie gekratzt? Ich meine, Inspector Drake hat von DNA-Spuren unter ihren Fingernägeln gesprochen – vielleicht waren die ja gar nicht von einem Streit oder Kampf?"

Dennis' Gesichtsfarbe schien noch ein wenig dunkler zu werden. „Du fragst Sachen – macht man das in Deutschland immer so?"

Ella schüttelte den Kopf. „Es tut mir leid, wenn ich zu persönlich werde." Trotz ihrer entschuldigenden Worte blickte sie ihn weiter auffordernd an.

„Kann sein", sagte er schließlich. „Ich meine, ja, sie hat dabei meinen Rücken ..."

Tom verzog wieder das Gesicht, sagte jedoch nichts.

„Okay, danke! Dann wissen wir immerhin, dass diese DNA-Spuren nichts mit ihrem Tod zu tun haben", stellte Ella fest.

„Und dass du bei der Polizei nicht aktenkundig bist", fügte Tom hinzu. „Sonst hätte mein Cousin dich schon verhaftet. Will einer von euch noch ein Bier?" Er stand auf, um zur Bar zu gehen.

Ella schüttelte den Kopf, doch Dennis nickte. Sie konnte ihn verstehen.

„Ich nehme mir ein Taxi nach Hause", erklärte sie.

„Aber ich hab doch gesagt, ich bring dich!" Tom streckte die Hand nach ihr aus.

„Ich glaube, dein Freund braucht jetzt jemanden zum Reden. Und das nicht in Form einer neugierigen Deutschen", sagte Ella und umarmte Dennis kurz zum Abschied.

Er erwiderte ihre Umarmung und sagte leise: „Danke, dass du es mir gesagt hast."

Ella nickte. Vielleicht würde es Dennis ein wenig trösten zu wissen, dass Aileen sich für ihn entschieden hatte.

Sie blickte Tom an. „Wir sehen uns ein anderes Mal und dann kannst du mich auch heimbringen."

„Versprochen?"

„Versprochen!" Sie lächelte.

Er beugte sich zu ihr und küsste sie auf die Lippen. Wärme strömte in ihr Becken. Hm, was ließ sie sich da nur entgehen? Aber es war besser so, nicht nur für Dennis. Sie wollte jetzt allein sein, um ihre Gedanken zu ordnen – und eine Tablette zu nehmen. Mit all den schmerzenden Blutergüssen an ihrem Körper wäre aus dem Abend sowieso nicht wirklich etwas geworden.

Kapitel 38

„Gute Show", sagte Tom. „Sie hat dir das abgenommen."

Dennis nickte, grinste und leerte dann sein Glas in einem Zug. „Danke für das Zeug! Ist doch gut, einen Freund in der Pharmaindustrie zu haben."

„Brauchst du noch was?"

„Wie meinst du das?"

„Na, wir müssen sie aus dem Weg schaffen. Und zwar nachhaltiger als mit der Rolltreppe und dem Auto." Tom grinste diabolisch.

Hinter ihm erschien ein weiterer Mann – sein Cousin Alex Drake. Er setzte sich zu den beiden.

„Und, was machen wir heute Abend Schönes?", fragte er.

Tom klopfte ihm auf die Schulter. „Wir bringen Ella-Bella um – hast du Lust?"

Ihr eigener Schrei schreckte Ella aus dem Schlaf. Ihr Herz raste und auf ihrer Haut spürte sie einen Schweißfilm. Sie knipste das Licht an und ließ sich wieder aufs Kissen sinken.

Ein Traum! Es war nur ein Traum gewesen. Tom und Dennis wollten sie nicht töten. Und Alex Drake schon gar nicht. Was hatte er überhaupt in ihrem Traum zu suchen gehabt?

Ein Blick auf das Handy verriet ihr, dass es erst kurz

nach sechs Uhr morgens war – eigentlich nicht wirklich Zeit zum Aufstehen. Dennoch schwang sie vorsichtig die Beine aus dem Bett, ging ins Bad und stellte danach in der Küche den Wasserkocher an. Dies war einwandfrei eine Situation, in der sie einen Tee brauchte. Und weil sie sowieso schon in der Küche war, machte sie sich gleich noch einen Toast mit Lemon Curd. Den aß sie, während sie ihre E-Mails und Facebook-Nachrichten checkte.

Es war nicht ganz einfach, aus dem Gefühl des Schreckens und der Bedrohung wieder herauszufinden, das der Traum in ihr hinterlassen hatte. Andererseits konnte sie diese Verfassung vielleicht dazu nutzen, endlich für „Canterbury Rose“ die Szene zu schreiben, in der Rose bei einem Banküberfall als Geisel genommen wurde, was etwas später ihren Lord dazu veranlasste ...

Kapitel 39

Neben ihrem Roman beschäftigte Ella am Wochenende hauptsächlich der Gedanke, dass Aileen das Diazepam doch während der Chorprobe geschluckt haben musste, am wahrscheinlichsten beim gemütlichen Beisammensein danach. Aileen hatte Kaffee getrunken, erinnerte sie sich, der stand immer in einer großen Kanne bereit. Tropfen konnte man sicher schnell in eine Tasse geben. Aber hätte sie das Medikament nicht schmecken müssen? Hatte sie das Zeug am Ende doch selbst und freiwillig genommen? Vielleicht um den Stress rund um ihre Entscheidung für Dennis zu mildern?

Während der Chorprobe am Dienstagabend verteilte Phil die aktualisierten Adress- und Telefonlisten. Danach verpasste Ella gleich den ersten Einsatz, weil sie gedanklich mehr mit den Anwesenden, die ja nun alle wieder verdächtig waren, beschäftigt war als mit dem Magnificat. Da, Jen nahm ein paar Schlucke aus einer kleinen Wasserflasche – hatte Aileen vielleicht auch so eine Flasche gehabt, in die das Beruhigungsmittel schon früher hätte gefüllt werden können? Dann wäre Steve wieder im Kreis der Verdächtigen.

Als Ella erneut den Einsatz verpasste und Agatha sie prüfend ansah, riss sie sich zusammen. Sie warf nur einen kurzen Blick zu James, der zusammen mit den anderen Bässen inzwischen die Fugen-Stelle mit dem Tenor sang.

Er erwiderte ihren Blick und nickte leicht. Ihr Vater! Eigentlich hatte sie mit ihren neuen Familienverhältnissen und ihrem Roman genug zu tun, es war Quatsch, auch noch Detektiv spielen zu wollen. Alex verdächtigte sie schließlich nicht mehr, der Fall war für die Polizei abgehakt und Aileen wurde nicht wieder lebendig.

Ella holte tief Luft und setzte pünktlich ein mit der Altstimme des „Quia fecit mihi magna".

Beim gemütlichen Beisammensein nach der Probe schoss ihr dann allerdings die Frage durch den Kopf, ob es damals Kekse gegeben hatte. An diesem Abend gab es auf jeden Fall welche, denn Dorothy hatte gebacken: kleine runde Mürbeteigkekse mit Schokostückchen, die bei allen großes Lob hervorriefen.

„Ich wollte mich bedanken", erklärte Dorothy. „Für euer Verständnis in der schwierigen Zeit der letzten Wochen."

„Aber nicht doch!", sagte Phil. „Das ist selbstverständlich."

Jen und Rory nickten. Sie standen so nahe beieinander, dass sich ihre Hände berührten. Rorys Zeigefinger strich dabei sanft über Jens Haut. Aha, da bahnte sich wohl etwas an.

James stellte sich mit seinem Teebecher zu Ella. „Wie geht es dir?", fragte er und es klang nicht nach einer Floskel.

„Besser", antwortete sie. „Morgen sollen die Fäden gezogen werden."

„Ah, gut." Er nickte. „Ich habe mir überlegt ... Also, wenn du wieder richtig laufen kannst, könnten wir mal einen Spaziergang machen. Es gibt da den Crab and Winkle Way Richtung Whitstable entlang einer alten Eisenbahnlinie. Dort kann man auch ganz nett picknicken."

„Oh gerne!" Sein unvermutetes Interesse freute sie, besonders weil sie in den letzten Tagen überhaupt nichts von ihm gehört hatte.

„Ah, ein Familientreffen, was für eine Überraschung! Ich will auch nicht stören", zwitscherte Dorothy und ging lächelnd an ihnen vorbei.

„Ich dachte, du wolltest es nicht an die große Glocke hängen?" Ella runzelte die Stirn.

„Ach, Dorothy ist eine alte Tratschtante", erklärte James. „Aber sie hat letzte Woche nach der Probe gemerkt, dass ich mir große Sorgen um dich machte, und sich darüber gewundert, dass wir beide verabredet waren. Also habe ich ihr erzählt, was wir herausgefunden haben. Sie war sehr überrascht. Sie kannte dich ja als kleines Mädchen auch."

„Ich erinnere mich überhaupt nicht an sie", gab Ella zu. „Aber ich erinnere mich ja kaum an dich."

James lächelte ein wenig melancholisch. „Lass uns noch einmal zu den Keksen gehen", schlug er vor. „Falls welche übrig sind."

Der Gebäckteller war leer und Dorothy und Annie bereits dabei, das schmutzige Geschirr einzusammeln und in die Küche zu bringen.

„Ich bin dann weg", verabschiedete sich Phil.

„Halt, warte einen Moment!", hielt ihn Dorothy auf. „Ich habe noch mehr Kekse – für jeden ein Beutelchen zum Mitnehmen."

Erfreut nahm Phil seine Kekse entgegen und ging mit einem Winken in die Runde hinaus.

„Ihr anderen kriegt selbstverständlich auch alle etwas", verkündete Dorothy. Sie machte sich an einer großen Tasche zu schaffen, aus der sie tatsächlich mehrere durchsichtige Plastiktütchen zog, die mit farbigen Schleifchen verschlossen waren. Sie verteilte sie an die Sängerinnen und Sänger und wechselte mit jedem ein paar freundliche Worte. Ella war die letzte.

Dorothy griff erneut in die Tasche und machte plötzlich ein betretenes Gesicht. „Oh, Steve muss sich verzählt haben", sagte sie. „Er hat mir beim Abfüllen geholfen, aber ich habe doch glatt ein Tütchen zu wenig."

„Das macht gar nichts", beteuerte Ella. Sie hatte schon gesehen, dass die Kekse voller Haselnüsse waren.

„Nein, nein." Dorothy ging hinüber zu ihrem Stuhl, an dem noch ihre braune Handtasche hing. „Selbstverständlich bekommst du auch etwas. Moment!" Sie zog eine weitere Tüte aus ihrer Handtasche. „Nimm meine hier! Ich kann mir ja jederzeit neue Kekse backen."

„Das ist wirklich nicht nötig", sagte Ella, doch Dorothy streckte ihr weiter die Kekstüte entgegen, so dass es unhöflich gewesen wäre, sie nicht anzunehmen. „Dann also vielen Dank!" Ella lächelte.

Dorothy nickte zufrieden.

Schade, dachte Ella, als sie die Kekse zerbrach und die Brocken auf das Fenstersims schüttete. Wenn sie wegen ihrer Allergie schon keine Nusskekse essen konnte, sollten sich wenigstens die Vögel und das Eichhörnchen daran erfreuen. Oder war der Zucker, der darin sicher enthalten war, schädlich für die Tierchen? Ella zögerte, doch dann schloss sie das Fenster. Ach was, die würden schon wissen, was ihnen nicht bekam. Tiere hatten für so etwas einen Instinkt, oder?

Aileen hatte diesen Instinkt nicht gehabt. Halt, verflixt, sie wollte doch nicht mehr darüber nachgrübeln! Ella seufzte und setzte sich noch einmal an ihren Laptop, um ein paar Kleinigkeiten im Internet zu recherchieren, die sie für „Canterbury Rose" brauchte: An welchem Tag gab es in Faversham einen Weihnachtsmarkt? Ah, am 15. Dezember. Und wann ging an diesem Tag die Sonne unter? Da – nein, das war wieder einmal Canterbury in Australien. Aber jetzt: 15:47 Uhr. Das passte.

Schließlich suchte sie noch nach dem Crab and Winkle Way. James hatte ihn vorhin erwähnt. Er wollte sich mit ihr verabreden, Zeit mit ihr verbringen. Sie lächelte und las: „Der Crab and Winkle Way verbindet die Stadt Canterbury mit dem Hafen von Whitstable." Nun, vielleicht würde er sogar sie und ihren Vater miteinander verbinden.

Kapitel 40

„Ella? Bist du da?" Eine helle Jungenstimme begleitete das Klopfen an der Haustür.

Ella öffnete ihm. „Hi George! Wundervolles Wetter, nicht wahr?"

Ein ziemlich nasser George in Regenjacke und grünen Gummistiefeln sah sie irritiert an. „Ich dachte, du magst keinen Regen."

„Oh, heute mag ich ihn. Da kann ich ganz gemütlich zu Hause bleiben. Möchtest du reinkommen?"

George runzelte die Stirn und schüttelte den Kopf. „Wir machen gleich einen Ausflug ins Blaue, hat Daddy gesagt. Nur er und ich – mit dem Auto", verkündete er stolz. „Ich wollte nur schnell Bescheid sagen, dass da drüben", er zeigte auf das Gebüsch neben ihrem Haus, „eine Leiche liegt."

Ella zuckte zusammen. War das einer ihrer absurden Träume? Sie schloss kurz die Augen und öffnete sie wieder. George stand immer noch vor ihr und sah sie erwartungsvoll an. Sie atmete tief ein, hielt die Luft an und trat vor die Tür.

„Siehst du, es ist tot!", rief George.

Mit einem deutlichen „Fff" ließ Ella die Luft ausströmen. George hatte recht. Unter dem Busch lag das Eichhörnchen – tot.

„Meinst du, jemand hat es getötet?", fragte George.

„Ich denke nicht. Warum sollte das jemand tun?", erwiderte Ella. „So ein Eichhörnchen schadet doch niemandem. Vielleicht war es einfach alt und krank."

„Können wir es beerdigen?"

„Hm, vielleicht wenn es ein bisschen trockener ist", schlug Ella vor und eilte wieder zur Haustür. „Schau, dein Vater winkt, ich glaube, er möchte jetzt losfahren."

„Oh ja! Ich bin dann weg. Aber heute Abend kann es ja eine Beerdigung geben, oder?"

Ella nickte.

„Ich finde aber, das Eichhörnchen sieht gar nicht alt und krank aus", fügte George noch hinzu. „Meinst du, es hat aus Versehen Gift gefressen? In der Straße von Eddie aus meiner Schule hat mal jemand Gift ausgelegt, der Katzen hasst. Vielleicht hat das hier ja auch einer gemacht."

Auf einmal wurde Ella schlecht. Während sie George nachsah, der fröhlich durch den Regen zum Auto seines Vaters hüpfte, tanzten Gedanken an Gift in ihrem Kopf herum. Und an Nüsse. An Nusskekse, um genau zu sein. An Dorothy, die ihr die Tüte gegeben hatte. Dorothy wollte sie umbringen!

Während Ella mit klopfendem Herzen ihre nassen Haare frottierte und sich dann ein trockenes Shirt anzog, versuchte sie sich zu beruhigen. Es musste eine andere Erklärung geben. Doch ein Blick aus dem Küchenfenster zeigte ihr, dass zwar die Kekskrümel noch unberührt dalagen, die Nüsse aber alle verschwunden waren. Das Eichhörnchen hatte sie also gefressen – und war jetzt tot. Ellas Hände zitterten.

Die Rolltreppe! Sie hatte Dorothy vorher in der Stadt getroffen, aber hätte sie sie nicht sehen müssen, wenn sie auch bei Fenwick's gewesen war? Oder Steve? Und das Auto – fuhr Dorothy überhaupt Auto? Steves Geliebte fuhr einen schwarzen BMW, doch war der Wagen, der sie fast überfahren hatte, nicht kleiner gewesen?

Aber die Kekse, die hatte sie auf jeden Fall von Dorothy bekommen! Allerdings hatte Steve Dorothy geholfen. Er hatte das Gebäck beim Abfüllen in die Tüten in den Händen gehabt. Und Dorothy hatte Ella ihre eigenen Kekse gegeben, die sie ursprünglich für sich selbst zurückbehalten hatte.

Steve kümmerte sich seit Aileens Tod rührend um Dorothy, hatte Agatha erzählt. Er ging bei ihr ein und aus. Wollte er seine Schwiegermutter auch töten? War Dorothy ihm etwa auf der Spur? Hatte er deshalb etwas in ihre Kekse gemischt? Doch wie? Irgendwelche Tropfen drübergeträufelt? Diazepam?

Aber konnte man auf diese Weise eine ausreichende Menge verabreichen, um einen Menschen zu töten? Immerhin, für ein Eichhörnchen hatte es gereicht. Es schien nichts Bedrohliches geschmeckt zu haben. Na, in der Eichhörnchenwelt gab es Beruhigungsmittel wohl eher selten, dafür war ihr Instinkt nicht ausgebildet.

Wie dem auch war – wenn Steve seine Schwiegermutter zum Schweigen bringen wollte, war die alte Dame in Gefahr. Und Ella musste sie warnen.

Kapitel 41

Da sich für ihr Gefühl das Thema „Mordverdacht" nicht unbedingt für ein Gespräch am Telefon eignete, machte Ella sich auf den Weg. Dorothys Adresse stand auf der Chorliste und bei diesem Regenwetter würde sie höchstwahrscheinlich zu Hause sein.

Dorothys Haus befand sich in einer der besseren Wohngegenden in der Nähe des Kent and Canterbury Hospital. Der moderne kleine Bungalow aus rötlichem Ziegelstein lag hinter einem hübschen Vorgärtchen. Eine gepflasterte Einfahrt führte zu einer offenen Garage, in der ein dunkelgrauer Kleinwagen stand. An den Glasfenstern der Eingangstür hingen gehäkelte Gardinen, die den Blick nach innen verhinderten. Leise Musik war zu hören, irgendetwas Klassisches mit Chor. Ella drückte auf den Klingelknopf.

Dorothy öffnete die Tür und riss die Augen auf, als sie sie erkannte. „Ella? Was für eine Überraschung! Möchtest du hereinkommen?"

„Good afternoon, Dorothy! Ja, danke."

„Gib mir deine nassen Sachen, ich hänge sie auf."

„Vielen Dank!", sagte Ella und sah sich um.

Die Diele war geräumig. Unter einem großen Garderobenständer stand eine Schale, die die Wassertropfen auffing und das Parkett schützte. Daneben befand sich ein kleines Korbregal mit Schuhputzzeug und akkurat gefalteten Gästehandtüchern. Es war seltsam – Ella hatte Dorothy schon mehrmals getroffen, aber hier in ihrem eigenen Zuhause wirkte sie ganz anders als im Chor oder bei Agatha. „Herrschaftlich" war der Begriff, der Ella einfiel, so als wisse sie genau, was richtig und wichtig war. Und natürlich, als würde sie über alles bestimmen.

Dorothy führte Ella in ihr penibel aufgeräumtes Wohnzimmer und bot ihr einen Platz in einem großgeblümten Sessel an. Ella bemühte sich zu lächeln und setzte sich. Ui, der war aber tief und weich! Kein Wunder, dass Dorothy offenbar lieber da drüben auf dem Sofa saß, wo ihr Häkelzeug lag – die alte Dame hätte bestimmt große Schwierigkeiten gehabt, aus diesem Sessel je wieder aufzustehen.

„Ich mache uns einen Tee", erklärte Dorothy, stellte die Musik leiser und ließ Ella allein.

Mühsam arbeitete die sich aus dem Sessel heraus, der ihrem lädierten Körper so gar nicht guttat, und sah sich um: alte Möbel, Orientteppiche, Bücherregale. Aus der Stereoanlage klang noch immer Chormusik. Es war irgendein Stück, das Ella kannte, aber sie kam nicht drauf, was es war. Bücher sind meine Freunde, dachte sie und lächelte unwillkürlich. Sie zog einen Bildband über Schottland aus dem Regal, der genau die richtige Größe zu haben schien, legte ihn auf den Sitz ihres Sessels, platzierte eines der rosafarbenen Häkelkissen vom Sofa darauf und setzte sich wieder. Viel besser!

Schließlich kam Dorothy mit einem Tablett zurück. Darauf standen eine silberne Teekanne und zarte Porzellantassen. Ein kleines Tellerchen mit Pralinen ergänzte das Teegedeck.

„Selbstgemacht", sagte sie und schenkte den Tee ein – Darjeeling. Na ja, einen kräftigen Assam mochte Ella lieber, aber egal, sie war ja eigentlich nicht hier, um Tee zu trinken.

„Kekse habe ich leider keine mehr. Die habe ich gestern alle verschenkt." Dorothy lächelte entschuldigend.

Während Ella Milch in ihren Tee gab und höflich an ihrer Tasse nippte, lauschte sie der schnellen Fuge, die der Chor im Hintergrund sang. Was war das bloß für ein Stück?

„Ist das der Gürtel für Lynn?", fragte sie schließlich. Wie sollte sie nur das Gespräch auf Steve bringen?

„Oh ja." Dorothy zeigte ihr das petrolfarbene Band. „Diese tunesische Häkelei eignet sich recht gut, er wird schön fest und stabil. Das Schwierigste war, ein passendes Garn in der richtigen Farbe zu finden. Ich habe dann dieses Makramee-Garn genommen."

„Wirklich sehr schön! Und wie geht es Lynn so?"

Dorothy legte ihr Häkelzeug neben sich auf das Sofa. „Es geht ihr gut, danke." Sie sah Ella aufmerksam an. „Aber was führt dich zu mir?", fragte sie. „Du bist doch sicher nicht ohne Grund hier. Soll ich dir von deiner Kindheit erzählen? Zum Beispiel wie du einmal all meinen Osterglocken im Vorgarten die Köpfe abgerissen hast?"

Ella zuckte zusammen. Das klang plötzlich wenig freundlich. Und Dorothys Lächeln war auch verschwunden. Ob Agatha recht damit hatte, dass Dorothy für James ein bisschen mehr als nachbarschaftliche Sympathie empfunden und deshalb ihre Mutter nicht gemocht hatte? Und sie am Ende ebenso wenig?

„Nimm eine Praline", bot Dorothy ihr an und lächelte wieder, doch ihre Augen blickten irgendwie – bohrend. „Hier, diese hat eine wunderbare neue Füllung."

„Nein danke", sagte Ella und ignorierte den Teller, den Dorothy ihr hinhielt.

Die alte Dame presste kurz die Lippen zusammen und stellte den Teller dann zurück auf den Tisch. „Du scheinst meine Pralinen ebenso wenig zu mögen wie meine Kekse", sagte sie leise. Dann stand sie auf, ging hinüber zu einem altmodischen Sekretär und zog eine Schublade auf.

„Hm ja, die Kekse. Darüber wollte ich mit dir ..." Halt! Ella verspürte einen Stich in der Magengrube. Woher wusste Dorothy, dass sie die Kekse nicht gegessen hatte? Weil du noch lebst, antwortete eine innere Stimme. Und weil sie nicht damit gerechnet hat. Weil sie es nämlich war ...

„Kyrie eleison", sang der Chor und verstummte dann.

Dorothy drehte sich um. In der Hand hielt sie einen altmodischen Revolver.

Der Chor setzte erneut ein: „Dies irae, dies illa ...", und endlich erkannte Ella Mozarts Requiem.

Kapitel 42

„Oh, ist das ein alter Armeerevolver?“, fragte Ella und bemühte sich, ruhig und interessiert zu klingen, während sie verzweifelt nach einer Fluchtmöglichkeit suchte. Immerhin war sie nicht mehr so tief im Sessel versunken, so dass sie vielleicht einfach aufspringen konnte und ...

Doch Dorothy hob den Revolver und zielte nun direkt auf Ellas Brust. „Yes, it is“, antwortete sie lächelnd und erinnerte Ella mehr denn je an die Queen. „Und in perfektem Zustand. Mein Vater hat mir damit das Schießen beigebracht. Wusstest du, dass ich als Sportschützin beinahe an den Olympischen Spielen teilgenommen hätte? Das ist natürlich ein paar Jahre her.“

„Und in England darf man so eine Waffe einfach zu Hause haben? Also in Deutschland ...“ Rede, Ella, rede und bring sie dazu, dass sie auch redet. Dann wird sie unaufmerksam und du hast eine Chance!

„Deutschland – pff. Ein schreckliches Land mit schrecklichen Leuten. Mir nimmt keiner das Vermächtnis meines Vaters.“ Dorothy kicherte plötzlich. „Tatsächlich weiß überhaupt niemand von Daddys Enfield. Aber sie hat sich bewährt. Daddy hat damit viele Deutsche erschossen. Und jetzt ...“

Musste sie nicht erst den Hahn spannen, bevor es wirklich gefährlich für Ella wurde? Oder hatte die Waffe schon einen dieser Abzüge, bei dem durch das erste Ziehen des Abzugs gespannt wurde? Verflixt, warum hatte sie bei dem Waffenseminar im letzten Jahr, zu dem sie eine befreundete Krimiautorin mitgeschleppt hatte, nicht besser aufgepasst!

Ella stemmte die Füße gegen den Boden, bereit aufzuspringen, sobald Dorothy sich ablenken ließ. „Aber du wirst mir bestimmt noch sagen, warum du mich jetzt erschießen willst." Sie bemühte sich, ihre Stimme gelassen klingen zu lassen. „Doch sicher nicht nur, weil ich Deutsche bin und als kleines Kind deine Blumen gepflückt habe."

„Nonsense! Ich mag dich nicht, aber das ist natürlich kein Grund zum Sterben."

„Oh, das beruhigt mich", sagte Ella und lächelte. „Dann kannst du ja jetzt den Revolver weglegen und ich gehe nach Hause."

„Und schnüffelst weiter?" Dorothy schüttelte den Kopf. „Warum konntest du Aileen nicht einfach ruhen lassen?"

Aileen? Ging es hier um Aileen? Aber das würde ja bedeuten, dass Dorothy ...

„Ihr jungen Leute wisst euch alle nicht mehr zu benehmen. Ihr geht fremd, ihr verlasst leichtfertig eure Familie. Das konnte ich doch nicht zulassen! Aber Aileen wollte nicht hören. Sie wollte mir nicht einmal sagen, wer der Mann war, der sie zu einer solch fürchterlichen Entscheidung getrieben hatte!"

„Aber Dorothy, wir leben nicht mehr in den 1950ern. Selbst Prince Charles ..."

Dorothy kniff die Lippen zusammen und runzelte die Stirn. „Sprich mir nicht vom Prince of Wales!" Sie hielt den

Revolver immer noch auf Ella gerichtet. Verflixt, wurden ihr denn nicht langsam die Arme lahm?

„Und deshalb hast du also deine eigene Tochter umgebracht?"

„Nein!", schrie Dorothy und die Maske aus Höflichkeit und vornehmer Zurückhaltung brach. „Es war ein Unfall! Dieser Autofahrer hat sie überfahren! Ich habe doch nur ... Sie hat mir beim Mittagessen alles erzählt und gesagt, sie würde sofort nach der Chorprobe nach Hause fahren und ihre Sachen holen, um Steve zu verlassen." In ihren Augen standen Tränen. „Sie war selbst an allem schuld. Wenn sie einfach getan hätte, was sie gesagt hat, wäre nichts passiert. Sie wäre heimgekommen und zu müde gewesen, um wieder zu gehen. Sie hätte eine Nacht über ihre Entscheidung geschlafen und am Morgen eingesehen, dass sie im Begriff war, einen Fehler zu begehen."

„Und deshalb hast du ihr das Diazepam gegeben", stellte Ella fest und beobachtete, wie zwei Tränen Dorothys Wangen hinunterliefen. Sie musste weiterreden, weiterfragen, sie weiter zum Weinen bringen. „Aber wie?"

„Das war ganz einfach. Ich habe Pralinen gemacht und Aileen um ihre Meinung gebeten, als sie direkt nach der Chorprobe in die Küche kam, um die Tassen zu holen. Die Füllung hat ihr aber gar nicht geschmeckt und so hat sie sich auch nicht gewundert, dass ich danach niemandem meine Pralinen anbot." Dorothy blickte auf das Pralinenschälchen auf dem Tisch.

Ella nickte. „Und die Füllung war dann wohl ein bisschen zu viel. Aileen wurde nicht nur einfach müde ..."

„Ich habe ihr nur die Dosis gegeben, die Emily, meine Schwester, immer genommen hat, keinen Tropfen mehr", verteidigte sich Dorothy. „Als Emily starb, habe ich alle ihre Medikamente behalten. Man kann die teuren Sachen doch nicht einfach wegwerfen."

„Und deine Schwester starb sicher schon vor einigen Jahren", sagte Ella langsam. „Medikamente sind aber nicht ewig haltbar, und natürlich wirken sie auf einen Körper, der sie nicht gewohnt ist, anders. Das hattest du nicht bedacht!"

Dorothy zuckte zusammen und senkte die Waffe ein wenig. Ella stützte ihre Hände auf die Armlehnen des Sessels, um aufzuspringen, doch Dorothy zielte bereits wieder auf sie.

„Wieso wusstest du überhaupt von ihrem Verhältnis? Kanntest du sie früher schon? Hat sie dir davon erzählt, als ihr das Geschirr gespült habt? Hast du sie am Ende dazu angestachelt, sich zu benehmen wie deine Mutter?" Dorothys Gesicht verzog sich kurz zu einer Grimasse des Hasses. Dann lächelte sie erneut, drehte mit der linken Hand die Musik wieder lauter und kam auf Ella zu.

Ellas Herz raste. Jetzt nur nicht zurücklehnen! Gleich konnte sie, musste sie aufspringen und fliehen.

„Ich wusste nichts", sagte sie leise und ließ ihren Blick nicht von Dorothy. „Nichts von ihr und nichts von dir. Du hättest nicht versuchen sollen, mich umzubringen. Die Rolltreppe und dann das Auto ..." Sie räusperte sich. „Inspector Drake hat daraufhin natürlich Verdacht geschöpft und ich habe ihm heute Morgen schon die Kekse zur Analyse gebracht. Er muss jeden Moment hier sein."

„Wenn du gewusst hättest, dass ich es war, wärst du sicher nicht allein hierhergekommen." Über Dorothys Gesicht huschte ein selbstzufriedenes Lächeln. Sie trat einen weiteren Schritt auf Ella zu.

„Oh, aber die Polizei brauchte doch ein Geständnis. Deshalb habe ich vorhin, als du in der Küche warst, ein Aufnahmegerät dort vorne hingestellt." Trotz ihres rasenden Herzschlags gelang es Ella, lässig auf die offene Tür zur Diele zu zeigen.

Dorothys Blick folgte unwillkürlich ihrer Handbewegung. Jetzt! Ella stemmte sich hoch und rannte auf die Dielentür zu. Lauter als ein Paukenschlag ertönte der Schuss.

Kapitel 43

Ein scharfer Schmerz durchzuckte Ellas rechten Oberschenkel und ihr Bein gab nach. Sie stürzte und eine Welle von Schmerzen nahm ihr die Luft.

Stell dich tot, dachte sie, stell dich einfach tot, dann schießt sie nicht noch mal!

Zusammengekrümmt blieb sie schräg im Türrahmen liegen, den rechten Arm bereits in der Diele, die Augen geschlossen. Dorothy würde kommen, um nachzusehen, ob sie getroffen hatte, da war sich Ella sicher. Dann hatte sie eine Chance, wenn es ihr irgendwie gelang, die alte Dame auszuschalten und die Haustür zu erreichen.

Die Musik dröhnte in ihren Ohren. Ihre rechte Hand umklammerte etwas, das sie in der Ecke der Diele ertastet hatte, etwas, das sich wie eine Schuhbürste anfühlte. Ihr Oberschenkel pochte, während die Geigen tirilierten. Sie fühlte, wie sich jemand über sie beugte – es war mehr die Ahnung eines Fühlens, eine zarte Veränderung der Luft. Ob Dorothy den Revolver immer noch auf sie richtete? Nein, sie hörte Metall auf Holz – Dorothy legte die Waffe wohl gerade ins Regal neben der Tür.

Ella öffnete die Augen einen winzigen Spalt. In ihrem verschleierten Blickfeld erschienen Dorothys Füße in braunen Hausschuhen neben ihrem linken, angewinkelten Bein. Jetzt! Mit aller Kraft trat sie gegen Dorothys Beine. Die alte Dame schrie auf und verlor das Gleichgewicht. Sie stürzte neben Ella, die sich, so gut sie konnte, aufgerichtet hatte. Ihr rechter Arm war unendlich schwer und die Schulter tat grauenhaft weh. Doch die Holzkante der Schuhbürste traf Dorothys Kopf präzise an der Schläfe und die alte Dame verlor das Bewusstsein.

Mist, die Schusswunde blutete wie verrückt! Immerhin pulsierte das Blut nicht, also war wohl keine lebenswichtige Arterie getroffen. Wie lange Dorothy ohnmächtig blieb, war schlecht abzuschätzen. Ella musste schnell weg hier. Aber die Klinke der Haustür war unerreichbar hoch. Sie brauchte ihr Handy, um die Polizei zu rufen – und einen Krankenwagen. Ihre Tasche mit dem Handy stand im Wohnzimmer neben dem Sessel. Sie musste ...

Vor Schmerz wurde ihr kurz schwarz vor den Augen. Dann schaffte sie es, sich mit Hilfe des unverletzten Beins und der Arme langsam an Dorothy vorbeizuschieben. Sie sah schon den langen Henkel ihrer Tasche, hatte ihn fast erreicht.

Dorothy stöhnte. Wenn sie wieder zu sich kam und es ihr gelang aufzustehen ... Der Revolver lag direkt über ihr im Regal. Ella musste sich beeilen.

Sie schob sich noch ein Stückchen weiter, erreichte ihre Tasche und hängte sie sich um den Hals. Neben ihr lag ein kleines petrolfarbenes Knäuel Makramee-Garn, das wohl vom Sofa gerollt war. Mit Schwung zog Ella an dem Faden. Der Häkelgürtel samt Nadel und einer kleinen Handarbeitsschere landete in Griffweite auf dem Boden.

Dorothy stöhnte wieder und begann sich zu bewegen. Ella griff nach der Schere, schnitt den Faden ab und zog ihn mit der Nadel durch die letzte Masche, so dass das bereits Gehäkelte nicht wieder aufgehen konnte. Dann schob sie sich, so schnell sie konnte, zurück zu Dorothy. Unsanft packte sie deren Arme und zog sie ihr auf den Rücken. Während Dorothys Augenlider flackerten und sie stöhnend zu sich kam, band ihr Ella die Hände mit dem Gürtel zusammen. Dabei verwendete sie einen Seemannsknoten, den sie für eine ihrer Portugal-Romanzen recherchiert hatte, dessen Name ihr aber partout nicht einfallen wollte.

Dann lehnte sie sich erschöpft an die Wand, warf einen überraschten Blick auf das blutverschmierte Parkett und zog endlich ihr Handy aus der Tasche. 110 – nein, halt, sie war ja nicht in Deutschland! Wie war denn, verflixt noch mal, die Notrufnummer in England? In Amerika war es die 911. Mist! Sie hatte es doch gewusst. In ihren Ohren begann es zu summen. Die Frequenz passte nicht zu dem Requiem, das immer noch durchs Haus tönte. Wenn sie jetzt ohnmächtig wurde ...

Sie drückte die Kurzwahltaste 3. Das Summen in ihren Ohren wurde lauter. Endlich wurde abgenommen.

„Dorothy Simmons hat auf mich geschossen. Ich bin verletzt in ihrem Haus und ..." Das Handy fiel ihr aus der Hand. Es wurde dunkel. 999, fiel ihr ein. Zu spät.

Kapitel 44

Sonnenschein und die Zweige vor ihrem Fenster, die sich im Wind bewegten, malten ein fröhliches Bild auf die Wand, die sie sehen konnte, wenn sie auf der weniger schmerzenden linken Seite lag. Der Schatten eines Vögelchens hüpfte einen Ast entlang, bevor er davonflog.

Ella döste ein und wachte wieder auf, döste erneut ein. Das mussten die Schmerzmittel sein, die man ihr gegeben hatte. Erst um die Mittagszeit war sie so wach, dass sie ein paar Worte mit der Schwester wechseln konnte, die ihr das Essen brachte und ihr half, sich im Bett aufzusetzen.

„Wie sieht es bei Ihnen heute Nachmittag mit Besuch aus?“, fragte die Schwester. „Der Arzt meinte, Sie sollen selbst entscheiden, ob sie sich fit genug dafür fühlen. Sonst halten wir die Besucher fern.“

Ella überlegte kurz. „Ich glaube nicht, dass viel Besuch kommt“, sagte sie. „Ich kenne ja kaum Leute in Canterbury.“

Die Schwester zuckte die Achseln. „Auf jeden Fall hat sich jemand von der Polizei angekündigt“, sagte sie. „Ihre Aussage müsse noch aufgenommen werden, haben die gesagt.“ Sie hob die Wärmehaube von Ellas Teller. „Hm, das sieht aber gut aus.“ Dann verließ sie mit energischen Schritten das Zimmer.

Ella betrachtete die verkochten Kartoffeln, die knallgrünen Tiefkühlerbsen und das unter dicker brauner Soße versteckte Fleisch. Ihr Magen knurrte.

„Ja, wirklich sehr gut“, murmelte sie ironisch. „Und so reichlich.“

Hoffentlich bekam sie tatsächlich später Besuch. Jemanden, der ihr etwas Anständiges zu essen mitbrachte!

„Sie schläft“, tönte eine helle Stimme. „Soll ich ihr die Schokolade auf den Nachttisch legen?“

„Das ist eine gute Idee“, erwiderte eine Frau leise von der anderen Seite des Zimmers. „Dann sieht sie sie sofort, wenn sie aufwacht. Hast du die Karte, die du geschrieben hast? Die kannst du gleich daneben stellen.“

Ella schlug die Augen auf. „Hi George!“

„Sie ist wach“, verkündete der Junge.

„Wie schön!“, sagte Agatha und kam um das Bett herum. „Ich habe dir ein paar Sachen gebracht, Kleidung und Waschzeug. Deine Vermieterin war so nett und hat mich in deine Wohnung gelassen. Ich soll dich grüßen.“

„Oh, danke!“ Ella bemühte sich, sich auf den Rücken zu drehen. Puh, war das schwierig.

Dann aber half ihr Agatha und stellte das Kopfteil des Bettes höher. „Grüße schicken natürlich auch die McDonalds.“

„Und mich hat Mrs Summerfield gleich mitgenommen“, verkündete George stolz. „Weil ich dir doch Schokolade schenke. Schokolade ist sehr wichtig zum Gesundwerden!“

Agatha nickte zustimmend. „Wir bleiben aber nur ganz kurz, Ella muss sich ausruhen.“

„Hat wirklich jemand auf dich geschossen?" George riss die Augen weit auf und schaute sie gespannt an. „Hat das sehr wehgetan?"

Ella nickte. „Sehr", sagte sie. „Aber jetzt geht es mir schon viel besser."

„Gut, dann gehen wir, damit es so bleibt", bestimmte Agatha. „George, warte doch bitte einen Moment draußen vor der Tür, ich komme gleich."

George nickte. „Jetzt kannst du ja in deinem Buch auch was über eine Schießerei schreiben", sagte er zufrieden.

Ella lächelte bei dem Gedanken an ein Zusammentreffen von Rose, ihrem Lord und einer schießwütigen alten Dame. Romantisch wäre das nicht unbedingt, aber definitiv eine unerwartete Entwicklung.

„Ja, George, obwohl das, glaube ich, nicht so gut in die Geschichte passt."

„Dann musst du eben noch eine andere schreiben", erklärte George und hob die Hand zum Gruß. „Bye-bye!"

Kaum hatte er die Tür hinter sich geschlossen, nahm Agatha Ellas Hand. „Es tut mir so leid. Ich hätte nie gedacht, dass ausgerechnet Dorothy ... Sie war so viele Jahre lang meine Freundin."

„Können wir ein anderes Mal darüber reden?"

„Sicher. Brauchst du noch etwas?"

Ella schüttelte vorsichtig den Kopf. „I'm fine." Sie drückte Agathas Hand und lächelte. „Danke."

„Gut, dann bringe ich den jungen Herrn mal wieder nach Hause. Wenn dir was einfällt, ruf mich an!" Sie stand auf, ging zur Tür und nickte zum Abschied.

Ella schloss kurz die Augen. Dank Agatha konnte

sie endlich aus dem Krankenhaushemdchen in etwas Präsentableres schlüpfen. Und dank George würde sie nicht verhungern.

Die Schwester half ihr, das pinkfarbene Schlabbershirt anzuziehen, das Agatha ihr mitgebracht hatte. Oje – wo hatte sie diesen Fehlkauf nur gefunden? Doch erstaunlicherweise fühlte sich Ella ziemlich wohl darin. Sie war kaum fertig mit Umziehen, als es erneut an der Tür klopfte. Mary Ann steckte den Kopf herein.

„Ist es okay, wenn ich kurz reinkomme?"

„Aber ja. Ich freue mich."

„Ich habe dir ein bisschen was Leichtes zu lesen mitgebracht", sagte sie und zog einen Stapel bunter Zeitschriften aus ihrer Tasche. „Ich hoffe, das lenkt dich etwas ab. Hast du große Schmerzen im Bein?"

„Oh, danke! Und na ja, mir tut eigentlich alles ziemlich gleichmäßig weh, das verteilt sich also." Ella grinste.

Mary Ann sah sich um. „Bist du mir böse, wenn ich dich erst wieder besuche, wenn du hier raus bist? Ich hasse Krankenhäuser, stelle ich gerade fest."

„Nein, gar kein Problem", versicherte ihr Ella. „Ich hab ja jetzt viel Ablenkung." Sie griff nach einer der Zeitschriften, die Mary Ann auf ihren Nachttisch gelegt hatte.

„Ähm, da ist noch etwas. Steve ist draußen vor der Tür. Er wusste nicht ..."

„Steve?"

„Ja. Er war ziemlich geschockt von allem. Kann er reinkommen?"

Ella zögerte. Sie hatte Steve fest im Verdacht gehabt,

Aileen getötet zu haben – vielleicht war es nun an der Zeit, ihre Vorurteile gegen ihn aufzugeben?

„Ja, okay. Hol ihn rein!"

Mary Ann ging zur Tür und ließ Steve herein. Der sonst so sicher auftretende Mann wirkte irgendwie kleiner, zurückhaltender, als Ella ihn in Erinnerung hatte, wenn auch nicht unbedingt sympathischer. Aber Sympathie war ja nicht alles, auch Dorothy war zunächst sehr nett gewesen.

„Ich möchte nicht lange stören, aber ich wollte dir sagen ...", setzte Steve an. „Du weißt, dass Aileen und ich keine Musterehe geführt haben, aber ich habe sie sehr geschätzt. Dass Dorothy ihre eigene Tochter ..." Er schüttelte den Kopf. „Ich habe ihre Worte immer abgetan, nicht gesehen, was für ein krankes Denken dahinter stand. Wenn ich nur ..." Er zuckte mit den Achseln.

Ella nickte. „It's okay", sagte sie, „ich verstehe. Aber Lynn und ihr Bruder – du kümmerst dich gut um sie, ja?"

Steve straffte sich. „Aber natürlich. Danke, Ella, und gute Besserung!" Er drehte sich um und verließ das Zimmer.

Mary Ann nahm ihre Tasche. „Ich bin auch schon wieder weg. Steve fährt mich nach Hause. Wenn du was brauchst ..." Sie beugte sich zu Ella und umarmte sie. Dann ließ sie sie allein.

Kaum hatte Ella in der buntesten der Zeitschriften einen Artikel über Prince Harry zu lesen begonnen, als es schon wieder klopfte.

„James!"

„Hello, Ellinor! Good to see you – heil und lebendig! Störe ich?"

Ella strahlte. „Aber nein, komm, setz dich!"

„Ich habe dir etwas mitgebracht", sagte er und reichte ihr ein Päckchen roter Trauben und eine Packung Custard-Cream-Kekse. „Das waren deine Lieblingskekse als Kind. Ich hoffe, du magst sie noch."

„Zumindest entgehe ich damit dem Krankenhaus-Hungertod", witzelte sie. Oh, hoffentlich bekam er das nicht in den falschen Hals!

Doch er zwinkerte ihr zu. „Das ist die Hauptsache. Es wäre schon ein wenig schade, einen Rolltreppensturz, einen Autounfall und einen Schuss ins Bein zu überleben und dann elendig zu verhungern."

„Möchtest du dich nicht setzen?", fragte Ella.

„Zehn Minuten habe ich. Danach wird die Schwester mich rausschmeißen, hat sie angekündigt." Er zog einen Stuhl neben ihr Bett und setzte sich. Dann sah er sie einfach nur aufmerksam an, stellte keine Fragen.

Und plötzlich sprudelten die Worte nur so aus ihr heraus. Alle Ängste, alle Erkenntnisse des vorherigen Tages wurden förmlich herausgeschwemmt. Als die Schwester hereinkam, um den Besucher fortzuschicken, winkte Ella ungeduldig ab.

„Ich möchte, dass mein Vater bleibt", sagte sie. Die Schwester nickte verständnisvoll.

James saß schweigend, aber aufmerksam neben ihr, gab ihr ein Taschentuch – ein altmodisches Herren-Stofftaschentuch –, als ihr die Tränen kamen, und nahm schließlich ganz vorsichtig ihre Hand.

„Ich verstehe", sagte er. „Wie fühlst du dich jetzt?"

„Besser. Danke!"

„Gut." Er blieb still neben ihr sitzen, ihre Hand in seiner. Es tat gut, mit ihm zu schweigen.

Ein Klopfen an der Tür unterbrach die Stille und Tom schlenderte herein. „Oh, ich hoffe, ich störe nicht!"

James stand auf. „Nein, ich muss jetzt sowieso gehen. Soll ich dich morgen wieder besuchen, Ellinor? Das heißt, falls die Schwester mich lässt."

„Ja, bitte." Sie lächelte ihn an und einen Moment lang schien es, als würde er sich zu ihr herunterbeugen und sie umarmen wollen.

Tom wartete, bis sich die Tür hinter James geschlossen hatte, und setzte sich dann auf den frei gewordenen Stuhl. „Du unternimmst aber auch alles, um dich vor einem Date mit mir zu drücken", sagte er grinsend.

„Man tut, was man kann", flachste Ella zurück.

„Meinst du, ein stärkender Tropfen hilft, dich zu bestechen?" Aus seiner Jacke zog er eine grüne Mini-Flasche mit schwarzer Schrift auf einem weißen Etikett: Laphroaig.

„Hm, die Flasche ist aber sehr klein. Das wird dann wohl nur ein kurzes Date." Ella grinste.

„Das werden wir sehen." Er beugte sich zu ihr. „Ich habe ja noch andere Mittel." Sein Mund berührte sanft ihre Lippen, seine Zunge strich über ihre Oberlippe und ...

Es klopfte zweimal energisch und ein weiterer Besucher trat ein. Tom beendete seine Liebkosung und sah dem Neuankömmling entgegen.

„Hi Cousin!", sagte er lässig.

Alex räusperte sich. „Sorry, dass ich euch unterbreche!

Ich bin hier, um Ellas vollständige Aussage aufzunehmen. Ich muss dich leider rausschmeißen, Tom."

Der winkte ab. „Schon okay. Tu du nur deine Pflicht. Ella-Bella – ich komm morgen wieder." Er stand auf, klopfte seinem Cousin auf die Schulter und verließ das Zimmer mit einem kurzen Winken in Ellas Richtung.

Alex' Befragung war ruhig und professionell. Es tat gut, die Geschichte noch einmal ganz sachlich zu erzählen. Zum Glück war Ella ihre Emotionen bereits bei ihrem Vater losgeworden.

„Und dann hab ich wohl das Bewusstsein verloren", endete sie. „Als ich wieder aufgewacht bin, haben sie mich schon für die OP vorbereitet, um die Kugel rauszuholen. Ich kam mir ein bisschen vor wie in einem Western oder einem Krimi."

Alex nickte und packte das Aufnahmegerät und seinen Notizblock zurück in seine Aktentasche. „Das war schon ein besonderes Bild, als wir die Haustür aufbrachen und du blutend und bewusstlos neben einer sehr wütenden gefesselten alten Dame lagst. Die Fessel hat übrigens gut gehalten", sagte er. „Jay musste das Ding durchschneiden, weil er den Knoten nicht aufkriegte."

Ella nickte zufrieden.

„Ähm, noch eine persönliche Frage: Warum hast du mich angerufen und nicht 999 gewählt? Beinahe hättest du mich nicht erreicht, ich wollte gerade duschen."

„Ich hatte die Notruf-Nummer vergessen", gab Ella zu, und ein Bild von Alex, der nur mit einem Handtuch bekleidet ans Telefon ging, erschien vor ihrem inneren

Auge. Sie schob es energisch beiseite. „Und dich hatte ich auf die Kurzwahltaste gelegt – das war das Einzige, was mir noch einfiel."

Er lächelte und nickte, dann runzelte er die Stirn. „Gut. Aber tu mir einen Gefallen und lass in Zukunft das Detektiv-Spielen! Du siehst ja, wie gefährlich das werden kann, und ich habe nicht unbedingt Zeit und Lust, dich ständig zu retten."

„Ständig!"

Er zuckte mit den Achseln. „Na, mehr als einmal."

„Okay, zweimal."

„Sag ich doch – ständig."

„Dann sollte ich mich wohl mal bedanken."

„Ja, das wird höchste Zeit!"

„Okay. Danke!", sagte Ella, streckte ihm die Hand entgegen und sah ihm direkt in die Augen. Er hatte wirklich wunderschöne Augen und etwas in seinem Blick ließ Schmetterlinge in ihrem Bauch tanzen.

„It was a pleasure, Ms Martin!", erwiderte er sanft und nahm ihre Hand.

Sein Händedruck war warm und fest, wie es sicher auch seine Umarmung wäre ...

„Gute Besserung! Ich werde ja bestimmt mal über Tom von dir hören." Er legte ihre Hand vorsichtig auf die Decke und ließ sie los. Dann stand er auf, um zu gehen.

„Oder wir sehen uns im White Swan?", fragte Ella leise.

„Oder wir sehen uns im White Swan." Er nahm seine Aktentasche und ging zur Tür. Ein letztes Mal sah er sich kurz um. „See you!"

„See you!", flüsterte Ella, als er die Tür hinter sich schloss. „See you soon!"

Wissenswertes

Canterbury Cathedral: Die Kathedrale von Canterbury, die offiziell „Cathedral of Christ Church" heißt, ist ein meisterhaftes Bauwerk der Gotik und gehört zum UNESCO-Weltkulturerbe. Bereits im 7. Jahrhundert stand hier eine Kirche, die Sitz des Erzbischofs war. Seit der Gründung der Anglikanischen Kirche durch Heinrich VIII. ist der Erzbischof von Canterbury als Primate of All England geistliches Oberhaupt der Anglikanischen Kirche und derjenige, der die britischen Könige krönt. Die Kathedrale ist ein Wallfahrtsort, seit Erzbischof Thomas Becket hier im Jahr 1170 ermordet und danach als Märtyrer verehrt und heiliggesprochen wurde.

Der **Cathedral Precinct** ist ein ummauerter Bezirk, in dem sich neben der Kathedrale von Canterbury auch viele kleinere historische Gebäude und das Gelände der mittelalterlichen Abtei befinden.

Das **Christ Church Gate** wurde 1517 am Buttermarkt als prunkvolles Eingangstor in den Kathedralen-Bezirk erbaut und ist der Haupteingang für Besucher.

Bell Harry Tower: In den drei Türmen der Kathedrale hängen insgesamt 21 Glocken. Die älteste ist Bell Harry, die im 75 Meter hohen zentralen Turm hängt und ihm seinen Namen gibt.

Burgate heißt die kleine Straße, die am Rand des

Cathedral Precinct entlangführt. An ihrem einen Ende stand ein Stadttor, durch das man von Osten her nach Canterbury gelangte. Es wurde aber bereits im 18. Jahrhundert abgerissen. In der Burgate gibt es viele kleine Geschäfte und vor allem Läden von Wohltätigkeitsorganisationen.

St Augustine's Abbey: Die Abtei wurde von Augustinus von Canterbury nach seiner Ankunft im Jahr 597 gegründet und war das erste Kloster im südlichen England. Nach der Reformation wurde es aufgelöst und bis 1848 als Steinbruch genutzt. Heute ist das Gelände mit den Ruinen der Abteikirche zu besichtigen und gehört zum UNESCO-Weltkulturerbe.

Die **Canterbury Christ Church University (CCCU)** wurde 1962 als Anglikanische Universität gegründet. Schwerpunkte sind die Lehrerausbildung, Sozialwissenschaften, Gesundheit und Theologie. Zudem ist auch die **University of Kent** in Canterbury ansässig.

Church of St Martin's: Diese kleine Kirche ist die erste, die in England erbaut wurde; sie geht zurück auf das 6. Jahrhundert. Damit ist sie die älteste Kirche in der englischsprachigen Welt. In ihrem Mauerwerk wurden auch römische Ziegel verbaut. Bis heute finden hier wöchentlich Gottesdienste statt. Auch St Martin's gehört zum UNESCO-Weltkulturerbe.

St Martin's Hill: Die A257 in Richtung Littlebourne, die in der Nähe der Church of St Martin's leicht ansteigt, heißt an dieser Stelle passenderweise St Martin's Hill.

The Canterbury Tales sind verschiedenartige Erzählungen aus dem 14. Jahrhundert von Geoffrey Chaucer, die in eine Rahmenhandlung eingebettet sind: Eine

Gruppe von Pilgern aus London ist zum Grabmal von Thomas Becket in der Kathedrale von Canterbury unterwegs und erzählt sich Geschichten. Vor diesem berühmten Hintergrund entstand das gleichnamige Museum, in dem Besucher Szenen der Erzählungen sehen, hören und riechen können.

Den **White Swan** in der Ivy Lane gibt es leider nicht wirklich, dafür allerdings den Pub Two Sawyers. Der Name White Swan ist jedoch historisch, der Pub stand in der Northgate Street.

The Old Weavers' Restaurant: Am Haus hängt zwar ein Schild mit der Jahreszahl 1500, doch das Gebäude am Stour ist sogar noch älter – die Fundamente sollen auf das 12. Jahrhundert zurückgehen. Im 16. Jahrhundert kamen wallonische und hugenottische Flüchtlinge nach Canterbury und siedelten hier ihre Webereien an, mit denen sie der Stadt Wohlstand brachten. Eines dieser Weberhäuser ist das Old Weavers', das heute ein Restaurant ist und hinter dem die Bootsfahrten auf dem Stour beginnen.

Tiny Tim's Tearoom, dessen Ausstattung vom Stil der 1930er Jahre inspiriert wurde, findet man in einem historischen Gebäude aus dem 17. Jahrhundert. Hier sollen drei Kinder spuken. Im oberen Stockwerk kann man den Ghost Room besichtigen, in dem bei Restaurierungsarbeiten einige überraschende Dinge gefunden wurden ...

Kentish Cream Tea ist eine der Spezialitäten in Tiny Tim's Tearoom: zwei frisch gebackene Scones, serviert mit Butter, Erdbeerkonfitüre und Clotted Cream (einem dicken Rahm), dazu gibt es eine Kanne Tee oder Kaffee.

Ghost Tour: Wer mehr über die Kinder aus Tiny Tim's Tearoom oder über andere der zahlreichen Geister Canterburys erfahren möchte, kann an Freitag- oder Samstagabenden an einer geistervollen Stadtführung teilnehmen.

The Beaney House of Art and Knowledge: Das Gebäude im Stil des Tudor Revival wurde Ende des 19. Jahrhunderts mit Geld aus dem Nachlass von Dr James George Beaney gebaut, um ein Museum und eine Bibliothek unterzubringen. Heute gibt es hier auch noch eine Kunstgalerie und ein kleines Büro der Tourist Information.

Dane John Gardens, ein bereits um 1800 angelegter Park, ist auch als Dane John Mound bekannt. Hier befand sich früher ein römischer Friedhof und im Mittelalter eine Erdhügelburg. „Dane John" ist wahrscheinlich eine Verballhornung des normannischen Wortes „Donjon" (Wehrturm).

Crab and Winkle Way: 1830 wurde die Crab and Winkle Line, die Eisenbahnlinie zwischen Canterbury und Whitstable, eröffnet. Sie blieb bis 1931 für Passagiere, bis 1952 für Waren in Betrieb. Crabs (Krabben) und Winkles (Strandschnecken) sind bis heute als Spezialitäten von Whitstable bekannt. Inzwischen ist an der Stelle der alten Eisenbahnlinie ein sieben Meilen langer, fast verkehrsfreier, malerischer Rad- und Spazierweg entstanden.

Papyrus Autor ist eine Software zur Textverarbeitung, die speziell auf die Bedürfnisse von Schriftstellern und anderen Vielschreibern zugeschnitten ist.

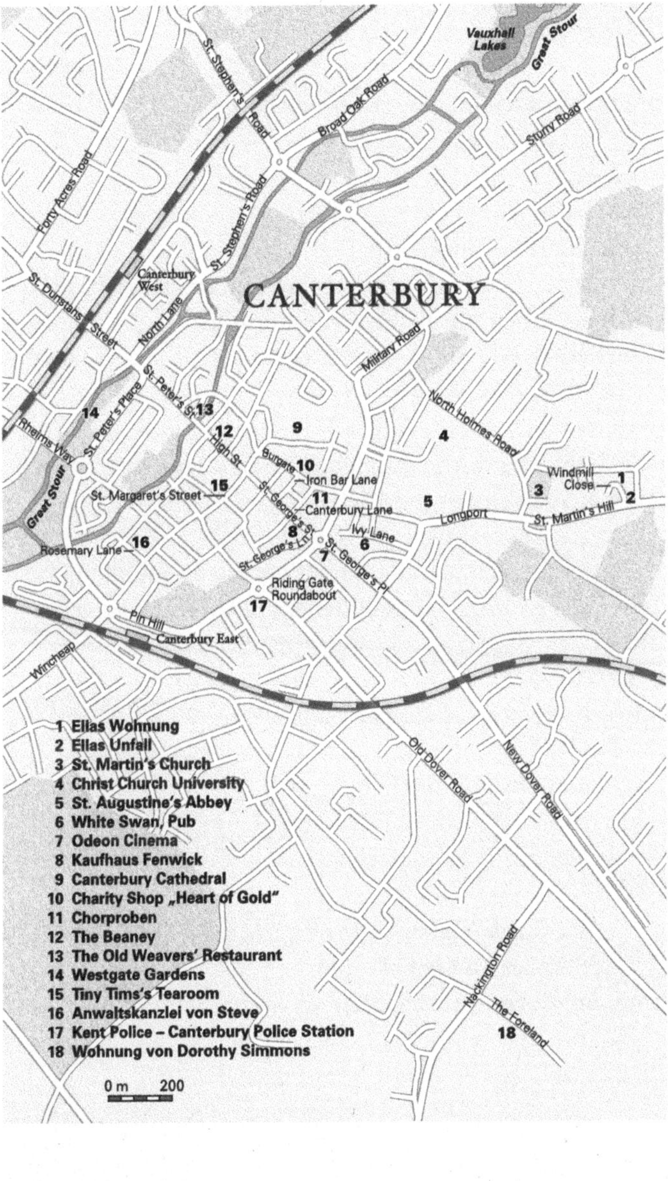
CANTERBURY
Vauxhall Lakes
Great Stour
St. Stephen's Road
Broad Oak Road
Sturry Road
Forty Acres Road
Canterbury West
St. Dunstans Street
North Lane
Military Road
St. Peter's St
North Holmes Road
St. Peter's Place
Rheims Way
High St
Burgate
Iron Bar Lane
St. Margaret's Street
St. George's St
Canterbury Lane
Windmill Close
Longport
St. Martin's Hill
Ivy Lane
Rosemary Lane
St. George's Ln
St. George's Pl
Riding Gate Roundabout
Pin Hill
Canterbury East
Wincheap
Old Dover Road
New Dover Road
Nackington Road
The Foreland
1 Ellas Wohnung
2 Ellas Unfall
3 St. Martin's Church
4 Christ Church University
5 St. Augustine's Abbey
6 White Swan, Pub
7 Odeon Cinema
8 Kaufhaus Fenwick
9 Canterbury Cathedral
10 Charity Shop „Heart of Gold"
11 Chorproben
12 The Beaney
13 The Old Weavers' Restaurant
14 Westgate Gardens
15 Tiny Tims's Tearoom
16 Anwaltskanzlei von Steve
17 Kent Police – Canterbury Police Station
18 Wohnung von Dorothy Simmons
0 m 200

Liebe Leserinnen und Leser,

in dem vorliegenden Buch stecken:

- 7 Monate Arbeit der Autorin
- 3 Monate Arbeit des Lektorats (Überarbeitung von Stil, Logik, Spannung)
- 4 Wochen Arbeit des Korrektorats (Rechtschreibung)
- 5 Tage Arbeit für die Covergestaltung
- 10 Tage Arbeit der Herstellung für das gedruckte Buch und 3 Tage Arbeit der Herstellung für das eBook.

Und damit das Buch zu Ihnen findet, außerdem Arbeitszeit von Verwaltung, Vertrieb, PR und Marketing.

Ich hoffe, das Resultat der Arbeit hat Sie unterhalten. Über Anmerkungen und Hinweise jeder Art freue ich mich.

Bitte schreiben Sie, gern per Mail, an:

kontakt@goldfinchverlag.de

oder per Post an den:

Goldfinch Verlag
Mainzer Landstr. 41
60329 Frankfurt a. M.

Ihre Verlegerin Sandra Thoms

Eine spannende Uni-Intrige vor klassischer Kulisse mit ungewöhnlichem Ermittlerpaar!

Katharina M. Mylius

Die Toten vom Magdalen College

Goldfinch Verlag, Taschenbuch, 256 Seiten.
ISBN 978-3-940258-39-7

Bei einem Alumni-Dinner im Magdalen College der Universität Oxford bricht ein wichtiger Lokalpolitiker tot zusammen. Er wurde vergiftet, doch keiner der Gäste an seinem Tisch will etwas gesehen haben. Und auch bei ihren weiteren Nachforschungen stoßen Inspector Heidi Green und ihr neuer Kollege Frederick Collins von der Thames Valley Police auf eisernes Schweigen. Nur eins steht fest: Ein paar der Ehemaligen hüten ein dunkles Geheimnis aus der Vergangenheit. Bald gibt es eine zweite Leiche …

Ein Oxford-Krimi mit überraschenden Wendungen, der Einblicke in die Welt der altehrwürdigen Universitätsstadt Oxford gewährt.

GOLDFINCH